O LIVRO DELAS

O LIVRO DELAS
• NOVE ROMANCES •

BIANCA CARVALHO • CAROLINA ESTRELLA
CHRIS MELO • FERNANDA BELÉM
FERNANDA FRANÇA • GRACIELA MAYRINK
LEILA REGO • LU PIRAS • TAMMY LUCIANO

ORGANIZAÇÃO DE RENATA FRADE

FÁBRICA231

O LIVRO DELAS
Nove romances

Copyright dos contos que compõem a antologia LitGirlsBr:

Ao anoitecer © 2016 by Bianca Carvalho
Os 6 piores dias da minha vida © 2016 by Carolina Estrella
Era amor © 2016 by Chris Melo
Por acaso © 2016 by Fernanda Belém
Eu vou te esperar © 2016 by Fernanda França
Baile de formatura © 2016 by Graciela Mayrink
Dez anos © 2016 by Leila Rego
A voz do coração © 2016 by Lu Piras
Paraíso morto © 2016 by Tammy Luciano

Copyright da organização e apresentação © 2016 by Renata Frade

FÁBRICA231
O selo de entretenimento da Editora Rocco Ltda.

Direitos desta edição reservados à
EDITORA ROCCO LTDA.
Av. Presidente Wilson, 231 – 8º andar
20030-021 – Rio de Janeiro – RJ
Tel.: (21) 3525-2000 – Fax: (21) 3525-2001
rocco@rocco.com.br
www.rocco.com.br

Printed in Brazil / Impresso no Brasil

Capa: Osmane Garcia Filho

Criação do projeto:

CIP-Brasil. Catalogação na fonte.
Sindicato Nacional dos Editores de Livros, RJ.

L762	O livro delas: nove romances/Bianca Carvalho... [et. al.]; organização de Renata Frade. – 1ª ed. – Rio de Janeiro: Fábrica231, 2016.
	ISBN 978-85-68432-72-3 (brochura) ISBN 978-85-68432-76-1 (e-book)
	1. Ficção brasileira. I. Frade, Renata. II. Título.
16-33879	CDD–869.93 CDU–821.134.3(81)-3

Sumário

Apresentação, por Renata Frade 7
Ao anoitecer – Bianca Carvalho 16
Os 6 piores dias da minha vida – Carolina Estrella 54
Era amor – Chris Melo 86
Por acaso – Fernanda Belém 122
Eu vou te esperar – Fernanda França 176
Baile de formatura – Graciela Mayrink 208
Dez anos – Leila Rego 232
A voz do coração – Lu Piras 268
Paraíso morto – Tammy Luciano 302

APRESENTAÇÃO
Renata Frade

"The stories we love best live in us forever."*
– J.K. Rowling

Senhas disputadas em eventos literários que acontecem todas as semanas. Pode chover ou fazer muito sol, não importa. Leitores de todas as idades se fazem presentes em livrarias para abraçar seus amados escritores, que não só contaram as histórias mais queridas, mas fazem parte de suas vidas e das conexões sociais e virtuais que estabelecem todos os dias, inclusive com estes criadores! Nunca se escreveu tanto, as plataformas de autopublicação cada vez mais recebem novos talentos, mas também nunca se leu tanto e se amou desmesuradamente criadores de universos ficcionais.

O leitor sempre foi inteligente e, por isto, é cada vez mais exigente com o que consome. Consumo não significa apenas entrar em uma livraria real ou digital e comprar um livro que tanto deseja. Representa se apropriar da vida e obra de criadores literários, imergir em universos ficcionais, buscar o que está por trás das entrelinhas do texto, das intenções em processos de criação para compor a si mesmo, suas relações afetivas com amigos, as relações amorosas, o que influencia até a vida na escola e em família.

---
* *"As histórias que mais amamos ler são as que viverão em nós para sempre."*

A internet e as novas mídias sociais, assim como maior acesso a smartphones, computadores e tablets, formaram um ecossistema de leitura compartilhada muitas vezes online e ao vivo, além da produção de *fanfictions* inspiradas nos livros que mudaram realidades dos seus leitores a ponto de os incentivarem, cada vez mais, a se tornarem escritores e se aventurarem pelo mundo da literatura. A regra básica continua se mantendo desde a época de Shakespeare e Cervantes, há 400 anos: histórias bem contadas sempre permanecerão em mentes e corações. Hoje, elas conseguem ultrapassar barreiras fixas e permitir que novos talentos de nossa literatura cheguem cada vez mais às casas, escolas e bibliotecas brasileiras. Principalmente por meio deste ambiente digital de conhecimento.

Ser fã de um autor nacional é mais do que pertencer a uma tribo, sobretudo quando estamos falando dos escritores que apareceram nos últimos dez anos e se tornaram best-sellers, levando às prateleiras livros chamados de entretenimento, com tramas e temas com apelo comercial que abordam questões do cotidiano de quem escreve e lê livros. A realidade nacional descrita em páginas que podem ser fantásticas, cheias de romance e beijos ardentes, aventura, policiais, *chick lits*, teens, causam identificação imediata e sensação de reconhecimento entre ambas as partes. O aumento de lançamentos de literatura nacional para jovens e as apostas crescentes em novos talentos brasileiros por editoras demonstram a consolidação de um fenômeno literário marcado, além dos milhões de exemplares vendidos de alguns de seus principais expoentes, pela união entre autores e leitores pela literatura nacional e pela formação de novas gerações de devoradores de livros.

Esta força se revela ainda mais contundente quando nos referimos a escritoras que em lançamentos de seus livros, ou no mundo virtual, recomendam a leitura de outras autoras e autores, dedicam seu tempo a trabalhos sociais em escolas públicas e privadas para estimular a formação de leitores e novos criadores. Séries e trilogias de trezentas, quatrocentas páginas por obra são devoradas por pessoas de 10 anos, e é incontestável o papel desta literatura nacional contemporânea como porta de entrada para autores considerados mais difíceis, ou canônicos, adotados no currículo escolar clássico e estudados em ambiente acadêmico. Quem se dedica à leitura desta nova literatura nacional além das orelhas, das capas que disputam a atenção em prateleiras e frentes de livrarias tamanha a beleza, percebe que existe a construção de um projeto literário comum a esses autores e que, apesar da diversão proporcionada pela leitura, ela não representa, em grande parte das obras, mera futilidade e evasão do real. Vamos entreter com qualidade é a proposta comum às autoras deste livro. Vamos abordar temas árduos com os quais nos confrontamos no cotidiano sem perder a beleza, a emoção, a profundidade e a alegria, tirando do leitor o desejo de se reconhecer em personagens, é o que elas propõem.

E quem são estas autoras? Para você entender melhor, precisarei falar um pouco sobre LitGirlsBr. Trata-se do primeiro projeto multiplataforma de literatura nacional para jovens no Brasil. Formado por autoras nacionais que escrevem, principalmente, para público juvenil e jovem adulto. Blogueiras literárias que promovem há quase dez anos eventos para muitos fãs e autores, sempre de casa cheia. Livreiros experientes. Uma jornalista especialista em cobertura sobre mercado editorial nacional. Uma agente literária brasileira de renome internacional. Professores e bibliotecários da rede pública e privada. Pesquisadores e docentes universitários de importantes centros de pesquisa nacionais. O que todos eles presentes no projeto têm em comum? O amor incondicional por livros, pela promoção da leitura e produção literária brazucas. O projeto foi oficialmente lançado em março de 2015 na Livraria Cultura Cine Vitória (RJ), em um evento que promoveu discussões densas e renovadas sobre a temática em mesas-redondas, com ampla cobertura de imprensa e de blogs. Toda a concepção, criação, desenvolvimento de conteúdos e mídias foram realizados pela Punch!, empresa da qual sou sócia-fundadora com meu sócio e criador do projeto, Bruno Valente.

Durante os últimos cinco anos a equipe da Punch! conviveu com leitores, blogueiros e vlogueiros literários, escritores e escritoras que amam criar livros para o público juvenil sem pudor, em livrarias e em debates e aulas em eventos como as Bienais do Livro. Percebemos que esta literatura está revolucionando o mercado editorial brasileiro não só em termos de vendas, mas arrebanhando novos leitores e ampliando aqueles que estiveram afastados dela por anos. Um movimento importante, consistente, consciente, sólido de escritores profissionais, que levam a sério questões relacionadas à carreira como relacionamento com o público, posicionamento e identidade literária e não se acanham com a competição de títulos internacionais. Estes continuam consumidos de maneira expressiva, mas o escritor nacional adquiriu status de estrela no melhor sentido desta palavra. Mais do que brilhar para sair bem na foto de uma resenha ou mídia social, ele move sentimentos e promove elementos da cultura nacional e discussões sociais em suas obras. O leitor participa do cotidiano dos escritores propondo temas para livros, criticando em grupos no Facebook ou em eventos literários, ou mesmo enviando e-mails e mensagens privadas de mídias sociais, críticas e elogios à construção de personagens, determinadas passagens no texto, ou propondo novos livros que adoraria ler caso fossem produzidos. Ganham força os *beta-readers*, os blogueiros que de tanto consumir e resenhar lançamentos acabam se tornando críticos e revisores de obras em produção por muitos autores. O *fandom* literário em uma era transmidiática se firma cada vez mais no Brasil. Difícil dissociar autor e leitor, ambos dividem os mesmos universos literários e os expandem, em uma cadeia criativa e inovadora de novos conteúdos renovada em canais digitais e no cotidiano. Uma cadeia do livro, uma expansão ficcional que deriva, inclusive, para obras de autores desconhecidos inspiradas por obras lançadas e aclamadas.

Criamos este projeto e este livro porque estas autoras convidadas para ambos representam, em diferentes idades, um panorama real desta revolução da leitura e renovação da literatura brasileira. Bianca Carvalho, Carolina Estrella, Chris Melo, Fernanda Belém, Fernanda França, Lu Piras, Graciela Mayrink, Leila Rego e Tammy Luciano criaram contos inéditos para esta antologia que representam o que há de mais significativo em seus estilos e gêneros literários. Foram ousadas por abordar questões delicadas, importantes e urgentes no dia a dia, mas também trarão a você diversão, amor e carinho.

LitGirlsBr foi criado com o tripé: entretenimento, educação e cultura. E a publicação do livro oferece não só o talento de uma geração como um registro histórico e documental de um momento especial e inesquecível vivido pela literatura nacional brasileira. Desejo que você se inspire, vibre, se emocione com as histórias e nunca se esqueça de que, na literatura e também na vida, o impossível é para quem sonha, e que a ficção é o que nos salva da tristeza, do medo e nos revela o que há de melhor em cada um de nós. Inclusive sermos, quem sabe, bons autores e leitores.

RENATA FRADE é organizadora da antologia LitGirlsBr e cocriadora deste primeiro projeto multiplataforma de literatura nacional para jovens no Brasil. Sempre foi rata de livrarias e leitora voraz. Tem especialização e mestrado em Literatura Brasileira pela Uerj; sua dissertação é sobre Literatura e Mercado Editorial Nacionais, aprovada com distinção, orientada pelo professor e premiado escritor Flávio Carneiro. Jornalista formada pela PUC-Rio, foi repórter dos jornais *Extra* e *O Globo* e resenhista do extinto caderno Ideias, do *Jornal do Brasil*. Trabalha há 15 anos com o que mais ama: comunicação, marketing, produção de conteúdo e tecnologia para mercado de livros. Em seu currículo destacam-se trabalhos para entidades do livro (SNEL, LIBRE e Fundação Biblioteca Nacional), diversas editoras, autores e eventos literários como Bienal do Livro e Primavera dos Livros RJ. Especializou-se em Transmídia no MIT e em Novas Mídias em Stanford. É cofundadora da Punch!, empresa de Comunicação Estratégica, Transmídia e de Tecnologia, pioneira em e-books e aplicativo de livro infantil em iPad no país. Conduz o inédito Punch! for Writers e dá palestras e cursos em livrarias, editoras, *hangouts*, plataformas online de educação e em universidades sobre comunicação, jornalismo, marketing, transmídia e *branding* para todos os profissionais do livro. É escritora. Participou da *Antologia Patuscada*, lançada pela Editora Patuá em 2016, e estará na antologia de contos do grupo de autores *Os Quinze*, com revisão, edição e curadoria do jornalista e crítico José Castello. Escreve em seu blog Pessoa Física (https://pessoafisica.wordpress.com).

BIANCA CARVALHO

AO ANOITECER

A vida tinha algumas ironias muito engraçadas. Ou trágicas, dependendo do ponto de vista. Uma simples escolha era capaz de mudar completamente o seu destino, para o bem ou para o mal.

E foi uma pequena escolha que fez com que Daniela terminasse morta.

Ela nunca tinha pensado na morte em si; como esta viria ou com que idade terminaria o prazo de validade, mas jamais poderia imaginar que duraria apenas um minuto e oito segundos. Alguns chamavam de experiência de quase morte, ela preferia chamar de *segunda chance*.

O problema era que somente Daniela tinha recebido essa oportunidade, afinal, fora a única sobrevivente de um acidente onde perdera seu namorado e seus dois melhores amigos.

O mar de Copacabana à sua frente parecia mais imenso do que nunca, ou talvez ela estivesse se sentindo menor. Era como se o mundo inteiro fosse grande demais para sua curta existência. Tudo era efêmero, passageiro e, ao mesmo tempo, interminável, como um ciclo eterno. As ondas pareciam diferentes, mas, no fundo, eram apenas as mesmas, indo e voltando, prisioneiras de uma rotina sem fim.

Talvez o sal do mar nada mais fosse do que lágrimas daquelas ondas que simplesmente não conseguiam se libertar.

Daniela já estava cansada de olhar seu rosto no espelho todos os dias e ver a melancolia tatuada ali. Aquele era o dia de recomeçar; exatamente um mês depois de tudo.

Sentia-se relaxada, mais do que antes de sofrer o acidente. Já eram quase seis da tarde, o céu começava a apresentar aquele tom alaranjado, como se estivesse pegando fogo, mas as pessoas pareciam não querer sair da praia.

Pensando nisso, começou a observar quem estava por perto e deparou-se com uma cena um tanto quanto inusitada.

Havia uma garota, que aparentava ter uns 18 anos de idade, olhando ao redor, como se procurasse por algo ou alguém. Vestia uma camisola rasgada e seus cabelos loiros estavam desgrenhados.

Para sua surpresa, com tantas pessoas por ali, a jovem voltou os olhos exatamente em sua direção, com uma expressão que parecia suplicante, como se precisasse de ajuda.

Daniela não fazia a menor ideia do que ela poderia estar fazendo ali, mas, no momento em que decidiu levantar para seguir em sua direção e perguntar se estava tudo bem, ela desapareceu. Como uma... assombração.

Era um pensamento estúpido. A hipótese mais óbvia era que estava vendo e imaginando coisas. O melhor seria deixar aquilo para lá.

Mas Daniela simplesmente não conseguia esquecer o que tinha visto. Havia algo de muito errado na imagem daquela moça, na forma como seus olhos se encontraram em silêncio, como se ambas compartilhassem um segredo.

Era como uma mensagem... algo que ela não conseguia interpretar.

⚜

Daniela sabia muito bem que chegar em casa era um privilégio e tanto. Na última vez em que saíra, demorara quase quinze dias para voltar, depois de uma estadia nada agradável em um hospital. Por isso, no momento em que abriu a porta e pisou na sala de seu apartamento, suspirou em alívio.

– Filha?

Além de sentir o cheiro gostoso do jantar, ouvir a voz da mãe era sempre um conforto bem-vindo.

– Como foi? Você está bem? – Vânia, sua mãe, se aproximou.

– Estou inteira – tentou brincar –, mas exausta. Só quero um banho, jantar e cama.

– Claro, querida! Vou pôr a mesa enquanto você se arruma.

Daniela sorriu novamente e foi ao seu quarto se livrar da areia e dar um jeito nos longos cabelos castanhos, totalmente bagunçados pelo vento da praia.

Assim que retornou, sentou-se à mesa muito bem-arrumada, ao lado da mãe, e começaram a conversar. Há muito tempo não faziam isso, e Vânia parecia disposta a recuperar todo o tempo perdido. Daniela tentava acompanhar, sentindo-se tranquila, mas foi necessário apenas um momento, quando desviou seus olhos na direção de uma das paredes do cômodo, para perceber que não estavam sozinhas.

A garota da praia estava ali. Dentro de sua casa.

A reação foi contida, embora sua presença não deixasse dúvidas: a moça era mesmo um fantasma. Agora, como Daniela conseguia vê-la era outra história, algo totalmente inexplicável.

Outra vez os olhos da moça estavam focados nos seus, novamente parecendo suplicante, como se precisasse pedir algo, mas não fosse capaz de falar. No entanto, seus lábios começaram a se movimentar, formando uma frase facilmente compreensível: "Me Ajude."

Ajudar?

Daniela não fazia ideia de como resolver seus próprios problemas, quanto mais ajudar uma garota fantasma que resolvia aparecer em sua vida sem avisar.

– Querida, aconteceu alguma coisa? Você ficou pálida de repente – preocupada, Vânia indagou, trazendo a filha de volta à realidade.

Ela hesitou por um momento antes de responder, porque as palavras pareciam não se formar de uma maneira perfeita em sua cabeça. Quando se preparou para falar, contudo, a moça desapareceu. Novamente.

– Não, não aconteceu nada. Vamos voltar a comer.

Dali em diante o jantar foi concluído em silêncio, e quando Daniela foi para a cama, com a desculpa de estar sentindo dor de cabeça, sentiu um imenso remorso em abandonar sua mãe mais uma vez. Principalmente porque ela já convivia com aquele sentimento de solidão há muito tempo, desde que fora abandonada pelo marido, quando a filha tinha 3 anos de idade.

Pretendia afundar a cabeça no travesseiro e apagar, tentando esquecer aquele dia tão estranho. No entanto, a escuridão, que sempre a acalmava e fazia com que refletisse, agora a assustava. Sentia-se como a personagem principal de um conto sobrenatural, apenas esperando ser perseguida por mais uma assombração, que passaria a fazer companhia aos fantasmas de suas lembranças mais dolorosas.

Fechou os olhos, mas já tinha plena noção de que não conseguiria adormecer. Teria que se contentar em passar a noite em claro, enquanto seus pensamentos faziam acrobacias em sua mente, tentando ser compreendidos.

Foi mais ou menos à meia-noite que seu celular tocou. O som específico acusava a chegada de um novo e-mail em sua caixa de mensagens. O que ela teria ignorado, se fosse uma situação comum, mas estava tão entediada e insone que abriu os olhos, tateou o criado-mudo em busca do aparelho e o destravou.

Imediatamente abriu o aplicativo de seu e-mail e não demorou para concluir que tudo aquilo começava a se tornar mais e mais estranho.

Não havia nada escrito no corpo da mensagem. O assunto, porém, era suficiente para chamar sua atenção: *"Há uma garota te assombrando. Posso te ajudar."* Mais direto, impossível.

Rapidamente pegou seu notebook, ligou-o e acessou sua conta.

Havia alguns anexos também, e Daniela hesitou um pouco antes de vê-los. Mas a curiosidade falou mais alto.

Eram três arquivos em JPEG. Assim que Daniela clicou no primeiro, deparou-se com uma fotografia da mesma jovem fantasma que andava a assombrá-la. Fotos dela em vida, linda, sorridente e sem aquele ar assustado e pálido.

Minutos depois, novamente o alerta do celular soou anunciando mais um e-mail.

Ela logo atualizou a página e constatou que se tratava de outra mensagem do mesmo remetente misterioso. Esta não continha assunto nem anexos, apenas um pequeno texto no corpo do e-mail que dizia: *"Estou em frente ao seu prédio, venha me encontrar assim que receber esta mensagem. Tenho muitas explicações para suas dúvidas."*

Depois de hesitar por segundos, dirigiu-se à janela do quarto e abriu a cortina escondendo-se atrás dela com extremo cuidado, tentando ver se havia mesmo alguém ali.

Estava tudo muito escuro, mas a luz de um carro passando permitiu que ela o visse.

Do segundo andar do prédio, avistou apenas uma silhueta. A temperatura tinha caído um pouco ao anoitecer, apesar do dia de sol, e a pessoa usava um casaco de couro, calça e sapatos, todos pretos. Era um homem. De longe era impossível prever sua idade, principalmente por estar de costas, mas conseguia ver seus cabelos e ombros bem largos.

Um tanto quanto intimidador, especialmente se levasse em consideração que ele a estava espreitando, esperando-a sob a escuridão. E ela não fazia ideia de seus propósitos.

Se fosse um pouco mais prudente, teria ficado na segurança do quarto, tentando dormir. Mas a curiosidade implorava para que fosse averiguar do que se tratava aquilo tudo. Além disso, era como se uma força estranha e sobrenatural agisse por ela. Precisava tirar tudo a limpo. Se ele tinha alguma explicação em relação à garota fantasma, não podia ignorá-lo. Algo lhe dizia que aquela situação não iria terminar por ali.

Vestindo uma calça jeans por cima do short do baby-doll e um casaco de moletom por cima da blusinha, saiu do quarto, torcendo para que sua mãe não estivesse na sala vendo TV e a visse saindo. Para sua sorte, as luzes estavam apagadas.

Com o destino a seu favor, Daniela deu uma passada na cozinha e pegou uma das maiores facas de cortar carne que sua mãe tinha. Provavelmente não teria a menor coragem de usar aquilo contra um ser vivo, mas serviria para ameaçar alguém e tentar se defender. Tentando se sentir mais segura, escondeu-a no bolso do moletom. Em seguida, saiu de casa.

A escuridão daquela hora não favorecia em nada sua situação. Sentia-se amedrontada e ao mesmo tempo intrigada. Tinha plena certeza de que estava agindo como uma louca e que no final das contas tudo aquilo não passaria de um fruto de sua imaginação, uma sequela do acidente. Eram alucinações, sem dúvida.

No entanto, os olhos verdes que a fitaram sob a parca iluminação, sobrepujando o breu da noite, eram reais demais para serem uma simples ilusão.

– Pensei que não viria. – Foi o primeiro comentário, praticamente sussurrado, com uma voz rouca e um tom muito sério.

– Quem é você?

A primeira resposta que recebeu foi um sorriso enviesado e uma risadinha um tanto quanto sarcástica.

– É uma boa pergunta. Eu também gostaria de saber.

– Como assim?

Mediante a indagação de Daniela, ele deu um passo à frente, colocando-se sob a fraca iluminação de um poste próximo. Pela primeira vez ela pôde vê-lo com mais detalhes.

Deus, ele era bonito. Não... mais do que isso. Era... perigosamente atraente. Havia uma aura misteriosa na forma como a olhava, no jeito como se movimentava e em como proferia cada palavra, de forma articulada, lenta e com um leve toque de ironia. Seus lisos cabelos castanhos possuíam um corte desalinhado, fazendo os fios chegarem até o meio de seu pescoço. A sombra de uma barba manchava seu queixo de maxilares proeminentes, dando-lhe um ar sexy, sem que fizesse esforço algum para isso.

– Não faço ideia de quem sou. Mas fui informado de que você pode me ajudar a descobrir – ele sussurrou em seu ouvido, como se fosse um segredo.

– O que tenho a ver com isso? Não te conheço...

Mais uma vez ele deu um sorrisinho levemente malicioso.

– Você tem tempo para conversar? Podemos ir a algum lugar mais reservado? – ele propôs.

Imediatamente um alarme soou na mente de Daniela. Aquela era uma proposta bem típica de assassinos, estupradores e qualquer criatura que pudesse vir a lhe fazer mal. Enganara a morte uma vez, mas tinha certeza que ela não seria mais tão benevolente.

– Não, não tenho. Na verdade, não quero e não posso te ajudar.

Ela lhe deu as costas, na intenção de fugir, mas ele foi mais rápido ao segurá-la pelo braço, impedindo-a de se afastar.

— A garota que tem te assombrado apareceu para mim em um sonho. Não me pergunte por quê, eu não faço ideia. Mas ela me mostrou você, então, senti que era a única que poderia nos ajudar.

— A garota que eu vejo está morta. Não posso mais ajudá-la — Daniela falou com pesar.

— Ela foi assassinada. Por um *serial killer*. Não foi a primeira e pode não ser a última.

Ele ainda a segurava, porém, após ouvir aquela explicação, Daniela não tinha mais a menor vontade de fugir.

— Tudo bem... vou te ouvir. Mas não vamos sair daqui.

— Certo. — Ele fez um meneio com a cabeça, como quem aceita um acordo. — Preciso que veja uma coisa.

Ele lhe entregou um recorte de jornal. A matéria em destaque falava exatamente sobre o tal assassino e mostrava algumas de suas vítimas. Uma delas chamava-se Pâmela Sampaio. Lá estava sua fantasma de companhia.

— Eu acordei há alguns dias em um hospital, depois de um coma de uma semana. Não sabia meu nome, nem onde morava. Não havia nenhum documento comigo, apenas o laudo do hospital. Se eu tivesse morrido, seria um indigente. — Daniela olhou para ele penalizada e continuou a prestar atenção quando prosseguiu: — Quando recebi alta, sem ter para onde ir, fui a uma biblioteca e comecei a procurar notícias do dia em que dei entrada no hospital. Talvez houvesse algum acidente ou assalto que pudesse ser relacionado a mim. Mas não havia nada. Por acaso eu vi a notícia da morte dessa moça, no mesmo dia em que também quase morri.

"Não dei muita atenção e continuei a tentar sobreviver sem nome, sem documentos, sem endereço. Conheci um senhor, dono de uma mercearia, que por sorte foi com a minha cara e me arrumou um emprego por caridade, em troca de comida e um quartinho meio podre para ficar. – Ele fez uma pausa. – Ontem à noite tive um sonho com Pâmela. Poderia ser um sonho qualquer, se eu não me lembrasse dela. Lembrava da reportagem e sabia que aquela garota era real, que tinha existido em algum momento. E ela me mostrou uma matéria sobre o seu acidente. Então, procurei por você na internet, chegando ao seu e-mail."

– Então você sabe sobre o acidente – Daniela o interrompeu, surpresa.

– Sim. E buscando mais informações sobre ele, descobri que estamos ligados. Eu, você e aquela menina.

– Por que está dizendo isso? – Sua voz soou insegura.

O rapaz não respondeu em um primeiro momento, apenas virou-se e pegou uma pasta preta, que estava pousada em uma lixeira logo atrás dele, estendendo-a para Daniela.

– Você vai entender assim que der uma olhada nestas informações. Encontre sozinha o fator que nos conecta para que possa realmente acreditar. Se eu te disser, sem que leia o que reuni aqui, não terá o mesmo efeito.

– Acho que não estou entendendo muito bem.

Ele abriu a boca, pronto para falar mais alguma coisa, porém apenas olhou para o prédio, como se visse algo importante.

– É melhor você subir. Sua mãe acordou, acabou de acender a luz.

– Aliás, bem lembrado... Como descobriu o meu endereço? – Daniela indagou, com as mãos na cintura, extremamente contrariada.

– Não foi muito difícil. Você postou uma foto hoje de manhã e fez *check-in* na praia de Copacabana. Assim que saí do trabalho, fui até lá e tive a sorte de te encontrar. Então, te segui. Estou com um celular do meu patrão emprestado, por isso te mandei os e-mails.

– Isso é quase doentio...

– Sei que parece estranho, mas foi por uma boa causa. Precisava te encontrar. – Ele fez uma pausa e novamente estendeu a pasta, que Daniela ainda não tinha pegado. – Vamos, leve isso com você. Dê uma olhada em todas as reportagens e fotografias. Acho que você vai chegar à mesma conclusão que eu.

Relutante, Daniela pegou a pasta. Provavelmente se arrependeria depois, mas precisava ao menos compreender.

– Se eu decidir ajudar, como vou te encontrar de novo? Não sei nem o seu nome.

Novamente ele deu uma risadinha. Contudo, havia muito pouco do sarcasmo de antes, apenas uma leve nota de cansaço em seu rosto, uma pequena tristeza. E não era para menos; se tinha falado a verdade sobre sua condição, não devia estar passando por dias muito fáceis.

– Eu também não sei. Então, isso quer dizer que você pode me chamar como quiser – respondeu com um sorriso enviesado e um dar de ombros, como se não fizesse diferença.

Mas batizar alguém, mesmo que temporariamente, era uma responsabilidade e tanto; ainda mais uma pessoa que mal conhecia. Por isso, analisou-o como pôde e encontrou algo que lhe deu um norte. Tratava-se de uma tatuagem em formato de raio, localizada em seu punho direito. Conseguiu vê-la no momento em que a manga de sua jaqueta se ergueu.

– Por causa dessa tatuagem... vou te chamar de Allen.
– Allen? Não entendi.
– Não sei até que ponto você se lembra das coisas, mas esse Allen que escolhi vem de Barry Allen, o Flash, o super-herói. O símbolo dele é um raio...

Ele riu divertido.

– Então quer dizer que sou um herói?
– Espero que sim – ela respondeu, enquanto abraçava a pasta contra o próprio peito. – Boa-noite... Allen.
– Boa-noite, Daniela. Vou te procurar assim que estiver pronta. Pode guardar essa faca. Não tenho intenção de te fazer mal.

Envergonhada, Daniela nem olhou para trás, por mais que quisesse perguntar como ele saberia quando estaria pronta. No entanto, Allen também começou a se afastar, perdendo-se na noite. Na verdade, ele parecia completá-la, ambos cheios de escuridão e mistérios. Se tivesse um pouco de juízo, escaparia enquanto era tempo. O problema era que Daniela sentia que já estava envolvida dos pés à cabeça naquela história. Só não sabia se haveria um preço a pagar.

❦

A noite foi passada em claro. Sua mãe não tinha dado conta de sua ausência, nem sequer entrado em seu quarto. Daniela pôde avaliar a pasta que lhe fora entregue sem qualquer interrupção.

Allen tinha reunido todas as informações possíveis sobre Pâmela, sua família, seus hábitos, sua morte. Na época em que aconteceu, há um mês, a notícia chocou a mídia por se tratar da sexta vítima de um mesmo psicopata. Seu método se repetia: ele raptava as moças, levava-as para algum esconderijo e as matava. O mais curioso da história era que tudo isso era feito de forma indolor, nenhuma das seis vítimas fora abusada, torturada ou ferida. Ele usava injeções letais de substâncias salinas, que as fazia dormir, relaxava seus músculos e induzia uma parada cardíaca. Anestesiada e adormecida, a vítima jamais acordava.

Isso dizia bastante sobre o assassino, e Daniela nem precisava ser uma expert em investigações para deduzir: ele não pretendia torturar e nem sentia prazer nas mortes que cometia. Havia algo mais... uma vingança, talvez.

Também não foi fácil ler a parte que lhe cabia daquele apanhado de informações. Por mais que soubesse tudo sobre seu acidente, relembrar cada detalhe lhe era muito doloroso. Principalmente pelo fato de seu namorado estar dirigindo completamente embriagado, e ela não ter feito nada para impedi-lo. Na verdade, as quatro pessoas no carro tinham bebido. Poderia tê-los convencido a pegar um táxi, mas fora uma escolha que gerara consequências.

Voltando a ler a pasta, não havia absolutamente nada sobre Allen, apenas algumas anotações que ele mesmo tinha feito sobre o laudo médico, além da data e da hora em que fora internado. De acordo com os exames, tinha levado uma forte pancada na cabeça e sido espancado. Não havia nenhuma reportagem, dado concreto ou informação mais profunda. Só se sabia que alguém o queria morto.

Mas ele tinha dito que compreenderia o motivo de ter sido escolhida para ajudar, não tinha? Por isso, Daniela releu cada informação contida ali várias vezes, sentindo-se levemente desatenta por demorar tanto a chegar a alguma conclusão.

E foi então que percebeu. As três datas: do acidente que sofrera, da morte de Pâmela e do dia em que Allen dera entrada no hospital. Eram as mesmas. Devia fazer algum sentido... Ou não? Precisava refletir sobre isso, mas precisava ainda mais de um banho e alguns minutos longe daquela história, já que não conseguiria mais dormir.

Daniela mal percebeu o quão rápido as horas tinham passado, a não ser pelo fato de que começava a amanhecer. A cortina aberta permitiu que os raios de sol lentamente iniciassem o espetáculo da manhã, anunciando a chegada de um novo dia.

Era uma segunda-feira, e ela sabia que seria muito longa, especialmente quando, ao sair de casa, decidida a passar a manhã novamente na praia, depois de seu banho e de comer alguma coisa, deparou-se com Allen esperando-a na porta de seu prédio.

— Você é um *stalker* ou o quê?

— Ontem eu era um super-herói, hoje sou o vilão? – brincou com ironia, com as sobrancelhas erguidas, demonstrando surpresa. – Olha, me desculpa por isso; achei que teríamos mais tempo para que pudesse pensar, mas outra garota foi encontrada morta. Posso te acompanhar para onde você está indo? Estou de folga hoje.

O coração de Daniela deu uma cambalhota dentro de seu peito, como se tivesse recebido um choque elétrico. Já tivera contato suficiente com a morte para ver-se livre dela por um bom tempo, contudo, essa inimiga insistia em confrontá-la, mesmo que indiretamente.

— Eu não sei o que quer de mim. Não sei se sou a pessoa mais indicada para ajudar. — Sua voz falhou por um segundo.

— Você leu a pasta que te entreguei, não leu? Não acha coincidência eu, você e Pâmela termos sofrido algo ao mesmo tempo? E o fato de ela ter aparecido para você, de ter surgido no meu sonho, não é coincidência. Estamos conectados.

Soava como uma súplica, das mais comoventes que tinham lhe feito. Chegava a ser injusta a forma como aqueles enigmáticos olhos verdes fixavam-se nos seus, castanhos, como se conversassem, como se aquele pedido fosse feito também na linguagem de olhares cúmplices, que se reconheciam na melancolia de lembranças amargas e inevitáveis.

Ainda assim, Daniela sentia-se escorregadia, dividida entre ajudar ou recuar.

— Sim, eu percebi a coincidência, mas já estive à beira da morte, não sei se tenho coragem para me enfiar em uma situação perigosa como essa.

— Mas que droga, Daniela, eu vou te proteger! Não vou te colocar em perigo. Só preciso que esteja comigo. Você leu a pasta... — ele interrompeu a si mesmo, antes que pudesse completar a frase. Parecia lutar contra sua própria vontade, como se houvesse algo que queria dizer, mas não sabia se devia. — Só que eu omiti uma informação que talvez te faça enxergar o quanto está sendo teimosa em não acreditar em nossa ligação.

– Que informação?
– Sei que você morreu naquela mesa de cirurgia. Sei que teve uma experiência de quase morte. Eu também tive. Morri exatamente às três e quarenta e oito da manhã. Isso te soa familiar?

A indignação contida na fala de Allen só serviu para que a constatação fosse ainda mais profunda. É claro que era familiar, uma vez que ela também tinha morrido naquele horário. Pontualmente.

– Mas como...?
– Será que não sou familiar para você? Tem certeza que não se lembra de mim?

Lembrar ela não lembrava, mas sentia *sim* uma familiaridade, algo sobrenatural, sensorial ou qualquer nome que quisessem dar.

No entanto...

Ao cravar seus olhos nos dele mais uma vez...

Não. Não poderia dizer que se tratava de uma lembrança, mas uma espécie de imagem de sonho, daquelas que surgem no meio de um cenário coberto por neblina, desfocadas e distantes. Recordava-se de tê-lo visto, apenas uma vez, observando-a ao longe. E também se lembrava de ambos terem estendido as mãos, sem nunca se tocarem.

– Eu sei que você também se lembra.

Ela não podia negar. Tudo aquilo era estranho demais, mas já estava envolvida, presa à história como se houvesse raízes a segurá-la em um labirinto imenso e obscuro.

– Por que não chama a polícia para te ajudar? Eles têm mais recursos.

– Não sei quem sou, Daniela. Não faço ideia do que fiz antes de perder a memória. Como quer que eu vá à polícia? Aquele era um ponto muito relevante. O suposto Allen podia ser um bandido, um louco. Ele mesmo podia ter assassinado aquelas garotas e estar mentindo sobre uma amnésia. Mais uma vez ela não daria ouvidos à razão e se deixaria levar pelas malditas emoções, que gritavam que precisava fazer alguma coisa.

– Vamos até a praia. Lá poderemos conversar em paz.

E foi o que fizeram. Chegaram à praia de Copacabana e pegaram uma mesa em um quiosque. Daniela pediu uma água de coco, e Allen começou a lhe contar tudo que sabia.

– Eu também não coloquei todas as informações que descobri sobre os assassinatos na pasta que te entreguei. Se ela acabasse caindo nas mãos erradas, poderia ser perigoso. – Allen esperou que a garçonete entregasse a fruta a Daniela para continuar falando. – Todas as garotas mortas tinham uma coisa em comum: eram modelos de uma agência pequena, com pouco menos de dois anos de existência.

– Acha que é clandestina? – supôs.

– Não. Já averiguei isso também. Liguei para alguns clientes deles pedindo referências e me parece que fazem um trabalho sério. – Ao terminar de responder a pergunta de Daniela, Allen retirou um papel do bolso da calça jeans. – Há pouco mais de um ano, uma das modelos cometeu suicídio depois de ter sido recusada para seu primeiro trabalho. Dá uma olhada nesta matéria.

Allen entregou o recorte de jornal a Daniela, que o analisou, constatando tudo o que ele tinha acabado de lhe falar.

— E você acha que isso tem alguma importância? — indagou assim que terminou de ler.
— O primeiro assassinato ocorreu exatamente um mês depois disso. E todos eles vêm acontecendo sucessivamente, com um mês de distância. Não acha coincidência demais?
— Sim. Será que esse suicídio foi o estopim?
— É o que acredito — ele afirmou com segurança.
— Se isso é verdade, então, o incentivo para essa leva de assassinatos foi a morte de Ana Alice Portella. Talvez o assassino tenha uma ligação com ela. Familiar, amorosa ou de amizade.
— Você acha que essas mortes podem ter algo a ver com vingança?
— Não sei se com vingança, mas algum tipo de retaliação. Ou talvez esse psicopata pense que está fazendo justiça — Daniela afirmou, mas logo balançou a cabeça em negativa, como se estivesse arrependida de suas próprias palavras. — Olha, eu estou apenas especulando, não entendo nada desse negócio de investigação.
— Não, suas suposições estão muito coerentes. O que mais podemos deduzir? Ou como devemos agir agora? Tem alguma ideia?
— Acho que precisamos interrogar alguém, não é assim que fazem nos seriados policiais?
Allen riu da forma como ela falou.
— O que Flash faria? — perguntou, tentando soar descontraído.
— Ele sairia correndo e voltaria no tempo, talvez. Quem me dera que você tivesse esses poderes. Poderia consertar tudo... A morte de Pâmela, meu acidente, sua amnésia...

— Não sei se é a forma certa de resolver as coisas. Se tivéssemos o poder de voltar no tempo, o mundo seria um caos. Quantas pessoas não fariam o que bem entendessem só porque poderiam apagar esses erros milhares de vezes? Não podemos mudar o passado, mas podemos lutar por um futuro diferente. Estamos fazendo isso agora, enquanto pensamos em uma forma de salvar uma possível próxima vítima. Isso meio que nos torna super-heróis também.
Era uma forma bem otimista de se ver as coisas. Talvez ela devesse também começar a pensar assim.

⁕

Interrogar pessoas não era uma opção. Não quando eram apenas amadores brincando de polícia e ladrão com uma situação verdadeiramente perigosa. Mas podiam conversar, inventar mentiras e descobrir algumas verdades.

Os dois partiram para a Gávea, bairro onde estava localizada a agência da qual Ana Alice e todas as modelos assassinadas faziam parte. E um rapaz bonito, alto, moreno e um tanto quanto sombrio seria uma boa arma para convencer outras modelos a falarem mais do que deveriam.

E acertaram em cheio. Allen conversou com algumas meninas em horários diferentes e obteve informações, algumas bem relevantes. Após as conversas, por volta das seis e meia da tarde, eles se reuniram em uma lanchonete e começaram a anotar tudo que tinham descoberto. Até onde sabiam, Ana Alice fora humilhada pelos donos da agência, que alegaram que não tinha cumprido as exigências e estava acima do peso.

O que era um absurdo. Pelas fotos que viram, a moça era extremamente magra.

Por causa desse requisito, ela perdeu um trabalho importante para uma marca famosa de cosméticos, que contrataria dez modelos da agência para uma campanha relacionada à amizade. E, curiosamente, as garotas escolhidas estavam morrendo. Uma a uma.

Convencidos de que Daniela estava certa quando concluiu que o assassino poderia ser uma pessoa próxima à suicida, os dois foram até a biblioteca pesquisar um pouco mais sobre a família da jovem. Havia um pai, militar reformado, e um irmão viciado em drogas, que tinha abandonado a família pelo vício. A mãe desaparecera há muitos anos sem deixar qualquer vestígio.

Apesar de tudo isso, o pai dos dois jovens era um homem respeitado, condecorado por méritos e de situação financeira estável.

Assim que descobriram seu nome na matéria sobre o suicídio de Ana Alice, não foi difícil encontrar informações e uma fotografia da época em que a filha faleceu.

No exato momento em que a foto apareceu na tela do computador da biblioteca no Centro da cidade, Daniela ouviu um barulho ao seu lado. Ao olhar para Allen percebeu que ele tinha se levantado da cadeira e segurava a cabeça entre as mãos, como se sentisse uma dor insuportável.

— Allen, o que houve? — indagou preocupada.

— Esse homem... eu o conheço... — Sua voz saiu em um sussurro, quase inaudível. Seria uma memória retornando?

— Você está se lembrando de alguma coisa?

Assim que Daniela perguntou, Allen ajeitou-se na cadeira e respirou fundo, como se a dor tivesse passado. No momento em que se recompôs, olhou para ela.

— Não foi uma lembrança. Foi uma impressão. Acho que já o vi em algum lugar, mas não sei dizer quem ele é.

— Você está bem?

A preocupação de Daniela o fez sorrir e segurar a mão dela por sobre a mesa.

— Agora estou. Mas precisamos descansar. Acho que nenhum de nós dormiu direito na noite passada.

Ainda confusa com o que tinha acabado de acontecer, Daniela apenas assentiu. A verdade era que estava mesmo muito cansada; tinha absorvido muitas informações, principalmente sobre si mesma, e não tivera tempo de refletir sobre nenhuma delas.

Allen decidiu levá-la, demonstrando um aguçado senso de proteção. Contudo, o que Daniela não esperava era que antes de permitir que se afastasse para entrar em seu prédio, ele a segurasse e a fizesse encará-lo.

Por um momento não disse nada, ficou apenas contemplando-a com uma espécie de sofrimento nos olhos. Daniela sentia a cabeça girar, rodopiando em um redemoinho de pensamentos catastróficos, enquanto ele permanecia em silêncio.

— Obrigado. Por tudo que está fazendo. — A afirmação foi nada mais que um murmúrio cálido. Sua próxima atitude foi acariciar gentilmente o rosto dela, mantendo o cenho franzido como se o ato fosse doloroso. — Você é uma garota e tanto, Daniela. Gostaria de ter te conhecido antes dessa confusão toda. Quando eu ainda sabia quem era...

— Concluiu isso depois de apenas algumas horas comigo? — tentou brincar para disfarçar o quanto estava tensa.

— Chama-se empatia. Suas atitudes mostram que é confiável e generosa.

Como que para selar o que tinha acabado de dizer, Allen abaixou-se, colocando-se na altura dela, e depositou um beijo um tanto quanto demorado em seu rosto.

Uma fração de segundo depois ele se afastou em silêncio, deixando apenas um meio sorriso e muitas indagações.

O quão rápido as coisas podiam mudar da noite para o dia?

~~~~~

Daniela simplesmente apagou naquela noite. Planejava pesquisar algumas coisas, reunir o que já tinham para tentar chegar a uma conclusão, mas sentia-se exausta. Tudo que queria era permanecer na cama pelo dia inteiro. Contudo, isto não era uma escolha.

Depois de espreguiçar-se, abriu os olhos, e a primeira coisa que viu foi algo que quase a fez gritar de susto. Pâmela estava parada ao lado de sua cama, observando-a e esperando o momento certo para passar sua mensagem.

— Você me assustou! — Foi uma coisa idiota a se dizer, afinal, o papel principal de um fantasma não era assustar pessoas?

O rosto de Pâmela estava transfigurado em uma expressão de medo, como se quisesse dizer algo, mas não pudesse. Daniela não tinha a menor intenção de conversar com um fantasma, principalmente uma que insistia em assustá-la nas horas mais inconvenientes, mas era um caso especial. Precisava descobrir alguma coisa, e quem sabe a garota não ajudasse no final das contas?

– Você pode me dizer onde ele está? – Pâmela apenas balançou a cabeça em negativa.

A garota manteve-se quieta por um tempo, com aquele olhar profundamente melancólico e amedrontado, como se não tivesse permissão para falar. Enquanto isso, uma súbita ventania tomava conta do quarto. Era um vento poderoso que fez balançar as cortinas; sobrenatural ao ponto de derrubar algo no chão, produzindo um barulho considerável. A atenção de Daniela, portanto, voltou-se para isso por alguns instantes, mas logo virou-se na direção de Pâmela. Contudo, esta já tinha desaparecido da mesma forma como surgiu: súbita e misteriosamente.

Levantando-se da cama, ela caminhou na direção do objeto que havia caído e percebeu que se tratava da pasta de pesquisa de Allen. O vendaval a tinha feito despencar no chão, parando aberta exatamente na página da matéria sobre o suicídio de Ana Alice. Daniela já estava sufocada até a alma com aquela história para saber que aquilo não era uma coincidência. Fora obra de Pâmela.

Era uma mensagem. A morte de Ana Alice era mesmo a chave de tudo.

Antes de tomar uma atitude, Daniela deu uma olhada pela janela para verificar se Allen não estava por ali. Não estava, provavelmente tivera que trabalhar. Essa ausência provocou um leve incômodo em seu coração, porém, não podia ficar esperando por ele.

O único recurso que tinha para uma pesquisa era a internet. Sabia que Allen já tinha desbravado tudo que era possível encontrar e reunido o que era importante, mas mesmo assim decidiu que poderia ser uma jogada de sorte.

Fez uma busca pelo nome completo da garota e se deparou com muitas notícias de seu suicídio e suas mídias sociais. Havia muitos *posts* de condolências, pessoas evidenciando suas qualidades e uma última entrada da própria Ana, um desabafo, como uma carta de despedida. Tratava-se de uma profunda reflexão sobre sonhos e como eles podiam ser despedaçados em segundos. Deixava, além disso, uma súplica para que as pessoas passassem a amar mais, a darem valor a quem eram por dentro, principalmente.

Depois de analisar alguns outros *posts*, Daniela encontrou uma fotografia de Ana acompanhada do pai, em frente à fachada de uma loja, alegando que era o novo empreendimento da família.

O próximo passo foi buscar algum endereço; conseguiu sem dificuldade.

Só lhe restava esperar por Allen.

Foi o que fez por horas. No entanto, ele não apareceu.

Já eram quatro da tarde quando decidiu que podia fazer aquilo sozinha. Que mal haveria? Só iria conversar com um militar reformado e respeitado sobre sua filha. Podia alegar que era sua amiga, que queria fazer uma homenagem. Nunca fora muito boa em inventar histórias, mas teria que começar a aprender.

O táxi a deixou exatamente na porta da galeria em Botafogo onde ficava a loja. Pagou ao motorista, saltou e seguiu seu caminho.

Já no balcão principal, reconheceu o pai de Ana. Ele sorriu um pouco desajeitado quando Daniela entrou, tentando ser simpático, embora não parecesse exatamente sociável.

— Senhor Portella?

Um pouco desconfiado, ele ergueu uma sobrancelha e a estudou por um tempo.

— O que deseja?

— Podemos conversar? Fui amiga de Ana Alice.

No momento em que o nome da filha foi proferido, ele se empertigou, visivelmente incomodado, e virou-se de costas para não encará-la. Talvez não quisesse que sua dor fosse testemunhada por uma desconhecida.

— Não tenho nada para falar sobre Alice.

A forma grosseira com que proferiu a frase foi suficiente para que Daniela percebesse que tudo era resultado de um sofrimento profundo. Cada um reagia de uma forma diferente a perdas. Daniela chorara e se isolara; aquele homem seguia com sua vida, mas afastava a lembrança da filha.

— Andei pesquisando e gostaria de saber se o senhor vê alguma relação entre o suicídio de Alice com a morte de outras modelos da agência. Seria possível? — decidiu ser direta, depois de tomar coragem.

Ele ficou calado, mas finalmente olhou para ela. Pareceu pensar, hesitar, mas acabou balançando a cabeça em afirmativa, enquanto usava a mão direita para coçá-la, em um sinal de preocupação.

– Sim, eu acho. Mas estou tentando não me envolver nisso. Foram dias muito difíceis.

Daniela penalizou-se. Compreendia muito bem o que ele queria dizer.

– Tem alguém que o senhor conhece que poderia querer se vingar pelo suicídio dela? – Novamente foi direta. Não estava ali para perder tempo.

Ele hesitou. Daquela vez ela podia ler em seus olhos que o que tinha em mente era algo que não estava nem um pouco compelido a compartilhar.

– Olha, senhor, eu não quero parecer intrometida, mas gostaria de ajudar. Mais garotas podem ser mortas. Elas tinham a idade de Alice, eram amigas...

Portella engoliu em seco. Daniela lhe deu um tempo para que pensasse.

– Não sei onde o irmão dela está. Já faz um bom tempo que desapareceu. Foi embora de casa antes do suicídio, mas pouco depois da morte dela, perdi completamente o contato. É como se tivesse evaporado do mapa. – A forma como falava do filho evidenciava toda a sua mágoa. O rapaz o tinha deixado sozinho para enfrentar a tragédia.

– Acha que ele poderia ser capaz de...

– Estamos falando do meu filho, moça... – O alerta tinha um tom de ameaça. – Mas, infelizmente, não posso mais responder por ele. Não o conheço, tornou-se um estranho para mim.

Não havia o que fazer diante de tal afirmação. Enquanto pensava em algo gentil a dizer, ou em mais alguma pergunta para fazer, olhava ao redor do local. Tudo era organizado, separado por seções. Não era possível encontrar nada de muito pessoal, apenas um quadro na parede onde se viam três pessoas. Portella, Ana Alice e um rapaz bonito, jovem, moreno, alto...

A sensação de familiaridade foi instantânea. E o desespero que se instalou em sua alma também surgiu de súbito.

Não podia ser verdade...

✦

A dor de cabeça não passava.

Sentia como se a estivessem esmagando com um rolo compressor até fazê-la explodir em mil pedaços. Mal tinha conseguido levantar-se para trabalhar.

Em contrapartida, uma enxurrada de memórias começava a se instalar em sua mente, como se estivesse em uma correnteza e jatos de água começassem a inundar seu bote salva-vidas. Não havia escapatória; recordava-se de coisas que preferia manter esquecidas, em algum recanto obscuro de seus pensamentos.

Lembrava-se de quem era. Chamava-se Roberto, e não Allen. Estava longe de ser um super-herói. Talvez fosse o oposto.

Todas as suas memórias vinham encharcadas de dor. Nada era puro, nada era bonito. Ele era herdeiro da morte. Era seu legado.

Foi mais ou menos às quatro da tarde que chegou à conclusão de que já tinha se lembrado do suficiente. Não havia dúvidas de que a foto daquele homem tinha despertado a súbita recuperação. E já sabia quem ele era.

Precisava falar com Daniela. Alertá-la, protegê-la... De si mesmo, talvez.

Jogou-se em um táxi e partiu para a casa dela. Como não tinha chaves, esperou um morador chegar para entrar também. Sabendo qual era o apartamento, pois Daniela tinha lhe informado quando ele a levou para casa no dia anterior, tocou a campainha várias vezes, sem resposta. Se não fosse uma questão verdadeiramente importante, teria apenas ido embora e desistido, mas precisava saber onde ela estava.

Sua alternativa foi arrombar a fechadura. Assim que entrou, deu uma olhada nos cômodos e encontrou um quarto que deduziu ser o de Daniela. Vasculhou o que pôde e chegou ao notebook, que, para sua sorte, estava hibernando e não estava bloqueado por senha. Então, assim que a tela retornou ao sistema operacional, ele viu a foto que ela tinha analisado momentos antes.

Seu coração parou no exato instante em que imaginou o que poderia ter acontecido. Estaria tudo perdido se não tomasse uma atitude. Antes que fosse tarde.

⁂

Daniela analisava a foto sem ter muita noção de como deveria agir. Imortalizado naquele retrato estava o seu Allen, com a mesma expressão sombria, os mesmos olhos penetrantes, abraçado à irmã em um gesto protetor.

Apenas uma imagem foi suficiente para que compreendesse tudo: claro que ele estava ligado diretamente ao caso. Ela, no entanto, apenas caíra de paraquedas.

— Este é o seu filho, senhor? — indagou, apontando para o quadro. A expressão do homem tornou-se um pouco contrariada.

— Conhece ele?

— Ele me é familiar. Como se chama?

— Roberto. Tem 22 anos. Você o viu recentemente? — Ao perguntar isso, ele começou a dar a volta no balcão para se aproximar. Um arrepio percorreu a espinha de Daniela quando se deu conta do quanto ele parecia ameaçador.

— Não. Na verdade, acho que preciso ir embora. Volto outro dia para conversarmos melhor.

Daniela virou-lhe as costas, tencionando fugir dali, mas ele foi mais rápido e colocou-se de frente para ela, barrando sua passagem.

— Se você sabe onde está o meu filho, precisa me contar. Eu jurava que estava morto, que tinha cortado o mal pela raiz, mas já vi que em breve ele vai voltar para me assombrar.

— Senhor, eu não conheço seu filho. Só me deixe ir embora.

Daniela tentava manter a voz firme, quase autoritária. Demonstrar medo não era uma forma muito sábia de reagir à situação. Fora imprudente ao ir até lá sem proteção, confiando em sua intuição e sem a menor noção de quem era aquele homem e se ele podia ter algo a ver com os assassinatos. Ainda não tinha a confirmação, mas a forma violenta como ele a encarava era suficiente.

— No momento em que entrou aqui perguntando sobre Alice, já soube que traria problemas. Acha que eu sairia falando de tantas coisas assim, de graça, para qualquer um? Não deveria ter se intrometido nessa história. Há muitas coisas que você não sabe.

– Exatamente. Eu não sei de nada... então, não faz sentido ficar aqui.

Assim que Daniela disse isso, Portella recuou alguns passos, aproximando-se da porta da loja e trancando-a em seguida. Daniela estava presa, encurralada.

– Acho que eu e você temos que ter uma conversa muito séria, menina.

A voz ameaçadora perfurou seus tímpanos como uma lâmina afiada. O corpo de Daniela congelou. Mas precisava agir. Não tinha escapado da morte certa para cair novamente em sua cilada. Daquela vez, ela mesma precisava se salvar.

Conforme Portella avançava em sua direção, ela recuava, até colidir com o balcão, onde rapidamente pegou um estilete. Sem nem pensar no que fazia, sacou-o, abriu-o e girou o braço para frente com toda a sua força, atingindo-o em cheio no rosto, produzindo um corte razoavelmente profundo.

Foi o suficiente para que ele urrasse de dor e parasse, dando-lhe tempo para fugir. A opção mais certa seria a porta da frente, mas nem teve tempo de chegar lá, pois, mesmo com dor, Portella a agarrou pelas pernas e a fez cair dolorosamente no chão. Rendida, sentiu-se sendo arrastada pelos pés para mais próximo dele.

– Acha que é espertinha? Pode apostar que eu sou bem mais do que você. Não é a primeira vez que pego uma lutadora.

Depois de arrastá-la até detrás do balcão, ele a agarrou pelos cabelos, começando a levá-la para os fundos da loja. Enquanto esperneava e gritava, Daniela avistava a imagem triste e amedrontada de Pâmela, observando-os em sua condição sobrenatural, não podendo fazer nada.

O local escolhido foi um depósito. O cheiro era de ferrugem e cimento, o que deixou Daniela um pouco nauseada.

– O que vai fazer comigo?

Sem responder, Portella trancou a porta e começou a remexer numa caixa de papelão que estava em um canto. De lá retirou uma machadinha.

– Sabe? Não é assim que gosto de fazer as coisas.

– Eu sei, mas não é menos culpado só porque não machuca suas vítimas. – Criando coragem, Daniela cuspiu as palavras, cheia de ódio. – Por que as matou? Foi por causa de Alice?

– Por que elas tinham direito de viver e serem bem-sucedidas na carreira que minha filha escolheu? Alice era linda, cheia de vida, talentosa... Eu perdi tudo quando ela se foi.

– Você tem seu filho.

– Aquele bostinha sempre me trouxe problemas. E ainda por cima me manda mais um. Sei que você está aqui por causa dele... Vi a forma como olhou para o retrato. Sabe onde ele está. E vai me dizer, por bem ou por mal – ele elevou a voz e a machadinha.

Daniela apenas fechou os olhos...

Contudo, apesar de ouvir um estrondo, não sentiu nada. Ao abrir os olhos, viu Allen chegando com a polícia. Arrombaram a porta e entraram ali a tempo.

Tudo ainda parecia meio confuso em sua cabeça, mas conseguiu ver um dos policiais levando Portella algemado, enquanto outros deles davam alguns tapinhas nas costas de Allen, como se o conhecessem há algum tempo.

Assim que passou a adrenalina, Daniela começou a sentir-se trêmula. Ouvia a voz de Allen perguntando se estava bem, mas ele parecia falar a quilômetros de distância. Mal sentiu quando foi erguida do chão e carregada para fora do pequeno cômodo. Tudo que pensava era que tinha escapado da morte mais uma vez.

Enquanto isso, Pâmela a observava novamente. Daniela quase podia jurar que havia um sorriso em seu rosto fantasmagórico.

Em sua cama, sã e salva, com uma caneca de chá fumegante nas mãos, Daniela aguardava sua mãe – que não sabia nada sobre o que tinha acontecido – sair do quarto para poder conversar a sós com Allen.

– Odeio mentir para ela – Daniela comentou assim que Vânia fechou a porta, deixando-os sozinhos. – Não queria falar que tive um ataque de pânico por causa do acidente.

– É melhor do que deixá-la preocupada. Já passou. Ele está preso, não vai mais te incomodar.

– E nem a você. O que acha de me contar toda a história? Sou toda ouvidos.

Não queria parecer intrometida, mas tinha o direito de compreender o caos no qual tinha se metido sem querer.

Allen hesitou por um segundo, mas começou a falar:

– As primeiras vítimas do meu pai não foram essas modelos. Ele matou outras pessoas antes. Matou minha mãe.

Como dizer qualquer coisa depois de tal confissão?

– Sinto muito.

– Eu também sinto. Ela era uma mulher maravilhosa, mas decidiu deixá-lo, não aguentava mais ser agredida verbal e fisicamente. – Pausou para respirar. – Claro que demorei muitos anos para descobrir a verdade. Ouvi a parte dele da história, porque não tinha mais ninguém para contar o outro lado. Não sei se foi a primeira, mas houve outras. Muitas.
– Como você descobriu?
– Ele estava começando a voltar mais tarde para casa vários dias da semana. Uma vez eu o segui. Achei que tinha uma amante, mas, na verdade, tinha vítimas. Eu o peguei em flagrante, enterrando um corpo no quintal de uma casa em Vargem Grande. – Allen começou a chorar. – Ele guardava fotos delas espalhadas pela casa. Eram sempre parecidas com a minha mãe. Era uma porra de uma obsessão! – explodiu.
– E o que você fez?
– Estava tão nervoso que o confrontei, disse que iria à polícia. No dia seguinte havia realmente dois tiras na minha casa, amigos dele, e um pacote de cocaína na minha bolsa. Eu nunca usei drogas na minha vida, mas virei a ovelha negra da família. – Riu com sarcasmo. – Quem acreditaria em um viciado? E o mais ridículo dessa história é que quando a polícia decidiu averiguar a casa, depois de eu insistir muito, meu pai deu um jeito de sumir com todos os corpos em uma semana. Não sei como.
– E ninguém acreditou em você?
– Depois disso, minha meta de vida tornou-se encontrar provas de outros crimes. Apenas um policial acreditou em mim; aquele que me ajudou a te salvar. Mas meu pai ficou mais cauteloso, mudou seus métodos. Após a morte de Alice, per-

deu o controle. Quando algumas garotas morreram, não tive dúvidas de que tinha sido ele. Fui confrontá-lo, pegá-lo em flagrante, mas não cheguei a tempo de salvar Pâmela. Quase me matou.

— E sua irmã? Ela se matou mesmo ou foi seu pai que... — Daniela não conseguiu completar a frase. Era cruel demais torturá-lo dessa forma.

— Foi mesmo suicídio. Não só pelos motivos que meu pai alegou. Ela se matou porque descobriu os crimes. Eu tentei protegê-la da verdade como pude, mas foi inevitável. Um dia ela o viu chegando em casa sujo de sangue e o seguiu, como eu também havia feito. Já estava muito difícil para ela suportar seus próprios problemas na agência de modelos, e não aguentou descobrir quem meu pai realmente era. Os desabafos que fez nas redes sociais e o problema na carreira não só foram perfeitos para que meu pai justificasse seu suicídio, mas também serviram para que ele justificasse seu viés cruel e psicopata, se aproveitando do rancor de minha irmã para se satisfazer com mais mortes.

Daniela suspirou, desolada com o que tinha acabado de ouvir e entristecida ao ver o sofrimento estampado no rosto de Allen, ao se lembrar da irmã.

— Juro que não sei o que dizer. A história parece ser irreal demais para ser verdade. Não faço nem ideia de como entrei nisso tudo...

— Você me ajudou a lembrar, não me deixou sozinho. Foi um baita azar e, ao mesmo tempo, uma baita sorte termos morrido no mesmo horário. Nossas vidas foram entrelaçadas. Agora estamos ligados para sempre – ele falou em tom de brincadeira, mas era uma afirmação séria. Eles tinham uma conexão poderosa. – Bem, acho melhor te deixar descansar. Agora que eu me lembro onde moro e quem sou, está na hora de colocar algumas coisas em ordem.

– Tudo bem.

Allen se levantou e a beijou na testa. Já estava quase cruzando a porta para sair quando Daniela se levantou e o chamou.

Quando ele se virou em sua direção, ela segurou seu rosto entre as mãos e o beijou nos lábios. Não planejava intensificar o contato, apenas selar um sentimento que ainda se manifestava devagar. No entanto, Allen passou o braço ao redor de sua cintura, puxando-a para si com urgência, como se necessitasse daquela proximidade para se sentir vivo. Em segundos o beijo tornou-se uma confusão de emoções profundas, uma promessa de que aquela história estava apenas começando.

Assim que se separaram, embora ainda desejassem muito mais, Daniela sorriu de forma travessa e perguntou:

– Será que ainda posso te chamar de Allen? Acho que combina mais com você.

Ele riu deliciado.

– Depois desse beijo, você pode me chamar como quiser – sussurrou em seu ouvido, ainda mantendo-a dentro de seus braços. – Posso voltar amanhã para te ver?

– É claro. Estarei te esperando.

Depois de mais um beijo, Allen foi embora, deixando um rastro de esperança no coração de Daniela. Aquela história lhe trouxera um gosto de perigo para sua vida, mas valera a pena.

Do outro lado do quarto, observando-a, estava Pâmela. Ela não sustentava mais o semblante pesado, temeroso. Sorria, iluminada por uma aura de luz que transmitia uma imensa paz. Depois de acenar em despedida, ela subitamente desapareceu. E Daniela teve a nítida sensação que daquela vez seria para sempre.

BIANCA CARVALHO tem 29 anos, é carioca e autora da saga Trilogia das Cartas (cujos direitos foram adquiridos para publicação na Argentina) e do livro *Horas noturnas*. Representante do gênero dark romântico, apresenta uma marca inconfundível: reúne elementos fantásticos, de suspense e amor, que atraem fãs fiéis, sobretudo jovens adultos.

CAROLINA ESTRELLA

OS 6 PIORES DIAS DA MINHA VIDA

PRIMEIRO DIA

Noite fria na casa da família Lima. Não é este frio que você está pensando, caro leitor. Não dá para espantar o frio desta casa com um simples cobertor. O gelo está nos corações dos moradores. A filha se tranca no quarto todos os dias depois da escola e ouve rock pesado até a hora do jantar, isso quando é servido alguma coisa. Na maioria das vezes ela desce para pegar um lanche e volta para o seu refúgio adolescente.

Os pais? A mãe é funcionária pública e trabalha dia sim, dia não no Tribunal de Justiça. Não sei muito bem, pois não tenho conhecimento na área jurídica. Tudo que sei é que o pai está prestes a chegar e com certeza vai causar muita dor. Ele sempre causa sofrimento à família Lima. Sofre e se sente na obrigação de fazer todos a sua volta sofrerem também. Ele trabalha em uma firma de advocacia famosa no Centro da cidade. É um dos melhores advogados trabalhistas e o campeão em levantamento de copos de cachaça do bar do Jucupira. Ninguém é páreo para ele, principalmente nos dias em que perde algum caso e ouve um monte do patrão. Foi criado só pela mãe carola, que o fez acreditar que homem forte é homem que manda em casa. Homem que sustenta a família e bate em mulher, se for preciso um corretivo. Bate na mulher se for preciso espantar suas mágoas. Bate na mulher se for preciso relaxar de um dia estressante de trabalho. Bate na mulher quando vê que ela tem mais sucesso no trabalho e ganha um salário maior. Homem macho não permite uma coisa dessas em casa. Homem como ele se acha o dono da razão.

A mãe, ou melhor, Sandra Pacheco de Lima chegou em casa feliz depois de receber uma ligação carinhosa do seu pai, que vive no interior. Gostaria de visitar a família, mas o seu marido nunca permitiria que se ausentasse logo agora que tudo estava dando errado. Ela tinha que ficar ao seu lado. Chorar suas mágoas e ouvir calada as suas lamentações. Mulher não pode opinar.

A filha troca mensagens com sua melhor amiga sobre o assunto mais comentado da escola, o vestibular. A amiga quer ser professora, mas sabe que o salário é muito baixo e a profissão desvalorizada. Trocou por Engenharia pela vontade dos pais. Alana Pacheco de Lima, quer ser psicóloga e não abre mão disso. Mesmo sabendo que seu pai é totalmente contra, dizem que o louco tem medo de terapia. E se sua filha descobrisse seus problemas mais íntimos e resolvesse tratá-los? Ele podia falar qualquer coisa, o sonho de Alana é trabalhar com crianças problemáticas e ninguém tiraria esta ideia de sua cabeça. Sonho é sonho e cabe a nós respeitarmos. Afinal, o que seria do ser humano se não corresse atrás dos seus sonhos? Seria oco? Vazio? Ou um completo pedaço de nada.

A mãe sentia orgulho da filha e fazia de tudo para ajudá-la. As duas eram bem amigas, mas Alana não sabia do maior medo de sua mãe. Ela não sabia que sua mãe tinha medo de perder o único amor da sua vida para a loucura. Sandra sabia que seu marido estava ficando louco, doente, obsessivo e violento. Sentia pena.

Por quê? Por quê?

Espera só mais um pouquinho que vocês vão ver. Essa história não pode ser lida com pressa.

O pai, ou melhor, Afonso Mário Pacheco de Lima, chegou em casa bêbado, transtornado e machucado. Sua mão estava sangrando por causa de um tombo que levou na calçada. Correu para o quarto atrás de curativo. Encontrou a esposa deitada lendo e o ódio dominou seus pensamentos. Mulher não foi feita para ler. Mulher foi feita para ajudar o marido nos momentos mais difíceis! Ela não tirou os olhos do livro. Ele já entrou gritando.

– Sua vagabunda! Quer fazer o favor de me ajudar?

– Calma, Afonso. O que aconteceu?

Ele odeia perguntas. Uma dor invadiu seu coração junto com uma vontade enorme de esganá-la. Ele a agarrou pelas pernas com uma mão só e a jogou no chão.

– Faça um curativo na minha mão agora ou eu te encho de porrada.

Sandra levantou correndo e pegou o kit de primeiros socorros. Afonso olhou para ela com maldade no olhar. A tensão se espalhou pelo ar. Mais uma noite fria estava prestes a começar na casa da família Lima. O mais bizarro é que era 1º de abril e eu poderia estar contando uma história de mentira, mas é verdade.

Alana ouviu uma batida forte no quarto ao lado e resolveu ver o que estava acontecendo. Toda noite ouvia barulhos esquisitos vindo do quarto dos seus pais, mas suas amigas haviam lhe dito que eles provavelmente estavam fazendo sexo. Como não entendia nada disso e quase não conversava com a mãe sobre garotos, decidiu não atrapalhar a intimidade dos dois. Mas, desta vez, o barulho era diferente. Alguém estava arrastando uma coisa pesada. Será que estavam mudando os móveis de lugar?

A filha deixou o seu celular novo de lado e andou lentamente até o quarto dos pais. Colou o ouvido na porta e ouviu mais barulhos. Um barulho que só aumentava e de repente – BUM! – algo se espatifou no chão e a porta abriu de supetão. Alana sentiu a cabeça girar e quando entrou no quarto viu a mãe arrastar seu pai até a cama.

– O que aconteceu? Mãe! – gritou desesperada. – O papai morreu?

– Não, Alana. Eu é que renasci. Não aguento mais viver nesta prisão. Nós vamos embora agora! Pegue suas coisas em dez minutos e me encontre na garagem. A viagem será longa. Leve blusas de frio e biquínis.

– Frio e calor ao mesmo tempo? Vamos para a fazenda? O que vai acontecer com o papai?

– Exatamente! Sem mais perguntas. Ele só está dormindo porque encheu a cara de cachaça de novo.

Alana sabia que não era só isso, mas resolveu ficar calada e deixar esta conversa para depois. Arrumou suas coisas o mais rápido que conseguiu e encheu sua mala de livros. Apesar de amar música, não conseguia viver sem os seus personagens. Viver sem ler era uma tortura, principalmente quando o pai dizia que livros não é presente para uma garota. Uma jovem como ela deveria ganhar utensílios de cozinha para aprender a cozinhar. Até hoje Alana não entendia como a mãe fazia para ir trabalhar todos os dias com as lamentações do pai. Afonso era contra mulher trabalhar na rua. Sandra batia o pé e ia, mas pagava o preço dos seus sonhos depois. As manchas roxas em suas costas mostravam a verdade. Uma verdade universal.

As duas entraram no carro e deixaram para trás a dor. Deixaram Afonso sozinho chorando as mágoas nas sombras de sua própria alma dentro de um silêncio profundo.

SEGUNDO DIA

Que a família Lima estava despedaçada nós já sabemos, mas será que seriam capazes de encontrar a paz novamente?

– Bom-dia, vovô.

– Minha princesa grande. Como você está? Quando vocês chegaram, eu não tive tempo de te dar um abraço apertado, mas ainda temos a semana toda para matar a saudade. Sua mãe me disse que vocês vão passar dez dias na fazenda.

Uma grande confusão se instalou na cabeça de Alana. Será que ele não sabia o que tinha acontecido? Por que sua mãe escondia a briga com o seu pai do seu avô? Eles eram uma família e não é legal esconder problemas das pessoas que mais te amam e só querem te ajudar.

Será que vovô entenderia? Pensou a garota que tinha apenas 17 anos, mas com problemas de gente grande. Sua adolescência deveria ser muito bem aproveitada porque daqui a alguns anos o mundo adulto tomaria conta de sua vida e as responsabilidades aumentariam em um piscar de olhos. Porém, existem jovens que nasceram para lidar com fardos maiores do que deveriam aguentar.

Alana é uma dessas e por enquanto está se saindo bem. A garota abraçou o avô com carinho e se sentou à farta mesa de café da manhã. Sua mãe se juntou a eles logo depois. Seus olhos estavam inchados e seu corpo tapado por um blusão bem grande. Estava bem claro que ela tentava esconder alguma coisa, mas nem ela nem o avô comentaram nada.

– Minhas princesas! Que bom tê-las aqui. Vocês não sabem como o meu coração se enche de alegria de poder tomar café da manhã ao lado das minhas meninas. Sua avó cismou que quer viajar o mundo e me deixou aqui sozinho. Na última mensagem que recebi, ela tinha feito amizade com um grupo de yoga na Índia. Essa velha é muito louca. – Gargalhou e arrancou um sorriso bem grande de todos na mesa. Até mesmo da governanta, Fifi, que trabalhava para o comandante da família há mais de 15 anos.

Dizem as más línguas que o avô, ou melhor, Seu Floriano Peixoto tem uma quedinha por Fifi e ficou bem aliviado quando sua esposa resolveu abandoná-lo na fazenda para seguir seu sonho de menina. Dar a volta ao mundo e conhecer todos os tipos de pessoas. Ela sempre dizia com carinho: Os animais que me perdoem, mas eu gosto é de gente!

Apaixonada por cavalos, sempre criou os seus animais como se fossem filhos, mas um belo dia resolveu arrumar as malas e deixar tudo para trás. Sentiu pena do marido, porém tinha quase certeza de que Fifi cuidaria muito bem dele. E assim tem sido...

– Seu Floriano acordou cedinho e foi ordenhar as vacas pessoalmente para trazer leite fresco para as moças. Esse velho adora aprontar. O médico já disse que ele não pode abaixar muito por causa dos problemas da coluna.

– Ora, Fifi! Faça-me o favor! As minhas princesas vieram me visitar e o mínimo que posso fazer é cuidar bem delas. Vá procurar o que fazer e me deixe em paz! – disse fingindo estar bravo, mas Fifi sabia que aquele velho era puro amor por dentro.

– Vô, cadê o Azalão? Gostaria de dar uma voltinha por aí e vê-lo. Ele ainda está aqui?

– Claro que sim! Eu nunca venderia o cavalo da minha neta preferida.

– Aff, o senhor só tem uma neta! – Sorriu e olhou para a mãe, que mexia em seu café com uma cara séria.

– Mãe, quer dar uma volta comigo?

– Não, meu amor. Eu preciso dar uns telefonemas e quero conversar com o seu avô. – Piscou para a menina e fez sinal com as mãos de que conversariam mais tarde.

Alana respeitou a sua decisão, apesar de não suportar a ideia de não saber o que iria acontecer. Será que seu pai já tinha acordado? Elas viajaram a noite inteira e, quando chegaram à fazenda, já estava quase amanhecendo. Dormiram por cinco horas e foram despertadas pela cantoria do avô, que não podia estar mais alegre com a presença das duas. Seu Floriano vivia muito bem sozinho e se orgulhava disso. A maioria dos homens da sua idade não conseguiam viver sem seus filhos, ou esposa. Ele adorava se isolar na fazenda que herdou de seus pais. Tinha orgulho de cuidar dos bois pessoalmente, mesmo não podendo se envolver muito com os negócios. Seus advogados, gerentes e outros tantos profissionais ligados à empresa pecuária sempre o alertavam do estresse de continuar administrando os negócios todos os dias, mas ele não dava ouvidos e cuidava de tudo. Ainda tinha saúde. Para que ficar trancado em casa jogando buraco? Queria muito ter a sua filha por perto e até hoje sente pena de seu casamento. Nunca foi com a cara de Afonso e sabia que a visita da filha tinha algo com isso, mas não quis incomodá-la com perguntas. Deixou que ela tomasse o café tranquila e depois faria de tudo para mantê-la segura. Algo o dizia que aquele era o fim de um romance que nunca deveria ter começado.

— Filha, esteja de volta para o jantar! — gritou Sandra.

— Deixa disso! Estou levando lanche na mochila e pretendo acampar com algum vampiro misterioso que aparecer na minha frente. De preferência, irmão do Edward Cullen.

— Ai, Alana! Você e seus personagens fantásticos. Eu também queria um Edward para mim, mas no momento está difícil. Veja se encontra um lobisomem para mim. Prefiro lobos a sanguessugas.

— Mãe, você é doida! — Balançou a cabeça, tomou o último gole de café e saiu.

— Essa menina vai longe. Ela já decidiu o que vai fazer no vestibular?

— O senhor ainda não sabe? Ela botou na cabeça há mais ou menos um ano que quer ser psicóloga e cuidar de crianças com doenças mentais. Eu acho que ela quer mesmo é cuidar da mente perturbada do pai.

– Hmmm – Seu Floriano olhou pensativo para a filha. Ele sabia que havia vários caroços neste angu. – Afonso está bem? – Encarou Sandra com olhos de lince, mas ela desviou o olhar e mudou de assunto.

– Que jarra linda! Foi a mamãe que mandou da Índia para o senhor?

– Sandra, deixa disso. Não mude de assunto, por favor! Eu sei muito bem porque está aqui e, se aquele filho da mãe encostou a mão de novo em você, nós vamos agora para a delegacia.

Sandra se assustou com o jeito tirano do pai, que sempre fora tão dócil e compreensivo, mas mesmo assim não conseguiu se mover e mostrar suas marcas. Tinha vergonha da sua realidade. Uma advogada bem-sucedida apanhando do marido fracassado? Como isso era possível? Vocês estão perguntando! Nem eu mesmo sei, caros leitores, como eu já disse, não sei de tudo. Sou só a narradora dessa história. A verdade está escondida no coração dos nossos personagens e só eles podem responder as suas perguntas.

Que mania os leitores têm de querer saber de tudo na vida dos personagens! É cada pergunta que vocês nos fazem. Nós, os narradores, ficamos cansados com tanta indagação. Em menos de um minuto vocês são capazes de formular mil porquês. Apesar de estar de saco cheio da curiosidade de vocês, vou ajudá-los com essa história. Sandra não sabia o que o destino tinha reservado para ela. Aliás nem eu sei, tudo o que sei é o que me mandaram contar. Será que posso revelar agora ou vocês vão reclamar de *spoilers*? Sim, porque o que mais tem por aí são leitores fofoqueiros que leem o livro primeiro e saem espalhando na internet a melhor parte da história, mas eu vou manter o suspense até o final só para vocês terminarem este conto, sem as unhas da mão e do pé!

Bom, Sandra omitiu tudo de seu pai e o convenceu de que foi só um acidente, mas Seu Floriano sabia a verdade e estava cansado de tanta violência contra a sua filha. Faria de tudo para ajudar Sandra a encontrar as batidas perdidas do seu coração. Sandra já não sabia o que era o amor faz tempo, mas Alana. Ah, a jovem Alana estava prestes a conhecer este sentimento nobre. Não do jeito que imaginava como nos contos de fadas do cinema, mas de um jeito muito mais interessante. Afinal, o amor não é algo que se encontre em cada esquina. É? Será que está tão fácil encontrar um amor hoje em dia? O que você acha, meu nobre leitor? Você tem facilidade para amar?

Apesar da curiosidade de vocês, nada aconteceu hoje. Alana cavalgou a tarde toda, sentou no jardim central para comer seu lanche preparado com muito carinho por Fifi e voltou para a casa no horário combinado. Encontrou sua mãe adormecida no colo do avô. Juntou-se aos dois e assistiram à novela por algum tempo até a hora do jantar. O banquete estava na mesa, a família reunida, mas as dores... Ah, essas dores ainda estavam presentes no coração das nossas protagonistas e o temido Afonso acabara de acordar depois de um dia inteiro de ressaca. Sua mulher não estava lá, e um galo enorme surgiu em sua cabeça quando tentou se levantar de supetão e acertou o móvel acima da cama. Odiava aquelas prateleiras! Tentou ligar para Sandra, mas só dava caixa postal. Queria o jantar. Estava com fome. Fez um macarrão insosso, tomou uma garrafa inteira de vodca e voltou a dormir. Onde estava a sua mulher?

TERCEIRO DIA

O dia amanheceu nublado com nuvens carregadas, mas a empolgação de Alana estava colorida. A menina acordou cedo e vestiu sua roupa de montaria antes mesmo de escovar os dentes. Desceu a escadaria da fazenda com pressa e quase tropeçou no gato manhoso do Seu Floriano. Aquele gato era esperto. Estava sempre por perto observando as pessoas e esperando pelo momento certo para comer as sobras de pão com leite que Dona Fifi colocava para ele escondida de Seu Floriano, que detestava alimentar seu gato com comida de gente.

– Gato tem que comer comida de gato, senão pega infecção de gente e morre. Eu amo todos os bichos dessa fazenda, mas se esse bicho partir dessa para melhor eu morro junto.

O amor de Seu Floriano pelo gatinho era louvável e invejado por muitas pessoas, até mesmo por Sandra, que já tinha perdido a capacidade de amar qualquer coisa há muito tempo. Sentia amor pela família, mas não conseguia se interessar por nenhum homem, por mais que suas amigas do trabalho falassem que ela deveria largar o marido e encontrar alguém melhor. Ela não queria alguém, ela queria se reencontrar, mas, para isso, precisava tomar coragem para enfrentar uma separação difícil e se livrar das amarras de um homem violento.

Se eu puder arriscar um palpite diria que é muito difícil se livrar de uma relação de muitos anos. Quando você se acostuma à outra pessoa é difícil abandonar os velhos hábitos e reaprender a conviver sozinha com os seus próprios medos. Esses personagens têm mania de depender emocionalmente dos outros e depois não conseguem se livrar do ninho de gato que criam para si. Ah, se eu não fosse uma mera narradora intrometida...

Alana engoliu a comida em um minuto e saiu pela fazenda montada em seu cavalo com uma bolsa cheia de sanduíches, biscoito e frutas. A menina queria fazer um piquenique sozinha na beira da cachoeira para entrar em contato com a natureza e tentar achar respostas para seus questionamentos do momento. Ainda era adolescente, mas não fazia drama com tudo. Entendia que a vida era difícil, mas também poderia ser bela de vez em quando. Queria viver na fazenda com o avô e cuidar das crianças da cidade, mas não tinha coragem de explicar isso para o seu pai, que sempre a incentivou a estudar Direito. Tudo bem que no interior não tinha muita oferta de trabalho, mas queria tentar. Queria se afastar da cidade grande e viver uma vida mais calma.

Gostava dos animais, de acordar com o carinho do sol todos os dias e de cavalgar até a noite chegar. Seu avô precisava de atenção e sentia que sua presença na fazenda era necessária, mas não podia abandonar a mãe com o pai. No momento sentia muito medo e raiva. Queria enfrentá-lo, mas não tinha coragem. Ao invés disso, chorava em silêncio ao som dos seus cantores de rock favoritos durante a noite e não imaginava enfrentar a ira de um homem descontrolado.

Queria proteger a mãe, mas neste momento só tinha olhos para uma bougainvíllea enorme que fez um tapete lindo cor-de-rosa na beirada da cachoeira. Sentou-se entre as flores e jogou algumas para o alto como se participasse de alguma cerimônia indiana. Se sentiu especial e resolveu fechar os olhos para aspirar melhor o cheiro das flores. Elas não eram cheirosas, mas o odor da mata era inebriante. O cheiro de terra misturado ao cheiro da cachoeira formava uma fragrância que enchia seus olhos de lágrimas e seu coração de alegria.

Alana pertencia àquele lugar. A mata era a sua casa e o garoto que agora a cutucava de leve o braço pertenceria ao seu grupo muito seleto de amizades.

Ela tinha poucos amigos, mas cultivava suas amizades como se fossem ouro. Gostava muito de Júlia, sua amiga de infância, e não desgrudava de Amora, sua prima de 2º grau que estudava junto com ela desde o ensino fundamental. Amora e Júlia sabiam que Afonso era um homem agressivo, mas nunca se atreveram a aconselhar Alana contra o próprio pai. Situação difícil, entretanto as duas sempre apoiaram a amiga e tentaram dar conselhos. Alana se sentia feliz perto das garotas e queria estar com elas neste momento, mas sabia que precisava ficar ao lado da mãe e tentar entender tudo o que estava acontecendo. Será que o pai já havia acordado? Será que já tinha tentado contato com elas? Seu celular estava sem bateria, então não tinha como entrar em contato com ninguém, nem mesmo mandar mensagens pelos aplicativos. Na pressa que sua mãe exigira, esqueceu o carregador, mas ela havia se divertido tanto desde então que esqueceu de pedir um ao avô. Hoje faria isso, mas antes precisava descobrir quem era aquele garoto esquisito com um jeitão caipira que não parava de lhe dar cutucões. Resolveu fingir-se de morta só para assustá-lo, mas mudou de ideia quando ele a sacudiu com força e quase bateu sua cabeça no chão.

– Ei, eu sou uma garota de carne e osso, sabia? Até onde eu sei não sou uma boneca para você sair por aí sacudindo.

– Uai, você não respondeu aos meus cutucões, eu pensei que estava morta. Ia chamar a polícia, caso não respondesse.

Alana sorriu para o rapaz, se levantou e pegou um sanduíche na mochila. Devorou-o com rapidez e encarou a cachoeira com intensidade, deixando o garoto indignado com a sua falta de educação.

– Ei, não vai falar comigo? Eu me chamo Edgar Nunes de Assunção da Silva e você?

Alana encarou o garoto com cara de sapeca e jogou uma pedra pequena em seu braço.

– Diacho, garota maluca! Agora deu para ficar muda e me jogar pedras. Quer fazer o favor de me dizer seu nome, senão eu vou roubar esse sanduíche de presunto que está na sua mochila e devorar tudo antes que você possa me alcançar.

– Metido e guloso. Eu me chamo Alana e sou neta do Seu Floriano. E não, não vou dizer o meu nome inteiro porque isso é muito cafona.

Edgar até tentou dizer alguma coisa, mas Alana o cortou e danou a falar sem parar.

– Ah, e eu jogo pedras em quem eu quiser e tenho direito de ficar muda se não quiser falar com um garoto metido a caipira que atrapalhou o meu banho de sol na cachoeira.

Edgar olhou para a menina embasbacado e jogou algumas pedrinhas em sua mochila. Alana levantou-se depressa, mas o garoto foi mais rápido e a agarrou pela cintura. Em seguida Edgar a ergueu e a levou para a cachoeira e os dois tomaram banho de roupa e tudo. Alana pensou em protestar e reclamar pela ousadia do menino, mas estava gostando de tudo e não conseguia explicar a atração forte que sentia por alguém que tinha acabado de conhecer. Ela não acreditava em amor à primeira vista, mas aqueles olhos amendoados provocaram fagulhas esquisitas em seu coração. O garoto era gente boa, mas tinha a capacidade única de deixar Alana irritada em poucos segundos. Dizem que as pessoas encontram o amor em todos os lugares, até mesmo em momentos de tensão extrema.

A menina estava se divertindo para valer e tinha até esquecido de seus problemas com familiares, mas de repente uma cobra verde enroscou-se em seu pé e seu grito só não ultrapassou as barreiras do som porque suas cordas vocais se silenciaram assim que o bichinho começou a subir.

– Ed... Ed... Edgar – disse apavorada, prendendo a respiração. Ele olhava para ela com preocupação e tentava alcançá-la a todo custo, mas a correnteza estava forte. No final das contas, a sua ideia de arrumar um cipó para brincar de pular na cachoeira não foi muito boa já que se afastou demais da menina sapeca do sorriso encantador.

– Calma, eu já estou chegando! É só uma cobra-d'água, não precisava ficar com medo! Já, já ela vai embora – disse com sabedoria no assunto, afinal já tinha lidado com várias cobras deste tipo.

– Eu – engoliu em seco. – Eu não tenho medo, eu tenho pavor e esse bicho nojento está subindo! – gritou desesperada e se contorceu como se estivesse tendo uma convulsão.

– Alana, não precisa fazer isso! Já estou chegando... – Edgar mergulhou e tentou procurar a cobra, mas a água era marrom e não dava para enxergar nada. Ele resolveu seguir o caminho do bicho e encostou as mãos na perna da menina. Ela ficou ainda mais nervosa e sentiu correntes elétricas fortíssimas subirem pelo seu corpo em apenas alguns segundos. Parecia que estava pegando fogo. Edgar subiu mais e mais e a garota ficou petrificada encarando a margem como se estivesse vendo a morte. Nunca havia sido tocada assim com tanta delicadeza. Ele estava tentando ajudá-la, mas aquele toque a estava deixando maluca. Seu cérebro deu pane e por alguns segundos não soube o que fazer, só sentir. Quando acordou do transe de emoções, chutou Edgar com força e nadou para longe. Ele a encarou sem nada entender, mas sentiu suas mãos pegarem fogo mesmo debaixo da água gelada.

– Ué, a cobra já foi embora? Perdeu o medo?

– Não! Eu só percebi que você é uma ameaça maior do que uma simples cobra inocente.

– Garota doida! Não sei o que eu te fiz para te deixar tão irritada assim. Só tentei te ajudar com a cobra.

Alana olhou para ele e quase falou as palavras que estavam presas em sua garganta desde o primeiro minuto em que o conheceu, mas preferiu guardar para si.

– Ah, não enche o meu saco e volte para o curral de onde você nunca deveria ter saído.

Edgar olhou para ela incrédulo com tanta agressividade, mas resolveu ignorá-la e continuar a apreciar a cachoeira e o sol. A natureza não é tão difícil de se entender como as mulheres. Foi feita para ser apreciada sem moderação. É tudo tão lindo e belo, tão vasto e encantador. As mulheres são complicadas, cheias de emoções e gostam de sofrer por amor. Era assim que o nosso jovem pensava, mas mal sabia ele que os homens também são sensíveis e que seu tempo de solidão estava contado.

    Alana correu até o cavalo e montou em suas costas apressada. Queria sair de lá o mais rápido possível. A pressa foi tanta que esqueceu a sua mochila na cachoeira, mas não ligou para isso. Tudo o que mais queria era chegar em casa e se aconchegar em sua cama.

QUARTO DIA

Nada como uma boa noite de sono para acalmar os ânimos e botar ordem nos pensamentos. Alana acordou renovada e pronta para mais um dia na fazenda. Hoje ia cuidar dos animais e ficar longe da cachoeira. Não queria ver Edgar, por isso pediu para Fifi buscar sua mochila e aproveitou para ler um livro enquanto seu avô tomava banho. Seu Floriano estava animado para levar a neta para ordenhar as vacas, cuidar dos porcos e dos bois. Seu Floriano fazia de tudo para dar o melhor para os seus bichinhos.

    Alana estava no quinto capítulo de um romance bem dramático quando ouviu sussurros vindos do escritório. Era sua mãe, que chorava copiosamente e discutia com alguém.

    – Você tem que entender que não podemos mais continuar com isso. Eu não aguento mais ser agredida por você todos os dias.

    Alana chegou mais perto e fez de tudo para ouvir a outra pessoa, mas, infelizmente, não tinha superpoderes.

– Afonso, não é questão de falta de amor. Eu te amei durante muitos anos, mas agora eu não consigo mais. Não dá. Você está insatisfeito com o trabalho e desconta em mim. Silêncio. Passadas. Mais silêncio. Passadas pesadas e gritos.
– Afonso! Entenda de uma vez por todas, eu estou me separando de você e quero que você saia da minha casa até semana que vem. Sem mais.
Silêncio. Eu costumo dizer que o silêncio é angustiante e me provoca arrepios toda vez que ouço uma discussão e não consigo ouvir o que a outra pessoa está falando. Por que os telefones não podem ficar ligados no viva voz o tempo inteiro? Os fofoqueiros de plantão ficariam satisfeitos e eu poderia contar esta história muito melhor para vocês. Porém, desde que vim para a fazenda não consigo investigar a vida de Afonso. A única coisa que sei é que ele está bem mal e que ficou com uma ressaca daquelas depois de passar dois dias bebendo direto. O outro narrador me contou só isso. Disse que se eu quiser saber mais que lesse a história de Afonso em um próximo conto. Pode até ser que eu faça isso, se aquele sujeito merecer, por enquanto prefiro narrar a história das minhas meninas, que precisam muito mais de mim.
– Você não pode fazer isso! Alana tem quase 18 anos e vai decidir com quem quer morar. Tenho certeza de que ela não vai querer viver com um homem violento e manipulador – gritou Sandra com todas as forças, mas desligou o telefone e foi para a sala apressada assim que ouviu a porta da sala bater. Encontrou Alana encolhida no sofá, aos prantos.
– Querida, não era para você ter ouvido! Vai ficar tudo bem. – Sandra ainda tratava Alana como uma garotinha, mas

a menina já tinha maturidade suficiente para saber que o pai era violento e não merecia o seu amor.

– Eu nunca mais quero olhar para a cara dele. Mãe, eu já percebi que ele bate na senhora e não aguento mais ouvir os gritos e ficar calada. Eu tentei ignorar a briga de vocês porque não sabia o que fazer, mas agora chega! Você tem que denunciá-lo à polícia.

Sandra se espantou com a ideia de Alana e ficou triste ao pensar que tudo o que mais queria quando se casou era construir uma família feliz e sólida. Assim como a sua. Apesar de sua mãe estar viajando o mundo, sabia que o carinho que tinha por seu pai ainda era muito forte. Os dois sempre foram muito ligados.

– Filha, as coisas não são assim. Ele é seu pai, meu amor. Eu não posso simplesmente ligar para a polícia e mandar prender o homem que eu amei durante muitos anos.

– Mãe, desde que eu tive noção das coisas, eu o vi te tratar mal. Você finge que não, mas sabe que aquelas palavras ácidas não são legais e que nenhuma mulher merece ser chamada de vaca e vagabunda pelo marido. Eu mesma já sofri algumas agressões verbais, só não sabia direito o que sentir, afinal, ele é meu pai. Deveria me proteger acima de tudo e me ensinar a amar o próximo independentemente do gênero.

Sandra olhou para a filha e começou a chorar. Não conseguiu controlar mais os seus sentimentos e se juntou ao sofrimento da filha, apesar de concordar com ela, não iria denunciar o marido. Após o divórcio, tentaria ficar mais tempo com o pai na fazenda. A calmaria de sua infância estava fazendo falta.

Oi? O que aconteceu? Um segundo, leitores. Estou recebendo uma mensagem muito importante do narrador do Afonso, mas não consigo entender. Fiquem quietos por um minuto e me deixem escutar.

Nossa Senhora Aparecida! Proteja as minhas meninas! Algo me diz que Afonso saiu de casa de carro e está furioso. O danado não quis me contar mais nada e me mandou continuar narrando a minha história como se nada tivesse acontecido.

– Ah, mãe, você não pode viver mais assim. Quero te ver feliz! Eu estou aqui do seu lado e quero te ajudar no que precisar. Como futura psicanalista acho que você deveria procurar um profissional e tentar organizar os seus pensamentos.

Sandra olhou para Alana e viu que sua menininha já era uma mulher. Percebeu um brilho forte em seus olhos. Ela estava diferente. Fifi viu as duas sentadas na sala e sentiu o clima intenso. Pensou em voltar para a cozinha, mas sentiu que deveria se intrometer e dar a notícia à menina.

– Dona Alana, eu pedi para o Seu Pirajaba buscar sua mochila, mas ele não a encontrou. Disse que alguém deixou um bilhete de resgate.

– Como assim? Que raio de bilhete é esse?

– Veja com os próprios olhos. Aí diz que você precisa voltar ao mesmo lugar que deixou a mochila à meia-noite em ponto.

Sandra olhou para a filha com curiosidade e sorriu. Isso só poderia ser obra do filho do vizinho que era um doce de menino. Ela o viu crescer e sempre gostou muito do jeito como o Seu Assunção o criou. O homem tinha pulso firme, era honesto e tinha princípios muito valiosos. Era um homem bonito com toda certeza, mas era casado e Sandra não tem o direito de pensar em homens comprometidos. Ou tem?

— Fifi, me diz uma coisa. O Assunção, digo, Seu Assunção está bem? Nós poderíamos convidar ele e a esposa para um jantar aqui na fazenda?

— Ih, Sandrinha, a mulher dele faleceu faz uns dois anos. O coitado ainda está de luto, mas ouvi dizer que está bem melhor. No primeiro ano depois da morte dela, ele vivia andando por aí sem rumo. Seu Floriano já cansou de encontrá-lo bêbado na cachoeira. Agora ele parou e voltou a cuidar do filho e dos negócios.

— Hmmmm. — Sandra ficou pensativa e olhou para a filha, que encarava o bilhete como se tivesse recebido uma notícia trágica.

— O que houve, menina? Parece que viu uma assombração! — comentou Fifi, que estava achando tudo isso muito engraçado. Sabia que Sandra tinha uma queda por Assunção e, pelo visto, sua filha estava sentindo algo pelo filho do fazendeiro mais charmoso da região.

— Se aquele garoto acha que eu vou sair daqui para buscar a minha mochila, está muito enganado! Fifi, chame o caubói mais malvado da região e o mande buscar minha mochila. Aquele idiota vai ter o que merece!

Fifi e Sandra gargalharam com intensidade e deixaram a menina sem graça e com mais raiva ainda.

— Dona Alana, não tem caubói malvado e, mesmo se tivesse, eu não o chamaria, menina! Onde já se viu ameaçar o garoto mais simpático da região? As garotas daqui fariam de tudo para estar no seu lugar.

— Você só pode estar maluca! Quem ia querer contato com aquele sujeito?

— Minha filha, deixe de bobeira e vá se divertir. O Edgar é um bom menino e eu o vi crescer. Você já brincou muito com ele aqui na fazenda. Lembra-se?

A menina levou um susto com a quantidade de lembranças que invadiram a sua mente em apenas um minuto. A emoção foi tão grande que ela preferiu sair correndo e se trancar em seu quarto a ouvir sua mãe falando sobre o menino que despertou sentimentos em seu coração com apenas um olhar.

QUINTO DIA

Onze horas da noite. Muitos já estão dormindo a essa hora para despertar cedo no dia seguinte, mas Alana não parava de andar pelo quarto murmurando frases soltas, sem sentido. Hmmmm, algo me diz que a noite desses dois será inesquecível.

— Ele não sabe o que está fazendo. Quem ele pensa que é? O rei da fazenda? Eu não posso cair nessa armadilha barata para conquistar uma garota da cidade!

Ai, eu e minha boca do tamanho do mundo! Vocês sabem que eu sou uma narradora fofoqueira. Não precisa ficar com raiva e tacar o pobre do livro na parede só porque falei uma verdade que qualquer leitor assíduo já percebeu. Ah, você não lê tanto? Sinto muito, queridinho! Está precisando ler mais para interpretar as coisas melhor. Pelo menos está acompanhando a minha história, o que é um ótimo começo para eliminar sua ignorância. Sim, eu sou metida. Sim, eu sou arrogante. Mas, vamos parar de papo furado e focar na menina, que acabou de colocar a bota de montaria.

Ai, meu Deus! Para onde essa menina vai a essa hora da noite?

O que o amor não faz com uma garota! Em pensar que antigamente as pessoas demoravam dias ou meses para se apaixonar e hoje essa juventude recebe um elogio e já está apaixonada.

Alana terminou de se vestir e olhou para o relógio ansiosa. Trinta minutos para a meia-noite. O que iria falar com ele? E se ele fizesse alguma coisa com ela no meio do mato? Por mais bom moço que fosse, Alana tem que se preocupar com esses detalhes, porque hoje em dia o que mais existe é lobo em pele de cordeiro.

Resolveu levar uma canga e um biscoito para caso sentisse fome durante a caminhada até a cachoeira. Ou era melhor ir cavalgando? O seu cavalo já devia estar dormindo, mas Fifi garantiu que o deixou descansar o dia inteiro para trabalhar durante a noite. Essa Dona Fifi, viu? Se bobear é mais esperta do que eu que sei de tudo antes de todo mundo. Deitou na cama para relaxar por cinco minutos mas levantou-se correndo. Era melhor ir logo e pegar sua mochila do que enrolar e deixar aquele sujeitinho esperando muito. Se ela se atrasasse era bem capaz dele perceber seu nervosismo. Se é que é possível esconder um sentimento desses.

– Por que eu fui esquecer aquela maldita mochila? Por quê? – Bateu levemente na cabeça e sorriu. – Ahhhhhhhhh, não consigo me esquecer daqueles olhos charmosos.

Suas amigas surtariam com a novidade e com certeza iriam junto com Alana até a cachoeira só para filmar tudo e compartilhar nas redes sociais com as outras garotas da escola. Fofoqueiras toda vida! Adoram falar da vida dos outros, mas vivem escondendo os seus segredos.

Alana sabe que Amora gosta de garotas, mas até hoje não teve coragem de beijar na boca de uma. Sabe também que Júlia é apaixonada pelo professor de Química e que eles já ficaram escondidos. Ops! Isso ela não sabe ainda, foi um colega meu que me contou e eu achei relevante compartilhar esta informação com vocês. Estão vendo como sou boazinha?

Buuuuum! A porta do celeiro se fechou com força e Alana saiu cavalgando com pressa para não se atrasar para o seu primeiro encontro. Seus cabelos balançavam com o vento e seu rosto sorria satisfeito com a brisa da noite beijando as suas bochechas.

Edgar chegou cedo e preparou uma surpresa para a garota indulgente. Nunca viu cabra mais brava e isso o deixou encantado. Adorava garotas de atitude.

Arrumou a toalha de piquenique, acendeu algumas tochas e tocou algumas músicas em seu violão antigo. Ganhou de presente de seu pai quando fez 10 anos e até hoje dedilhava suas músicas favoritas. Nunca tocou para uma garota, pois morria de vergonha. Mas, desta vez, decidiu abrir seu coração com seu instrumento favorito. É claro que o garoto se assustou com o sentimento forte que sentiu ao ver a garota. Achava que paixão à primeira vista era coisa de cinema. Ele não queria se apaixonar agora, principalmente, porque estava prestes a entrar na Faculdade de Agronomia. Queria cuidar da fazenda do pai e dar um descanso ao velho, que nunca se recuperou da morte da sua mãe. Seu pai estava precisando se apaixonar de novo.

Edgar ouviu um barulho vindo da floresta e de repente viu uma fada se aproximar e parar bem ao seu lado. Alana estava envolvida por uma aura colorida e seu sorriso irradiava alegria até mesmo para o grilo que estava enrolado na teia de aranha prestes a ser comido. O garoto ficou comovido com tanta energia positiva que pegou seu violão para tocar sua canção preferida. A melodia invadiu os ouvidos de Alana com tanta força que fez com que o seu coração saltasse pela boca e fosse parar na beira da cachoeira.

Ela esperou o garoto terminar e aplaudiu como se não houvesse o amanhã.

– Você tem uma voz linda, parabéns! – disse, se aproximando. Sentou-se perto de Edgar e começou a arrancar os matinhos em volta da toalha para conter a tremedeira da mão.

– Muito obrigado! Eu canto desde menino, mas não gosto muito de tocar para os outros. Tenho vergonha! Pode não parecer, mas sou tímido.

– Ah, para! Você é tudo, menos tímido! – Sorriu e deu um tapinha leve em seu braço. Logo em seguida olhou para a sua mochila e sentiu uma raiva repentina lhe subir à cabeça.

– Quero saber por que você pegou a minha mochila e me fez vir aqui tão tarde?

Edgar respirou fundo e disse com esperança de que a menina entendesse os seus sentimentos tão recentes.

– Eu gostei de você. Você pode não acreditar, mas eu não consigo parar de pensar em você desde o primeiro minuto que te vi. Sei que estou sendo piegas, mas é verdade.

— Eu... — gaguejou e olhou para as estrelas em busca de palavras. — Também gostei de você! — Sorriu e aproximou sua mão para mais perto da dele.

Edgar ficou feliz da vida e tascou um beijo na menina, que não teve nem tempo de respirar. Os dois contemplaram a noite até o nascer do sol e dormiram juntos até a hora do almoço. Quando eu falo "dormiram juntos", eu quero dizer descansaram abraçados. Nada de sexo, viu, safadinhos? Era só o que me faltava agora! Ter que lidar com leitores com mente poluída.

Prometeram se encontrar à noite no jantar que Alana iria organizar com Fifi para Edgar e seu pai. A menina queria agradar e aproveitar seu curto tempo na fazenda para estreitar seus laços de afeto com o vizinho.

SEXTO DIA

— Senhoras e senhores, este é o meu modelito para o jantar de hoje! — disse Alana no alto da escada, com um vestido preto godê e salto alto.

— Filha, você está linda! Eu nem sabia que você tinha este vestido.

— Ah, o vovô me deixou dar uma olhada no guarda-roupa da vovó e eu encontrei esta raridade do século passado.

— Ah, se sua avó te pega falando assim dos vestidos dela, te mata! Você ficou linda, minha neta. Edgar é um rapaz de sorte!

— Estou me sentindo desarrumada perto da minha filha! Papai, por que não me mostrou o guarda-roupa da mamãe? — perguntou Sandra, com ciúmes.

— Mulheres! — Piscou para mim e disse: — Vou lá na cozinha agilizar este jantar, senão nossos convidados chegam e morrem de fome. Dona Fifi é muito lenta para cozinhar!

— Papai — recriminou Sandra. — Não vá apressar a mulher! Ela está cozinhando com tanto carinho. Quando a comida é feita com amor fica até mais gostosa!

Até parece que Seu Floriano ia perder a oportunidade de fazer o que mais gosta: implicar com Filomena. Chegou à cozinha de mansinho para dar um susto na sua querida governanta quando ouviu um carro estacionar e correu para a janela de serviço para ver quem era. Só podiam ser os convidados, mas não viu ninguém. Entrou na cozinha, pegou um cabo de vassoura e fez sinal com o dedo para que Fifi não falasse nada. Foi até a porta sorrateiramente e ouviu uma pancada forte. Quando ela se escancarou, revelou um homem acabado e transtornado.

— Afonso? O que você está fazendo aqui? — perguntou Seu Floriano, desorientado.

Afonso tinha viajado a noite inteira determinado a encontrar sua família, mas a vontade de beber algo forte o venceu e ele parou no primeiro boteco que viu na estrada. Bebeu tanto que adormeceu no carro. Quando acordou foi direto para a fazenda recuperar o que achava ser seu. Só que ninguém é dono de ninguém, mas, para Afonso, Alana e Sandra eram suas mulheres.

— Vim buscar minha mulher e minha filha. Onde elas estão? — perguntou nervoso.

Fifi viu algo em suas mãos e fez sinal para Seu Floriano, que arregalou os olhos e gritou:

— Sandraaaaaaaa, corre para o celeiro e chama a polícia. Seu marido está aqui e veio armado!

Afonso se irritou e deu uma coronhada em Floriano. Fez sinal para Fifi tirar o velho do chão e o levar para a despensa. Trancou os dois lá dentro e foi para a sala em silêncio.

As duas mulheres estavam escolhendo a trilha sonora para o jantar e não ouviram nada. Que pena! Poderiam ter evitado tanta coisa, mas agora não é hora de lamentações. Eu preciso chegar ao fim dessa história, doa a quem doer.

— Então é aqui que essa vagabunda está se escondendo! Está arrumada, por quê? Já encontrou outro homem? Bem que minha mãe sempre me disse que você não prestava, Sandra!

— Afonso — disse surpresa e nervosa. — O que está fazendo aqui? — Ao passar o choque se lembrou das acusações e tentou se defender dizendo que sua mãe queria que fosse dona de casa e vivesse em função do marido. Repudiava sua independência e reclamava da nora em todas as festas de final de ano.

— Cale a sua boca! — Deu um tapa na cara de Sandra e Alana se encolheu no canto do sofá. Se sentiu inútil, como sempre, e não conseguiu defender a mãe de novo. Reuniu todas as suas forças para empurrar o pai para longe, mas isso só piorou as coisas.

— Ora, ora! Quer dizer que a vagabunda da sua mãe te botou contra mim? Quer saber? Você é outra vagabunda! Que vestido de puta é esse? Tire essa porcaria agora e vamos embora para a casa.

— Você não tem o direito de falar assim comigo e com a minha mãe! — gritou com raiva e atirou um vaso de flores de porcelana contra ele. Afonso se irritou e apontou a arma para as duas.

— Se você me desobedecer mais uma vez eu mato as duas — gritou e cambaleou. Estava bêbado, fedido e desgrenhado. Seus olhos não se fechavam direito há dias e sua mente não tinha paz há anos. Dormia e acordava. Tinha alucinações com a mãe, que sempre falava: "Você tem que ser macho, meu filho! Não pode deixar sua mulher mandar em casa. Ela tem que parar de trabalhar e te dar mais um filho. Onde já se viu mulher tomar remédio para não engravidar depois de ter uma criança? Casa boa é casa cheia!"

Ele não gostava muito da intromissão da mãe, mas não queria ser rejeitado, então aprendeu a se impor e com isso batia em Sandra com frequência. Ela não o obedecia e isso era muito malvisto pela sua mãe. "Sua mulher não presta. Só quer saber de trabalhar fora e não cuida do marido. Mulher boa é aquela que não sai de perto do fogão e espera o marido com a janta pronta."

— Afonso! Você não quer cometer essa loucura! Nós somos sua família. Abaixe essa arma e vamos conversar! — implorou em prantos. Seus olhos ardiam, mas nada se comparava à dor que sentia por ver o marido naquele estado e o medo de perder a filha.

— Eu não quero conversar! Fui abandonado por vocês e vim aqui buscar minha filha. Já que você não sabe me tratar bem, eu vou ensinar essa menina a ser mulher de verdade.

— Eu não vou com você, seu monstro! Some da minha vida! — Alana entrou na frente de Sandra e encarou o pai com coragem, mas sua bravura foi embora quando Afonso atirou contra elas.

Seu Floriano ouviu o som da bala e bateu na porta desesperado. Não podia perder a sua família para aquele louco psicopata. Mas estranhou quando ouviu uma nova voz:

— Largue essa arma agora ou eu vou te dar tanto tiro que você vai ficar que nem queijo esburacado — disse Assunção, um homem alto, forte, moreno e de atitude.

Sandra estava caída no chão segurando Alana, que chorava compulsivamente por conta do ferimento que a bala fez em seu braço.

Edgar correu para ajudá-las e Afonso começou a gargalhar.

— Agora eu entendi tudo! Você está namorando o vizinho do seu pai que correu atrás de você durante a adolescência e que você fazia questão de elogiar toda vez que jogava na minha cara que eu era um péssimo homem perto dele. Sua vagabunda! Eu vou te matar! — gritou descontrolado e correu para cima de Sandra, mas foi desarmado rapidamente por Edgar, que o rendeu. Assunção chamou a polícia e ligou para a ambulância. Alana estava perdendo muito sangue e precisava de cuidados médicos com urgência.

Sandra olhou para Assunção com gratidão e cuidou da filha até receber a notícia de que ela se recuperaria logo. Edgar não saiu do lado da menina no hospital e sempre tocava músicas para deixá-la feliz. Seu Floriano ficou nervoso quando viu a neta sendo levada para o hospital e quase teve um ataque cardíaco, mas segurou firme. Afonso? Bom, o que dizer desse sujeito? Eu não faço questão de falar sobre ele. Se quiserem saber mais peça para que o outro narrador escreva a história dele no papel.

Este conto termina aqui, mas meu dever é dizer que a justiça foi feita e pessoas de bem merecem finais felizes. Seu Floriano e sua esposa viajante seguiram felizes, assim como Fifi. Sandra se libertou e se dedicou a passar mais tempo com sua filha e seus pais na fazenda que tanto lhe rendeu alegrias. Alana e Edgar foram para a faculdade e, embora em cursos diferentes, cursaram no mesmo campus. E ali o amor floresceu. Agora vou viver outra história, conhecer outros personagens e fofocar mais sobre a vida dos outros porque neste conto aqui todos estão com a vida resolvida. Esta sou eu, prazer, narradora.

CAROLINA ESTRELLA tem 28 anos, é jornalista, youtuber, criadora do projeto Escrever é legal! e autora dos livros *Garota apaixonada em apuros*, *Garota apaixonada em férias*, *Garota apaixonada para sempre*, *Garotapop.com* e *Entre dois amores*. Adora ler livros de romance e suspense, ver seriados americanos, filmes estrangeiros, assistir a leituras dramatizadas e explorar o mundo em suas viagens.

CHRIS MELO

ERA AMOR

São Paulo, 4 de março

1. Por onde eu começo?

Um ano difícil é capaz de bagunçar uma vida inteira feliz. Certo, meio dramático isso. Eu riscaria essa frase, mas a instrução que recebi é de escrever as primeiras coisas que surgirem na minha cabeça. Sem arrependimentos, sem vergonha ou julgamento. Então deixe a frase *dramalhona* aí mesmo.

Mas, sendo honesta, tenho que dizer que o último ano não foi tão complicado já que minha rotina em quase nada mudou. Além disso, a minha vida antes disso nem era tão radiante assim.

Droga, eu não quero escrever um diário, não quero fazer análise e nem ter que encontrar um jeito de conseguir expressar meus sentimentos. Não tenho tempo pra isso. Não quero e não sei fazer isso. O terapeuta já disse um milhão de vezes e eu concordo: não sei me comunicar, não consigo nem entender o que acontece dentro da minha cabeça, muito menos verbalizar. Só fui para a terapia porque não me restou muita opção. Depois de um surto psicótico, você precisa mostrar para as pessoas que está se esforçando em melhorar, que reconhece que precisa de tratamento e que ninguém precisa esconder as facas e trancar as portas para conseguir dormir em paz na mesma casa que você.

A parte nada engraçada é você precisar de terapia porque quebrou um apartamento inteiro, gritou, bateu na porta dos vizinhos e colocou a amante do seu marido nua para fora do seu apartamento, a arrastando pelos cabelos, fazendo o digníssimo sair de cuecas atrás de vocês pela escada de emergência. Foi um show patético e humilhante para nós três.

Eu sei.

O que eu não entendo é por que as pessoas acham a reação pior do que a causa? Sim, eu perdi as estribeiras, a classe e o bom senso. Todos dizem que eu deveria ter agido com superioridade, que seria muito mais digno virar as costas e fingir não me importar. Acho que qualquer um que me conhece imaginaria esse tipo de reação, afinal, sempre fui uma pessoa contida. Mas, porra! Eu me importei, doeu e queria que sentissem também um pouquinho daquela dor.

Realmente acredito que eles também precisam de tratamento. Marcos deveria ser obrigado a fazer um diário para tentar compreender o tipo de perversão que o fez levar uma de suas clientes para o nosso apartamento e me trair com ela na cama que levamos meses para escolher. Sério, por que ninguém sugere tratamento para uma garota jovem, bonita e bem-sucedida que decide transar com o seu advogado tendo como testemunha milhares de fotos dele com a esposa?

Qual é? Eu estava trabalhando, há dias fora de casa, exausta, louca pra chegar e me esticar na MINHA cama e fui recepcionada por gemidos, roupas pelo chão e minhas taças favoritas com marcas de batom.

Eu sou a louca? Sério?

Dane-se. Isso não vai resolver. Só aumenta a minha raiva. Dane-se a terapia e esse diário idiota. Dane-se tudo. Acabou mesmo.

Acabou.

São Paulo, 19 de março

2. Oi, meu nome é Marcela, tenho 29 anos e estou sóbria há quinze *dias* minutos.

Fiquei duas semanas sem ir ao terapeuta e ele me mandou um e-mail perguntando se eu estava fazendo o diário que sugeriu. Respondi com a ironia de sempre e enviei o primeiro – e ridículo – texto para ele comprovar a sua própria incompetência e perceber que não há nada obscuro a ser resolvido. Eu fui traída, tive uma reação inesperada, me separei e agora estou tentando tocar a vida, deixando esse episódio para trás. Só isso.

Acontece que ele respondeu e suas poucas palavras mexeram comigo: *"Finalmente você arranhou a superfície. Continue até cavar o fundo."*

Tive vontade de perguntar se ele era médico ou poeta, porém me segurei. Fiquei olhando a frase por vários minutos me questionando o que via como superfície e se tinha alguma ideia do que eu encontraria se continuasse a cavoucar.

Seria muito feio eu dizer que passei a vida toda na tal da superfície? Não sou do tipo profunda. Sempre fui muito prática e meus pensamentos acontecem da cabeça pra fora. Se fosse pra definir, eu seria o pescador, aquele que joga a isca, pesca a ideia e a traz para fora. Não sou o mergulhador, tenho medo de nadar, sou asmática, tenho medo de sufocar. Gosto da minha cabeça fora da água, gosto de respirar. Não gosto do fundo. Não sei se quero continuar a arranhar a superfície e trincar meu solo seguro. E se eu me afogar?

É... Para algumas pessoas, a terapia resolve, mas para mim só parece piorar. E lá se foram os meus quinze minutos sóbrios.

São Paulo, 17 de abril

3. Preferia chocolate, ou melhor, vodca.

Comecei a malhar! O ponto de exclamação deveria denotar empolgação, mas na verdade é uma mentira. Sou uma fraude no pilates e na vida. Odeio ficar me esticando, me contorcendo e suando, mas decidi que preciso de atividade física. O doutor disse que será ótimo para restabelecer meu ânimo, já que ando dormindo mais do que mulher grávida. Ele acha que estou fazendo grandes progressos e eu o deixo acreditar. Pelo menos alguém se sente evoluindo com essas sessões de terapia.

Meu chefe quer que eu tire férias. Acho que ficou com medo daquela história de eu ter instintos assassinos. Mas, ora, quem não os tem?

Brincadeira, na verdade, estou cansada e não consigo disfarçar, minha concentração anda comprometida e não é legal ter uma desenvolvedora de tecnologia com déficit de atenção. A minha função é dar ao cliente o que ele precisa para otimizar tempo, aumentar a qualidade e melhorar a produção. A minha função é inventar coisas ou maneiras para facilitar e resolver.

Não é irônico? Sou uma realizadora de desejos, mas aviso logo: cobro caro.

Não quero férias, mas sinto que não conseguirei escapar. Agora, me resta saber o que farei com tanto tempo livre. Talvez eu comece a correr também... Mais provável que eu passe na loja de conveniência e me entupa de doces, já que não posso beber por causa dos antidepressivos.

Marcos deve estar bebendo cerveja e assistindo ao futebol neste exato momento. E eu o odeio ainda mais. O odeio por poder beber. O odeio por gostar de futebol e por respirar. O odeio por não me amar. Por nunca ter amado de verdade.

São Paulo, 29 de abril

4. Fui comprar cebolas e encontrei o meu passado.

Quais são as chances de você, na primeira segunda-feira de férias, sair de moletom, amarrar os cabelos sem pentear e ir ao mercado, porque na sua casa não tem nem leite, e acabar encontrando o melhor amigo do colégio? Pedro era o garoto mais bonito da escola, o menos imbecil e o melhor no basquete. Ou seja, todas as meninas queriam. Mas quem acabou ganhando vários beijos dele em um verão perdido na minha história fui eu.

Apesar de ter sido delicioso o nosso verão romântico, nossa amizade sempre foi maior do que aquela viagem de férias. Nós éramos cúmplices e muito próximos até a vida arrumar um jeito de levar cada um para um destino diferente. Houve a promessa de manter contato e essa só foi uma das que eu não cumpri ao longo da minha vida.

Rio alto só de me imaginar adolescente. Se eu já não sou muito certa na fase madura, imagine despirocada pelos hormônios? Foi uma fase feliz e foi legal conversar com ele rapidinho na fila do caixa. Pena ele estar tão bonito e eu parecendo parte do elenco do *The Walking Dead*. Enfim... Ver o Pedro me fez voltar para casa pensando como eu sempre fui ruim nessa coisa de relacionamento.

Falei para o doutor que, antes do Marcos, meu maior namoro tinha durado três meses. Ele tentou não rir e fazer cara de "imaginei", mas nem sua ética o impediu. Perguntei se tinha algo de errado nisso, se tinha algo errado comigo, mas o terapeuta respondeu enigmaticamente, como sempre:

"Você acha que sim?"

Odeio esse método de querer me fazer chegar à conclusão sozinha. Para mim, está bem óbvio que precisar de terapia comprova minha completa incapacidade de concluir qualquer coisa. Além disso, a consulta custa muito caro para eu ter que fazer tudo sozinha.

Tenho que admitir que, ao sair de cada consulta, acabo refletindo por horas, mas não sei muito bem o que significa isso e se há alguma propriedade de cura ficar com caraminholas na cabeça.

Horas depois, admiti para mim mesma que a resposta que eu daria à pergunta do doutor seria: sim, eu acho que há algo de errado comigo. Acredito que vim com uma peça a menos quando o assunto é conviver. Tive alguns namorados, todos muito bacanas e boas companhias. Era bom, mas nunca importante o suficiente. Acho que sou interessante apenas na imaginação deles e, quando inseridos na minha realidade, eles fogem.

Claro que não tive coragem de dizer isso de imediato, fiquei olhando para o terapeuta com cara de "talvez" e ele me disse pra voltar na próxima semana.

Saí de lá meio derrotada, com o mesmo sentimento que carregava enquanto jogava as coisas do Marcos pela janela. Eu sei que parecia ira, mas era fracasso. E eu detesto falhar.

São Paulo, 3 de maio

5. Minha irmã é meu lado avesso.

Carla é o nome da tatuadora de cabelos azuis e piercing no nariz que, quando criança, adorava mexer nas minhas coisas e pegar minha maquiagem sem pedir. Ainda não entendo como a gente se dá tão bem sendo tão diferente. Ela é louca, mas de nascença, não como eu, que fui adquirindo insanidade com o tempo. E Carla também não toma remédios para controlar a loucura e acha que eu também não deveria. Ela diz que eu tenho que parar de comer carne e meditar para me livrar do carma. Não sei de onde ela tirou isso, mas a coisa anda tão de cabeça pra baixo que já me peguei considerando o assunto.

Almocei com ela hoje e Carla disse que o que eu fiz naquela fatídica tarde foi normal, que doideira mesmo é eu ainda continuar morando no apartamento que não tem um abajur sequer porque eu transformei tudo em cacos. Eu a entendo, mas é a minha casa.

Almejei este apartamento mais do que qualquer outra coisa e eu já morava aqui antes de me casar com o Marcos, seria mais uma injustiça ter que sair do bairro que eu gosto, da rua que tem tudo o que preciso, por causa de um erro dele.

Sim, eu ainda olho para as paredes e vejo nossas fotos mesmo elas não estando mais lá. Ainda penso em trocar as flores do vaso que joguei na direção dele e acabou se estilhaçando no espelho. Ainda durmo no sofá porque não consegui comprar outra cama. Mas tudo isso uma hora vai passar, já me sinto muito melhor. Até consegui esvaziar o quarto e me livrar dos móveis. Mandei tudo para o escritório dele esta semana. Contratei uma banda de fanfarra pra chegar junto com o carregamento. Foi redentor e, sim, foi teatral e hilário também. Ideia da Carla.

Genial, mas achei melhor não contar ao terapeuta.

São Paulo, 7 de maio

6. Um almoço e pensamentos de sobremesa para a viagem.

Pedro me enviou uma mensagem enquanto eu estava no inferno, quer dizer, no pilates. Fiquei surpresa. A gente trocou telefone, mas eu não achei que entraria em contato de verdade. Aquela coisa de dizer "vamos nos encontrar e colocar o papo em dia" perdeu seu verdadeiro significado ao longo dos anos. Perdi as contas de quantas vezes já disse isso sem intenção real de marcar um encontro, por isso não dou muito ouvidos quando alguém me diz que vai me ligar para marcar alguma coisa.

Contudo, contrariando as estatísticas, a gente almoçou junto e foi bem legal. Eu estava de cabelo penteado dessa vez e me diverti muito. Pedro acabou virando um cara tranquilo, de boa conversa e interessante.

O papo estava delicioso e fluindo tão bem que só me dei conta da hora quando já tinha perdido a consulta com o doutor terapeuta. Não me importei.

Pedro acabou de voltar ao Brasil, foi fazer especialização em Portugal e acabou ficando por lá até agora. Fez carreira como chef e arrumou um sócio para abrir um restaurante por aqui. Quem diria? Não é incrível como você não sabe nada sobre si mesmo por grande parte da sua vida? O atleta da turma virou cozinheiro e a garota viciada em gloss de morango acabou na engenharia.

Não fui à terapia, mas voltei com a cabeça trabalhando forte. Pensei nos planos que eu fazia antes de entrar na faculdade. Costumava dizer para a Carla que nós faríamos um mochilão pela Europa e, no fim, só viajo a trabalho e ela nunca saiu do Brasil.

Imaginei tantos cenários para a minha vida adulta e nenhum passa perto do que realmente aconteceu.

Pedro também está muito diferente do que eu me lembrava. Tem o mesmo sorriso, mas está meio grisalho, usa óculos de armação preta e tem os olhos compenetrados. Algo mudou, além da sua aparência. Foi tão fácil de ver que fico imaginando se ele também enxergou de cara tudo o que mudou em mim.

Será que se nós nascêssemos conhecendo nosso destino, seríamos menos ansiosos e arrogantes? A juventude é tão egocêntrica, tão cheia de si. A gente tem tantas certezas que, no fim, desaguam todas num mar de dúvidas.

Será que estou virando uma velha chata? Sei lá, por enquanto meu cérebro só consegue formular perguntas. É um começo.

Todo mundo sabe que as respostas são mais difíceis. Acho que sempre vão ser.

São Paulo, 16 de maio

7. A laranja mais doce do mundo.

Devo dizer no diário – que está mais para semanário ou textos escritos quando me dá na telha – proposto pelo terapeuta que me esqueci – de novo – da minha sessão? Pois é, me esqueci, mas foi por um bom motivo.

Pedro sabe que estou de férias e me chamou para ir até o mercadão com ele. Odeio tumulto e não sou muito fã de calor, mas estou ligada no *"viva la vida loca"* e decidi ir. Resolvi me arriscar, tentar mudar, agora eu sou geração saúde, me exercito, tomo suco de couve e estou quase deixando minha irmã me tatuar. Mentira, odeio agulhas e não como couve nem do modo tradicional. Sejamos francos, ninguém muda tão rápido assim.

Contudo, ando me esforçando para reinventar a vida e abrir as portas para arejar meus últimos meses, que andam cheirando a mofo de tão trancada que fiquei neles. Então, respirei fundo, me enfiei num short jeans, calcei os tênis e fui.

Passamos a manhã olhando aquelas frutas enormes e caras, aqueles temperos que não conheço os nomes e, depois, almoçamos por lá mesmo. Escrevendo assim parece que foi um porre, mas não foi. Por várias vezes, me peguei encantada com as suas explicações sobre mistura de sabores, com o jeito que pegava as frutas e as levava até próximo ao nariz para sentir o aroma e como degustava as coisas parecendo que teria um orgasmo a qualquer momento. Acho que eu quase tive um orgasmo quando provei um pedaço de laranja que ele colocou na minha boca com os dedos.

Resumo do dia: frutas caras são deliciosas e eu estou carente pacas.

São Paulo, 18 de maio

8. Péssimas, péssimas decisões.

Acordei com enxaqueca, minha cabeça está rodando e meu estômago enjoado, nem sei por que liguei o computador. Ao que parece, viciei-me em colocar minhas mazelas nesse lance de diarinho.

Ontem, encontrei o Marcos andando pelo shopping. Eu estava visitando o estúdio da minha irmã e, enquanto ela arrancava sangue das costas de um grandalhão, vi meu ex-marido passando pelo corredor de mãos dadas com a mesma mulher que ataquei ferozmente.

Dessa vez, eu fiquei estática. Eles passaram sorrindo, carregando sacolas e eu fiquei tentando me lembrar de algum momento em que nós fizemos algo semelhante. Não consegui encontrar nenhuma memória parecida. Marcos nunca gostou de me acompanhar ao shopping. Eu comprava sozinha as minhas roupas e ele nunca pareceu se importar muito com isso. Agora tenho que lidar com a minha imaginação criando cenas com Marcos esperando a garota sair do provador e se exibir.

Voltei pra casa mais chateada do que imaginei. Cadê aquele cara das músicas que pensa na ex com arrependimento? Cadê aquela dificuldade em superar? Aquela certeza de que nenhuma mulher será tão boa quanto a que você perdeu?

Metida nessa fúria dirigida a todos os compositores de canções de amor, cruzei com o meu vizinho do terceiro andar que me paquera desde a época em que eu era solteira. Ele disse que eu parecia chateada e perguntou se eu queria beber alguma coisa. Mandei tudo pro inferno e fui para o apartamento dele. Nós nos enchemos de *shots* de tequila e eu acabei fazendo um striptease em cima da mesa da cozinha. Foi lindo! Épico!

Nós transamos feito loucos e ele parecia um garotinho descobrindo que o Papai Noel e o coelhinho da Páscoa são reais. Na hora, aquilo era tudo o que eu precisava: alguém me olhando como se eu fosse a Gisele Bündchen, e ele me olhou.

O duro foi acordar e andar na ponta dos pés e sair de lá fugindo do constrangimento do dia seguinte. Não tem nada demais se deitar com alguém por pura carência, raiva ou rancor. Não há nada de errado em fazer performances loucas ao som de Rihanna e beber até se esquecer do próprio nome. OK, talvez beber tanto não seja uma boa escolha, mas o fato é que eu poderia ter feito sexo por vingança com qualquer um, menos com o meu vizinho, que sofre de paixonite aguda por mim há tanto tempo.

Acho que preciso ver se consigo um encaixe no terapeuta. Urgente. É sério.

São Paulo, 25 de maio

9. Vergonha compartilhada é melhor do que pacto de sangue.

Pedro veio aqui em casa hoje. Ele me ligou e eu disse que estava com cólicas e, em duas horas, meu amigo de infância apareceu com uma sopa tão divina que quase comi a travessa. Depois, assistimos a um filme na TV. Quer dizer, Pedro assistiu, porque eu desmaiei no sofá depois do analgésico e a comilança. Acordei com a campainha tocando e pulei em cima dele quando vi que se dirigia à porta para atender. Pedro me olhou com cara assustada e eu só consegui colocar a mão em cima da boca dele para não fazer barulho. A campainha voltou a tocar mais duas vezes, depois parou.

Tive que contar da minha noite de luxúria com o vizinho e da minha total falta de jeito para lidar com isso agora. Na porta tinha flores e eu quase chorei quando as vi. Culpa dos hormônios ou do arrependimento. Pedro gargalhou ao me ver embaraçada com a situação e, pra aliviar, me contou que namorou com uma prima por um tempo porque a tinha beijado por curiosidade e ela disse para a família toda que ele tinha pedido para namorá-la. Seria uma história engraçadinha, se eles tivessem 10 anos na época, não 20.

Nós ficamos o resto do dia conversando bobagens e meu antigo amigo fez um chá com cravos que deixou minha casa com cheiro de lar novamente.

Como pode alguém de fora conseguir, num ato tão simples, o que você não tem conseguido nem com seus maiores esforços?

Maresias, 27 de maio

10. Não gosto de areia, não gosto
de água salgada, mas gostei dessa praia.

Decidi ir para o litoral! (Sou dona do ponto de exclamação mais irônico da história dos pontos de exclamação.)

Fiz as malas, passei no consultório do terapeuta, contei do porre com o vizinho por medo de ter misturado bebida com os remédios, levei uma bronca pacata e saí com a sensação de dever cumprido para buscar o Pedro.

Ir ao doutor funciona como o trabalho social que algumas pessoas recebem como pena por alguma contravensão. Terapia é a minha punição e eu a cumpro para não ser presa – num sanatório talvez.

Quando Pedro me disse que queria abrir o restaurante na praia, fiquei desapontada. Tentei dissuadi-lo, mas parece que ele faz parte dessa gente feliz que adora sol, bronzear a pele e comer comida mediterrânea. Uma pena, eu disse que tinha dó dele.

Ele parece gostar do meu sarcasmo, pois sempre sorri quando digo sem rir algo bizarro demais pra ser levado a sério e me sinto bem com isso.

Agora, ele está preparando alguma coisa na cozinha da casa que alugou pra passar uns dias. Acabei me convidando e confesso que fugi para cá para não encarar o vizinho. Nós nos encontramos no elevador outro dia e acabamos nos beijando. Eu não sei qual é o meu problema, mas me senti tão mal com tudo que quis resolver beijando o cara até ele ficar meio tonto. Na verdade, eu até que gostei do beijo, e Pedro me disse que logo o vizinho me apresentará como namorada e que eu vou casar com ele só para não contrariar. De repente Pedro tem razão, acho que gastei todo meu poder de fogo na última batalha. Ultimamente não consigo relutar.

Vim no meu quarto trocar de roupa e não resisti a escrever um pouquinho. Acho que meu terapeuta não é tão tapado quanto eu imaginava, esse lance de fazer registros tem sido um ótimo aliado, ou quem sabe sou apenas eu saindo do luto.

Maresias, 29 de maio

11. Algumas coisas queimam mais do que o sol.

Estou nua no quarto, besuntada de pós-sol e com o ventilador ligado na minha direção. Pedro já bateu na porta várias vezes, mas eu não quero me vestir, nem me mover ou respirar mais profundamente.

Passamos a manhã olhando alguns locais com potencial para virar um restaurante. Andamos de carro para cima e para baixo anotando metragens, preços e condições dos imóveis. Estava divertido, até o calor começar a fazer minha roupa e meus cabelos grudarem em mim. Quis dar um mergulho, estava com o biquíni por baixo do vestido e insisti para passarmos na praia, mesmo com o Pedro dizendo que o sol estava muito forte. Como permaneci resoluta, ele me acompanhou, mas o esperto continuou de camiseta embaixo do guarda-sol enquanto eu decidi que tiraria o verde-escritório da minha pele. Bem, me olhando agora, missão cumprida. Estou rosa idiota.

Mas a parte estranha do dia aconteceu antes de eu adquirir meu bronzeado pink. Entre as visitas aos imóveis, minha ex-sogra ligou dizendo que Marcos queria saber se eu tinha encontrado uma pasta com alguns documentos. Coisas do trabalho dele. Eu não sei que pasta é essa, mas o que ficou martelando em minha cabeça foi o fato de ele ter pedido para a mãe me ligar. Eu fiquei quase sete anos com ele, dividimos as conquistas, a cama, o tédio e os dias. Eu tirei a febre dele em todas as gripes que pegou, ajeitei a gravata dele todas as manhãs e segurei sua mão no funeral do pai dele. Agora, Marcos não quer nem ouvir minha voz. Vai entender o ser humano...

Quando disse pra ela pedir para o Marcos me ligar e parar de agir feito criança, peguei Pedro me olhando com um sorriso triste no rosto. Não sei explicar o motivo de eu ter achado a expressão dele melancólica demais para um dia ensolarado recheado de planos para o seu futuro. Todavia seu olhar e meio sorriso me fizeram pensar sobre o que eu ainda não conheço dele, porque certamente há muito mais entre meu amigo de escola e o meu amigo de agora. Assim como o imenso espaço que os anos impuseram entre o Marcos que namorei e o cara que virou meu ex-marido. Assim como o meu *eu* que toma antidepressivo da garota que tinha certeza de que mudaria o mundo.

São Paulo, 12 de junho

12. Você tem fome de quê?

Já estou de volta ao trabalho, mas meu pique prolongou suas férias me deixando parecendo uma morta-viva jogada na minha mesa sem saber o que fazer com tantos papéis. Estou tentando bravamente me esquecer de que hoje é Dia dos Namorados, mas a secretária do departamento já ganhou umas trinta dúzias de rosas para esfregar na minha cara que o dia de hoje deveria ser destinado às declarações exageradas, ursos de tamanhos inconvenientes e fila gigantesca no motel. Ah... Quem eu quero enganar? Eu e Marcos sempre fugimos dessas coisas. No máximo, *delivery* e vinho.

Enfim, faz duas semanas que estivemos em Maresias sem conseguir encontrar nenhum lugar especial. Foi o que Pedro disse, mesmo tendo visitado muitos lugares que eu considerei incríveis. Não entendi o conceito de especial porque ele não sabe explicar o que está procurando. Pedro parece comigo quando quero comer algo, mas não sei dizer o quê. Muitas vezes eu provo muitas coisas antes de encontrar o que me satisfaz de verdade. Ele deve estar nessa fase.

E por falar em experimentar, estou saindo com o vizinho. Doutor me perguntou como me sinto em relação a isso e eu disse: Ah, sei lá... Legal, acho, né?

Ele se limitou a dizer que queria uma resposta, não outra pergunta e que era para eu pensar sobre isso.

Aqui começa o impasse, porque a última coisa que eu quero é pensar. O vizinho me trata bem, é gentil, solteiro e gostoso. Vou ficar me questionando o que estar com ele significa? Até hoje não cheguei à conclusão do que significou o meu casamento, vou ter pretensão de analisar três encontros? Não mesmo.

A única coisa que eu sei é que eu estou enfim colocando a pontinha do pé dentro da água. Seria mais fácil colocar um band-aid e esconder a ferida, mas no momento em que decidi sair do casulo e parar de chorar abraçada ao travesseiro, decidi voltar a viver. E se tem uma coisa que aprendi é que viver exige certo desprendimento. Então, eu fecho os olhos, abocanho o vizinho e deixo rolar.

Minha irmã acha que eu devia sair com mais pessoas para não acabar apaixonada por ele. Ela acredita que minha fragilidade pode me transformar no cachorrinho de rua que só de receber uma migalha persegue a gente para sempre.

Já o Pedro diz que estou alimentando meu ego e que estou na etapa número dois do que ele chama da "virada da separação". Segundo ele, primeiro, eu comecei a praticar exercícios para me sentir atraente, depois transei para me sentir de volta ao jogo. Perguntei qual será a próxima etapa e ele tem certeza de que cortarei os cabelos na tentativa de reencontrar minha própria identidade. Perguntei quando acabará e simplesmente me disse que não estou pronta para ouvir a resposta.

Pedro é melhor que meu analista. Verdade. Já até marquei horário no cabeleireiro.

E, apesar de me sentir frustrada por meu dia não combinar em nada com a data comercial, eu juro que me mato se tiver algum urso na minha porta hoje. Acho que nosso estado de espírito é que deixa tudo idiotamente romântico e, honestamente, para um presente combinar com o meu humor, só se for o boneco Chucky.

São Paulo, 24 de junho

13. O jogo do "você se lembra"?

Hoje a terapia foi quase uma regressão. O doutor pediu para eu falar quem foi o meu primeiro namorado e depois o segundo e assim por diante. Acabei me lembrando do Carlinhos e seu aparelho sinistro, falei do João, que me perseguiu por um ano inteiro para depois ficar comigo por duas semanas. Contei que foi com o André que perdi a virgindade no último ano do ensino médio, o que me fez pensar em como o sexo melhora com o passar do tempo.

Assim prossegui até chegar ao Marcos, que conheci na faculdade. Tínhamos um amigo em comum, nos encontramos em algumas festas e aconteceu.

A minha linha do tempo estava clara até me encontrar com o Pedro, depois de ter tomado café com os meus pais. Cheguei ao apartamento dele empolgada para contar minha regressão. Como estudamos juntos, ele conheceu a maioria dos meus namoradinhos e, como previsto, rimos juntos revisitando algumas enrascadas e inúmeros micos.

O clima estava leve até Pedro me perguntar o que eu tinha falado sobre ele. Fiquei chocada porque não mencionei o Pedro na terapia, não disse que namoramos, aos 16 anos, durante as férias de verão na qual nossos pais alugaram um sítio para passarmos as festas de final de ano. Esqueci completamente. Claro que não me esqueci do namorico com o Pedro, mas esqueci de contar ao terapeuta, na hora não passou pela minha cabeça. Simplesmente não lembrei de mencionar.

Ele tomou o maior gole de água do mundo enquanto eu não sabia o que dizer, depois sorriu de canto. Eu pedi desculpas só porque não me surgiu frase melhor. Ele disse que eu sempre fui focada na direção contrária e que, ainda hoje, coloco minhas energias em coisas sem importância. Aquilo me enfureceu porque Pedro voltou para a minha vida há pouco, ninguém pode se meter desse jeito em nossas íntimas confusões porque somente nós conhecemos nossas motivações, muito menos alguém que não estava por perto quando tudo aconteceu.

Não queria brigar, então me levantei, peguei a bolsa e decidi ir embora. Ao tocar a maçaneta, Pedro me disse algo que soou como o maior tabefe no meio da minha cara:

"Já parou para pensar por que você atacou a garota e não o Marcos? Quem tinha o compromisso contigo era ele, não ela."

Respondi que não sabia e ainda fiz graça dizendo que devia ser porque ela era do meu tamanho. Ele me encurralou, olhou bem dentro dos meus olhos e eu comecei a chorar.

Não falei nada e ele me abraçou. Contudo a resposta se repetia na minha cabeça: eu me senti menos que ela. Senti que eu não tinha sido boa o suficiente, que o Marcos foi atrás de alguém melhor. Não tenho coragem de falar essas coisas em voz alta, mas intimamente a culpei por ser mais interessante, mais bonita e por se mostrar tão disponível. Como se Marcos não fosse capaz de perceber sua falta de amor por mim se ninguém de fora o despertasse para isso.

Há alguns meses, nosso casamento vinha esfriando vertiginosamente e passamos a nos esconder no trabalho. Eu percebi e estou certa de que ele também, mas não fizemos nada. Acho que nem sabíamos o que fazer...

Começamos a planejar férias como se a viagem fosse capaz de nos salvar, cogitamos ter um filho, mas no fundo nem eu e nem ele queríamos. A gente começa a pensar coisas absurdas para salvar um relacionamento até parar de pensar e fingir que as coisas se resolverão por conta própria. A gente tenta se convencer de que a rotina será suficiente e de que não há como fugir do tédio que assola os dias.

Começamos a nos convencer de que a vida de todo mundo é sem graça e que uma relação se apoia nos projetos em comum, nos boletos e no sexo sem novidade.

Acho que eu viveria assim por mais vinte anos, Marcos não. A verdade é que me parece mais fácil culpar a paixão despertada por outra do que admitir que a vida a dois exige maior disposição do que eu realmente tinha. Exige um amor sólido que não se trinque ao cruzar com qualquer sorriso.

Sabe aquela história de que se acaba não era amor? Então... Como é que a gente se ergue ao constatar que nunca foi amada na vida?

Ainda estou tentando descobrir.

São Paulo, 28 de junho

14. Caixas de lenço para a pobre garota, por favor.

Chorei tanto nos últimos dias que o choro virou gripe. Fui ao terapeuta essa manhã e permaneci aos prantos por uma hora. Ele não dizia nada, só me oferecia lenços de papel. Ao término, falou sereno que ultrapassar a superfície dói mais do que fingir.

Deve ser por isso que todo mundo vive dentro de seus personagens, então. Sinceramente, tomar posse do que a gente sente, certo ou errado, é tão perturbador. Mandei uma mensagem para o Pedro dizendo que meu inconsciente me impediu de listá-lo entre os meus fracassos e que eu não me arrependo. Ele mandou uma carinha sorrindo. Acho que me perdoou.

Eu ainda chorava quando ele apareceu no meio da tarde e me chamou para experimentar uma nova receita. Ele veio e me levou para sua cozinha, me vendou e me fez cheirar diversos tipos de temperos, depois colocou em minha boca o molho, a massa e um monte de sabores que eu não consegui definir.

Ele me disse que nunca esqueceu daquelas férias e do meu beijo. Que nunca se esqueceu de como a vida é irônica ao colocar as pessoas certas quando não estamos prontos para notar.

Pedro não me beijou ou se insinuou, apenas disse que o que une e separa as pessoas são as circunstâncias, o desejo e algo inexplicável. Que o amor é apenas um dos ingredientes e que muitos vivem sem ele, ou criam algo muito parecido.

Pedro me fez pensar e sentir coisas novas. Coisas que eu nunca tinha notado. Eu chorei mais um tanto durante o jantar, chorei baixinho e ele me ofereceu mais lenços de papel.

Agora eu estou aqui insone, olhando para o computador, imaginando que talvez o que eu tenha sentido pelo aparelho sinistro do Carlinhos tenha sido amor e que João possa ter tido mais do que curiosidade durante as duas semanas que ficou comigo.

E enquanto eu começo a olhar para a minha história com outros olhos, procuro por mais caixas de lenço pela casa.

São Paulo, 1º de julho

15. O seu conceito de amor é meio torto.

Agora dei para ter conversas profundas com todo mundo. O doutor, o Pedro, minha irmã... Os antidepressivos e o vizinho andam me estragando de uma maneira impressionante. Carla veio me encontrar na hora do almoço e a frase título deste texto foi ela quem disse.

Tudo porque eu falei que não sabia mais o que era o amor. Ela riu.

Mas, vem cá, por acaso você sabe? Alguém sabe? A gente aprende sobre o amor nos filmes, nos livros e nas músicas e, convenhamos, não são fontes muito confiáveis. Agora diz, qual é a definição de amor? Porque, se a minha é torta, qual é a certa?

São Paulo, 3 de julho

16. A.mor. substantivo masculino.

> *Definição 1. Sentimento que impele as pessoas para o que lhes figura belo, digno ou grandioso.*

Antes de namorar o Marcos, eu fiquei por um mês com o meu professor de inglês do curso que eu fazia na época. A figura dele me atraía enlouquecidamente. Eu não conseguia tirar os olhos dele durante as aulas. Ele transbordava autoridade, inteligência e carisma. Já ouvi dizer que somos atraídos por figuras que se destacam em nosso meio e não há quem tenha uma posição de poder maior na vida de uma estudante do que um professor. Ele era apenas dois anos mais velho do que eu e tinha começado a lecionar há pouco tempo. Certa vez, confessou que mal tinha concluído o curso. Nós saímos algumas vezes, mas ele acabou voltando para uma antiga namorada. Lembro-me de ter ficado decepcionada, mas não triste.

Não sei por que pensei nele agora, mas acabei sorrindo ao me lembrar.

> *Definição 2. Grande afeição de uma para outra pessoa do sexo oposto.*

Achei homofóbica a definição. O dicionário precisa se atualizar urgentemente.

> *Definição 3. Amizade, grande afeição, ligação espiritual.*

Talvez pensar no Pedro seja uma resposta automática produzida pelos últimos tempos e também pelo fato de ele ter trazido um embrulho com o melhor sanduíche de todos os tempos bem no dia em que eu não conseguiria sair para almoçar.

Como foi que eu consegui esquecer completamente dele nos últimos anos? O Pedro é, sem dúvida, o cara mais legal que conheci, mas, por algum motivo, ele não me marcou a ponto de permanecer em mim.

Só agora, com o seu retorno, é que percebo o quanto ele é especial.

Definição 4. Objeto dessa afeição.

Pedro. Segundo a definição, claramente, Pedro.

Definição 5. Benevolência, carinho, simpatia.

Definição geral. Para mim soa como tudo aquilo que sentimos pelo outro e até por nós mesmos. Segundo o dicionário, todas as vezes que a bondade prevalece, quando agimos com afeto e criamos uma relação simpática, estamos agindo com amor.

Aposto que muitos ficariam surpresos como eu ao constatar a quantidade de vezes em que o amor se fez presente em nosso cotidiano. Foi amor aquele grito que você segurou dentro do carro ao ser fechado por outro motorista. Foi amor aquela vez que você colocou a mão sobre a de um amigo sem nada dizer. Foi amor todas as vezes que você gargalhou em volta da mesa em um almoço com a família.

Segundo o dicionário, foi.

Definição 6. Tendência ou instinto que aproxima os animais para a reprodução.

Trazendo a definição para o reino animal humano, acho que o sinônimo seria casamento. E, pensando bem, combina perfeitamente com a palavra *instinto* decidir se amarrar com uma pessoa teoricamente para sempre. Parece que alguma parte do seu corpo fica dizendo que aquele é o par ideal e, com certeza, isso não me parece algo produzido pela razão.

Meu instinto dizia que um cara saudável, bem-sucedido e atraente era o meu par, mas não era, o que comprova que o amor não é algo exato.

Por isso, prefiro os números.

Definição 7. Desejo sexual.

O vizinho. Sem mais.

Definição 8. Ambição, cobiça.

O que o Marcos sentia pela tal. OK, eu não sou o Marcos para saber o que ele sente ou o motivo de ter decidido ficar com ela e não comigo. Mas ambição e cobiça cegam e eu quero acreditar que a pessoa não está muito lúcida ao decidir magoar outra de maneira tão profunda.

Eu sei que ele imaginou que eu não descobriria, pelo menos não daquele jeito, mas só o fato de se arriscar daquela maneira, comprova que o sentimento foi mais forte que o juízo. E essa constatação quase me mata.

São Paulo, 19 de julho

17. *The love list.*

Levei meu texto com as definições de amor que encontrei no dicionário para o terapeuta e ele fez cara de professor orgulhoso. Perguntei se eu estava certa e ele me disse que não importava, que o mais importante era eu pensar nisso sem medo e, principalmente, sem raiva.

Tentei argumentar, mas preciso desistir de tirar respostas daquele homem, ele não vai facilitar.

O doutor acabou sugerindo para eu fazer o exercício inverso e pensar sobre em qual definição meus antigos namorados me colocariam. Foi mais difícil, não consegui classificar direito e, sendo honesta, nem me empenhei tanto. Eu já tinha sacado a intenção do terapeuta: assim como eu percebi que, mesmo sentindo coisas tão controversas por pessoas diferentes, de alguma forma, eu os amei. Amei todos eles de maneiras distintas e, talvez, eles também tenham me amado, mesmo que tenha sido de uma forma que não aparece nos dicionários.

Se eu me convenci? Não totalmente. Mas é uma teoria bonita, não é?

São Paulo, 1º de agosto

18. Virada da separação.

Pedro finalmente conseguiu alugar um imóvel para abrir o restaurante e é na capital!! (Ponto de exclamação duplo para provar que esses são os primeiros verdadeiros que escrevo.)

Era sábado e eu estava no terceiro andar quando ele me ligou perguntando se eu queria conhecer o local, disse que sim, mas que só poderia ir mais tarde porque estava resolvendo uma questão. A questão era terminar com o vizinho-delícia.

Antes de desligar, perguntei se ele podia me dar a resposta sobre o fim da "virada da separação", que não me deu antes porque afirmou que eu não estava pronta para ouvir. Pedro disse:

"Acaba quando você não se importar mais e perceber que, no final das contas, ninguém teve culpa."

Acho que ainda não estava preparada para ouvir porque continuo culpando várias pessoas, mas até que faz sentido o que o guru Pedro diz.

Aceitar que a vida é uma grande onda criada pelo jogo ação e consequência deveria ser mais simples, contudo, adoramos inventar teorias conspiratórias. No fundo, precisamos nos isentar para não acabar nos odiando.

Voltando ao vizinho, eu sei que não precisava formalizar o término, faz um tempo que não saímos, mas achei melhor. Era divertido, mas é verdade aquela história de que eu estava apenas alimentando o meu ego. Acho que queria provar para mim mesma que ainda sou interessante, gostosa e não totalmente desprezível.

Só isso.

Como sempre digo: não há nada de errado em encontros casuais, desde que os dois queiram a mesma coisa, e o meu coração me diz que o vizinho queria ir ao cinema de mãos dadas e dormir de conchinha, enquanto eu estava interessada na sacanagem e em inflar minha autoestima.

Por tudo isso, arrumei um jeito de dizer o velho discurso do "o problema não é você, sou eu" com o maior respeito e carinho possível. Ele ficou chateado e eu também, mas o que eu poderia fazer?

Um detalhe sobre o amor que também não tem no dicionário é que o danado não possui um botão de liga e desliga. A coisa é incontrolável, começa quando não deve, de um jeito inapropriado e faz dar certo ou ignora toda a perfeição de alguém, a descartando completamente.

Pedro disse que tem gente que inventa coisas parecidas com amor para permanecer junta, acredito que deva ser inconsciente, ou será que há quem viva sem amor numa boa?

Talvez sejam hipócritas como o meu espanto. Admiti que passaria a vida com o Marcos mesmo depois da constatação de que tinha acabado e, agora, finjo que a vida de aparências é uma novidade.

Mesmo juntos, eu e Marcos tínhamos nos deixado há bastante tempo. Eu também já inventei alguma coisa para tentar não perceber que o amor já tinha escapado pela janela. Quem é que nunca fez isso?

São Paulo, 5 de agosto

19. Melhor que chocolate ou vodca.

Conheci o futuro restaurante de Pedro naquele mesmo dia e finalmente entendi o seu conceito de especial. Não era o tamanho, nem a disposição, era a atmosfera. Era o jeito que o sol batia nos vidros das janelas e das flores que resistiam ao abandono do imóvel.

Especial a ponto de eu abraçá-lo em meio à poeira.

"Eu te amei", ele disse.

"Eu sei", respondi.

Tirei seus óculos e os assoprei, ele sorriu.

Tirou minha blusa e me beijou, eu sorri.

Quando senti seus dedos cravarem em minhas coxas, o desejo acertou em cheio todas as partes do meu corpo. Algo se expandiu dentro de mim de um jeito tão forte que não consegui controlar o gemido que insistiu em escapar.

Eu o toquei e ele estremeceu.

Eu o toquei e estremeci.

A primeira vez que nos beijamos, ainda muito jovens, foi dentro da piscina. Nossos pais foram almoçar e dissemos que logo também iríamos. Eu o olhei com urgência, com expressão de "agora ou nunca", enquanto ele parecia muito assustado. Mesmo assim, Pedro nadou até mim e emergiu tocando meu corpo. Foi um beijo rápido, molhado e sereno.

Hoje, ele me olhou com urgência, com expressão de "antes tarde do que nunca", e eu não me assustei. Mergulhei fundo na gente, no passado e no presente. Permiti o prazer me dominar e reconheço que seus dedos passearam além da minha pele e foram capazes de tocar meu coração.

A boca de Pedro é morna e doce. O corpo dele é salgado e quente.

Minhas papilas gustativas se acenderam ao experimentá--lo. Todos os sabores de Pedro, muito melhor do que chocolate. Muito melhor do que qualquer outra coisa.

São Paulo, 9 de setembro

20. Doutor, vim assinar a minha alta.

"Joguei a caixa de antidepressivos no lixo, doutor." Falei antes mesmo de me sentar. Ele quis saber o motivo e eu disse que não precisava mais deles. Insistiu para saber o motivo e eu repeti que não precisava mais deles.

Então o doutor me perguntou do que eu precisava. O que eu preciso? Bem, eu preciso conseguir o contrato com uma empresa gigantesca que deseja mudar todo o seu sistema de produção, isso provavelmente me renderia uma promoção no trabalho. Preciso comprar uma cama para eu dormir porque não aguento mais aquele sofá e também preciso transar muito com o Pedro. Preciso de roupas novas porque a droga do pilates funciona e eu emagreci e também preciso perdoar o Marcos. Preciso me perdoar e seguir em frente.

Acha que preciso do remédio para essas coisas, doutor? Não, Marcela, não precisa, não.

São Paulo, 18 de novembro

21. Era amor.

Vários meses depois do dia que me tirou do eixo. Quase um ano que eu precisei me redescobrir e reaprender a ser feliz. Talvez este seja meu último texto ou, quem sabe, eu continue com esse lance de diarinho até ficar velhinha, não sei. Mas, por enquanto, achei que precisava concluir este ciclo.

Precisava registrar que encontrei a pasta com os documentos que meu ex-marido estava procurando. Fui até o escritório dele para entregar. Entrei enquanto Pedro me esperava no carro. Marcos me recebeu com cara de medo, quase me empurrou para dentro da sala dele, provavelmente porque achou que eu faria um escândalo.

A primeira coisa que vi ao cruzar a porta foi uma foto dele com a garota e a imagem de um ultrassom ao lado.

Marcos sempre se vestiu de maneira séria, cortava o cabelo a cada duas semanas e fazia a barba até aos domingos. Na foto, ele está de jeans e cabelo desalinhado. As pessoas mudam. E me dei conta de que as mudanças podem aproximar ou afastar.

Não sou a mesma após dez anos, nem ninguém será. Você se apaixona pelo cara compenetrado, que adora jantar fora e voltar cedo para casa. De repente ele começa a querer pular de paraquedas, quer comprar uma bicicleta e fica tentando esticar a saída mais e mais. De repente você já não gosta tanto do papo que ele traz do escritório, já não gosta mais do jeito que te beija e não acompanha tantas mudanças nos planos.

Senti uma fisgada no peito e minha garganta quase fechou ao constatar que eu e Marcos mudamos muito e só nos demos conta quando já estávamos distantes demais um do outro. Tanto que coube outra pessoa entre a gente.

Resolvi não estender aquilo e dizer que só tinha passado para entregar a pasta dele. Marcos agradeceu sem jeito e, quando eu já ia me retirar, pediu perdão.

"Eu te amei demais, Má. Só acabou."

Não respondi, não consegui. Meus olhos lacrimejaram e eu apenas assenti. Saí a passos rápidos e respirei fundo antes de entrar no carro. Pedro passou as mãos pelo meu rosto, me beijou e perguntou se eu estava bem.

Olhando para o carro cheio de panelas e coisas para o restaurante e Pedro por trás de seus óculos e cabelos grisalhos, me dou conta de como o amor é simples.

Eu sei que a gente cresce ouvindo aquelas histórias sobre o grande amor, o predestinado, a tal da metade. Sei que todo mundo, em algum momento, já pensou se passaria pela vida sem conhecer aquele sentimento único e avassalador. Mas a verdade é que não existe um único amor, uma única pessoa, uma única história.

Você vai passar parte da vida começando e terminando relacionamentos sem se dar conta de que entre os beijos e as brigas o amor aconteceu. Você amou seu primeiro namorado magricela da escola. Amou o cara que te deu uma aliança de compromisso, lhe jurou amor eterno e terminou dois meses depois. Amou aquele que ficou tanto tempo a ponto de te fazer pensar que não iria embora, mas foi. E quer saber? Aquele garoto que ficou com você só por um verão também te amou.

E teve outro que você nem notou porque estava ocupada amando outro. Tudo isso é amor.

Então, Marcela, preste atenção. Você pode já ter encontrado aquele que verá seus cabelos embranquecerem e seus hábitos mudarem ou talvez muitos olhos ainda cruzem com os seus ao longo desta estrada. Tudo bem. Só não pense que você não conhece o amor porque as suas histórias tiveram um fim ou porque não se parecem com os contos que as pessoas contam. Daqui para frente, não feche os olhos para o amor que existe e se repete em nossas vidas. Porque, às vezes, não tinha que durar, só tinha que acontecer.

E acontecer de novo. Até não precisar acontecer mais.

CHRIS MELO é balzaquiana, habitante oficial do mundo da lua, mestre-cuca de feriado e adoradora do culto "papo furado e risada solta". Conhecida por seus textos sensíveis e intimistas, publicou quatro livros e diz que isso é só o começo.

FERNANDA BELÉM

POR ACASO

Rio de Janeiro, 30 de abril

Oi, Eduardo!

Tudo bem?

Fiquei durante um bom tempo pensando de que maneira poderia começar a escrever essa carta para você. Pensei em dizer: *Nossa! Quanto tempo!* Mas seria estranho, já que realmente se passaram praticamente duas décadas desde a última vez que nos vimos – estamos velhos pra caramba, hein?!

É muita pretensão minha escrever dessa maneira, como se você ainda se lembrasse de mim? Como se a gente simplesmente tivesse se despedido ontem?

Também pensei em começar com um – *Oi, tudo bem? O que conta de novo?* – Mas desisti logo em seguida. Você, com toda certeza do mundo, nem leria o restante dessa carta. Aposto que pensaria: Acho que a Samantha enlouqueceu. Afinal, temos muito menos coisas velhas para compartilhar do que todo o mundo novo que já experimentamos nesses últimos vinte anos.

Quando nos conhecemos eu estava com apenas 15 anos. Lembra? Apesar de todo esse tempo, acredito que não mudei tanto. Claro que fiquei mais velha, já não escuto mais aquelas bandas que eu adorava e que você vivia rindo por eu gostar de "*banda de meninos que não cantam nada e só querem conquistar menininhas bobas!*", você dizia e eu fazia bico dizendo que não era verdade.

Pois é, eu era boba.

Também não tenho mais aquela coragem de adolescente. Não sou mais aquela menina que vivia querendo experimentar e correr riscos, agora sou mais cheia de cautela, medos e reservas. Acho que é isso que acontece quando a gente amadurece, né?

Sim, como você pode ver, não perdi a mania de falar, de perder o foco, de não ir direto ao ponto em um assunto importante ou curioso. Aposto que, se você tiver tido a curiosidade de chegar até aqui, já deve ter se lembrado de mim e já deve estar daquele jeito tão seu de passar a mão pela cabeça resmungando – *Por que você não começa pela parte mais importante e depois passa para as trivialidades?*

Um sorriso toma conta do meu rosto nesse momento. É tão gostoso relembrar coisas que estavam tão guardadinhas no fundo do baú. E, ao mesmo tempo, é tão excitante trazer personagens que nos fazem quase ganhar novamente a vitalidade daquela época cheia de frescor, cheia de novidades e descobertas. Queria ser uma mosquinha para estar sobrevoando por aí no momento em que você abrir a casinha branca da correspondência que fica bem em frente à sua casa e ver o meu nome nesse envelope.

Ei, espera aí! Como é que eu posso saber exatamente como é a sua caixinha de correios? Bom, finalmente chegamos ao ponto principal dessa carta.

Lembra que o meu sonho era ser atriz? Ah, como eu era boba! O mundo dos refletores, da fofoca e da fama enchia os meus olhos. Adorava tudo o que dizia respeito a celebridades. Sonhava com o dia em que sairia na rua e teria um milhão de fotógrafos esperando para dar um clique a cada passo que eu desse. Imaginava festas, glamour e coisas do tipo. Mas, com a idade, aquilo foi perdendo a graça e na escolha da faculdade optei por arquitetura.

Por ironia do destino, hoje trabalho bastante com celebridades – mas confesso que fico de saco cheio de algumas delas! A minha paixão é o designer de interiores e sou muito boa no que faço. Adoro preencher uma casa vazia, entender sonhos e transformar em realidade, usar a criatividade para decorar e dar vida a algo que antes não tinha nenhuma personalidade.

Olha aí, já estou divagando mais uma vez, né? Vou tentar voltar para o motivo da carta sem fugir do que realmente importa.

Uma das minhas clientes gostou muito do meu trabalho no apartamento que comprou recentemente. Ela havia me perguntado se seria possível transformar uma espelunca em algo habitável e acho que percebeu no mesmo instante o brilho nos meus olhos, pois sorriu e disse – *o lugar é todo seu. Vamos fechar?*

Lembra que você vivia falando do meu "olhar transparente"? Acho que ainda não perdi esse dom, pois não precisei nem mesmo ver o apartamento para dizer se conseguiria fazer ou não. Adoro quando tenho que pensar em uma transformação. Quanto mais difícil o desafio, mais prazer eu sinto. Somente de ouvir a pergunta que a minha cliente fez, senti um frenesi por todo o meu corpo que deve ter deixado claro, mesmo sem nenhuma palavra, que não só conseguiria deixar o lugar habitável, como também iria amar fazer aquele trabalho.

Você não pode acreditar na sorte que algumas pessoas têm. Essa minha cliente conseguiu comprar a preço de banana um apartamento de bom tamanho – coisa difícil nos dias de hoje, quando a maioria dos imóveis na cidade maravilhosa são do tamanho de caixinhas de sapato –, com uma localização maravilhosa e vista para o mar.

Quando entrei no apartamento pela primeira vez, percebi que o trabalho seria grande, mas aquilo aumentava ainda mais o prazer. A janela da sala era tão, tão grande, que da porta você já conseguia admirar a imensidão daquele mar azul.

O que pode ser mais inspirador que isso?

Sozinha, caminhei pelo espaço e me apaixonei.

Um dia ainda desejo ter um lugar exatamente como aquele para chamar de meu. Por enquanto, a minha vista é de um vizinho gordo e careca que fica desfilando sem camisa pelo quarto e que me obriga a fechar a cortina sempre que chego do escritório.

Aproveitei a luz do dia que entrava pelo janelão do apartamento da cliente sortuda para tirar algumas medidas, fazer anotações e pensar em como deixaria aquele lugar tão perfeito quanto ele merecia ser.

Depois de conversas e definições, começamos a colocar em prática todos os desenhos que fiz. Foram alguns meses de trabalho para que tudo ficasse pronto. A minha paixão por aquele espaço era tão grande, que sempre dava uma desculpa para passar por lá para ver se estava tudo certo com os pedreiros, pintor e com todo o resto. Aproveitava para sentar em um cantinho, olhar o mar e fazer dali outros trabalhos que também precisava terminar.

Quando tudo ficou pronto, minha cliente ficou tão satisfeita que não cabia em si. Ela queria até me dar um bônus ao pagamento, pois disse que nunca imaginou ser possível transformar algo tão detonado em um espaço cheio de personalidade.

A ideia inicial era a de usar o lugar como investimento, pois ela já tinha um apartamento que adorava. Então, quando viu a oportunidade de comprar um imóvel com uma boa localização por um preço tão baixo, pensou em investir. Queria reformar e depois vender. Mas ficou tão apaixonada por todos os espaços que cuidei com tanto carinho, que decidiu vender o apartamento que morava para começar uma nova vida ali.

Foi assim que me pediu um favor e é aí que está o motivo real dessa carta. Tá, sei que falei isso da última vez e fiquei divagando até agora, mas é verdade que vou ao assunto principal nesse momento.

Ela estava há dez anos com um cara muito rico, mas muito rico mesmo. Tipo milionário. E acabou descobrindo que as viagens de trabalho não eram apenas negócios, mas o cara tinha uma família com filhos e tudo o mais em Miami. Dá para acreditar? De tão culpado que ficou – parece que ele gostava mesmo dela, de algum jeito... Vai entender, né? –, não quis que ela perdesse o padrão de vida que levava. Por isso, mesmo sem filhos ou um casamento, decidiu deixar no nome dela o apartamento em que moravam juntos e uma casa em Florianópolis, mais precisamente em Jurerê Internacional.

Com toda essa história, sei que pode parecer que minha cliente é uma típica mulher que pretende dar o golpe do baú em um cara cheio da grana só para ter todas as regalias que ela conquistou com a "separação" e enquanto estavam juntos. Mas, nos meses de trabalho no apartamento, acabei convivendo um pouco com ela e acredito que não seja esse tipo de pessoa. Tanto que trocou um apartamento gigantesco pelo que reformei, em um prédio bem mais simples. Aplicou o dinheiro da venda do outro e avisou ao advogado que não precisava da casa que ele havia passado para o nome dela. Mas o ex, provavelmente por causa da culpa que deve carregar, não aceitou o imóvel de volta e disse que ela poderia fazer o que quisesse com ele.

Quando perguntou a minha opinião, não soube o que dizer. Primeiro, porque não sabia como era a casa. Segundo, porque em uma situação dessa não há muito que falar. Não sabia se ela gosta ou não de viajar. Se aproveitaria um espaço em Florianópolis para passar férias ou alguns dias de descanso. Se a casa traria boas ou más recordações. E nem mesmo sabia dizer se era confortável e aconchegante para alguém que passou o que ela passou. Então, disse tudo isso e dei de ombros.

E aí veio o pedido: Você pode dar uma olhadinha na casa e transformar em um lugar que eu possa usar de refúgio? Um cantinho para quando precisar respirar, colocar a cabeça para funcionar ou simplesmente quando não conseguir manter a armadura e quiser chorar sem ninguém ver?

Como negar um pedido assim?

No dia seguinte já estava de malas prontas, passagem comprada – por ela – e tudo arranjado para que um motorista fosse me buscar no aeroporto e me levasse direto para a casa.

Teria três dias para avaliar o lugar, pensar ou não em mudanças e voltar para dar o veredito para ela. Com uma ansiedade diferente que fazia a minha barriga gelar, antes de ir para o aeroporto, resolvi abrir uma caixa que fica no meu escritório de casa, remexi em uns papéis e lá estava o que eu procurava – um envelope de quase vinte anos atrás, com seu nome e o seu endereço. Guardei dentro da minha agenda e fui embarcar na minha nova aventura.

Já em Floripa, quando entrei no carro e olhei pela janela a cidade passar, comecei a me perguntar o porquê de nunca ter ido até a ilha antes. Abri o vidro e deixei o vento entrar. Estremeci com o friozinho que já fazia no final de abril, tão diferente do calor do Rio de Janeiro.

Quando paramos na frente da casa da minha cliente, demorei alguns segundos para recuperar o fôlego. Uau! Não era uma casa, era uma mansão de frente para a praia. Apesar de enorme, não era daquele tipo que amedronta, como algumas outras que estavam em volta. Grande, bonita, mas não imponente ou fria. Havia detalhes delicados que davam a ideia de lar e não somente de pura ostentação. Do lado de fora, conseguia imaginar uma família, com um cachorro bem peludo e gordinho, vivendo feliz naquele lugar.

O interior era bem decorado, mas com um toque grande de sofisticação. Não era como o lado de fora. Lá dentro, conseguia imaginar apenas uma pessoa solitária.

Antes mesmo de desfazer as malas, já puxei meu caderninho para fazer as primeiras anotações e o envelope caiu. Estava tão envolvida, como sempre fico com o meu trabalho, que esqueci completamente do que eu tinha guardado comigo antes de sair de casa.

Olhei a sua letra, o seu endereço e resolvi caminhar. Deixei tudo na sala, não fui olhar os outros cômodos, uma curiosidade maior tomava conta de mim. E lá fui eu. Da praia para a primeira, a segunda, a terceira rua. As mansões foram dando lugar a casas tão bonitas quanto as outras, mas com toques mais pessoais, com mais alma e coração. Continuei a andar até que cheguei à rua que tinha o mesmo nome do meu envelope. Senti uma adrenalina diferente, uma sensação que não sei nem como descrever.

Diminuí o passo e fui olhando os números diminuindo lentamente e de repente...

Lá estava o seu número, a sua casa.

Parei no meio da rua e olhei cada pedacinho do que havia ali. A casinha de correspondência branca, a grama bem cuidada, a cadeira de madeira com almofada florida, que parecia tão aconchegante e perfeita para ficar sentada em um dia como aquele, com uma boa taça de vinho na mão.

Imaginei se você estaria ou não dentro de casa. Tudo parecia tão quieto, tão silencioso. Sorri com a tonalidade de azul das suas paredes. Quem escolheu essa cor? Tentei resgatar na minha memória fragmentos das cartas que me escreveu quando a gente ainda conversava e imaginei algumas das cenas que me descreveu nas suas linhas do passado. As festas com os amigos, o dia em que você ficou bêbado pela primeira vez e sua mãe te encontrou sentado com a cabeça encostada na porta de entrada, no dia em que ficou sozinho, deitado no quintal, olhando o céu mais estrelado que já havia visto na vida.

Ainda sem conseguir me mexer, me senti um pouco apreensiva com o que as pessoas poderiam pensar ao ver uma estranha parada no meio da rua, bisbilhotando a casa de alguém, e tentei ser racional e sair dali. Mas olhando para os lados e percebendo que estava completamente sozinha, me permiti mais alguns minutos de observação. Pensei se tocava ou não a campainha, mas, como você já deve saber, não fiz isso.

Confesso que durante os três dias em que fiquei na ilha, a vontade de voltar mais uma vez até aquela casinha azul era enorme. Porém, não sabia se você continuava morando lá, se já estava casado e se a sua esposa se importaria com a visita inesperada de uma mulher que talvez você nem reconhecesse. Eram tantas possibilidades, que acabei me conformando apenas com aquele pequeno prazer que tive de trazer para o presente lembranças do passado de maneira tão intensa.

Depois que peguei o avião, senti uma pontada de arrependimento. Por que não toquei a campainha? Queria tanto saber como você está. Descobrir se seus gostos continuam os mesmos. Se ainda tem cabelo ou se o tempo fez com que os fios caíssem. Está gordo ou magro?

E aí, mais que tocar a campainha e perguntar se está tudo bem, aqui estou eu... Enviando uma carta em um tempo que já temos computador, e-mail, redes sociais. E fico mais uma vez com aquela sensação de nostalgia tão gostosa, lembrando como era especial e angustiante aquela época quando precisávamos aguardar dias por uma resposta, quando escrevíamos à mão sobre sentimentos e sobre o que realmente andávamos fazendo, no lugar de conversas breves e vazias que a internet transformou as "cartas" de hoje em dia.

Então...

Tudo bem com você? Ainda mora nesse endereço? Será que era para eu ter tocado aquela campainha?

Beijos com carinho,
Samantha!

Florianópolis, 10 de maio

Bom-dia, Samantha!
Tudo bem?
Não sei bem como começar essa carta. Na verdade, creio que é a primeira vez que faço isso na minha vida. Bom, antes de qualquer coisa, acho que devo a você um pedido de desculpa.

Tinha acabado de voltar do trabalho e passei pela caixa do correio, que, como você sabe, fica na entrada da minha casa. Exausto, após mais um dia de estresse no escritório, sentei ali mesmo, nas cadeiras coloridas do meu jardim. Olhei cada um dos envelopes, separei as contas que precisava acertar e joguei fora todas que já estavam em débito automático. Mas no meio de todos aqueles envelopes de cobrança encontrei um que no lugar da etiqueta tinha tudo escrito à mão:

Remetente: Samantha
Destinatário: Eduardo

Segurei aquele envelope como se estivesse vendo algo de outro planeta, mas vamos combinar que no momento que vivemos, na era do digital, é quase impossível conhecer a letra das pessoas. Quem é que escreve cartas atualmente?
Foi irresistível abrir o envelope.
Eu sei, eu sei! Mil desculpas! Foi um erro terrível!

Queria apenas espiar o que havia lá dentro. Imaginei se seria uma nova estratégia de marketing de uma empresa buscando chamar a atenção das pessoas com uma carta, ou se era uma mensagem de verdade.

Achei estranho me deparar com todas aquelas folhas dobradas. Meu primeiro pensamento foi: Nossa! Quem será que tem tanto a dizer? Resolvi começar a ler apenas para entender do que se tratava.

Hum... Bem... Você me pegou! Quando dei por mim, já estava no final.

Confesso que senti certo alívio quando vi que você também andou bisbilhotando por aqui. Ao ler a sua confissão de espiã, olhei no mesmo instante para a calçada, mas ela estava vazia. Foi estranho imaginar que há poucos dias você estava ali.

Não parece história de filme?

Acho que estou protelando para dizer a você o motivo de ter que me desculpar, pois queria que você lesse algo simpático antes de se decepcionar.

Apesar do que está escrito nesse envelope que você recebeu:

Remetente: Eduardo
Destinatário: Samantha

Eu não sou quem você procura. Achei que seria melhor fazer dessa maneira, para não correr o risco de ter a minha primeira carta jogada no lixo antes mesmo de ser lida.

Pensando bem...

Não sei nem explicar qual é o meu interesse em ser lido por alguém que nunca vi e que também nem imagina quem eu seja. Mas achei a situação tão curiosa, digamos que até instigante, que não pude evitar certa expectativa.

Bom, agora você já sabe a verdade e mais uma vez peço perdão por ter aberto uma correspondência que não era minha. Já estou morando nessa casa há dois anos, pelo pouco que sei, o antigo morador se mudou para os Estados Unidos e tenho quase certeza que ele era recém-casado. Espero que essa informação não te deixe triste. Fiquei imaginando se você é uma antiga namorada, se ele era um amor do seu passado. Infelizmente, não sei nem como você pode entrar em contato com ele. Tentou as redes sociais?

Já faz bastante tempo que jogo fora tudo o que ainda chega para o Eduardo, mas, por algum motivo inexplicável, não consegui fazer o mesmo com a sua carta.

E agora estamos aqui. Prazer, meu nome é André.

Sua carta me instigou. O seu jeito de escrever é tão cheio de descrições e sentimentos que quase me fez acreditar que já te conhecia. Fiquei curioso para saber como você é. Alta? Baixa? Loira ou morena? Quem sabe seja ruiva.

Antes que pense que sou algum velho mal-educado, que leu o que não devia e ainda se sentiu no direito de escrever uma resposta, devo dizer que podemos ficar apenas com a parte do sem educação. Afinal, não tenho como me defender disso. Mas regulamos a mesma idade. Na verdade, pelos meus cálculos, acho que sou um ano mais novo.

Tenho 34 e, pelo que escreveu, entendi que você tem 35 anos. Estou certo?

Não sou casado, não estou careca e, sim, acho que você tinha que ter tocado a minha campainha.

Sei que não foi para mim que você fez essas perguntas, mas já que estou aqui, não me custa responder.

Antes de me despedir, também queria me desculpar por não ser quem você esperava, mas achei que merecia ao menos uma resposta. Você me pareceu uma garota tão legal e divertida, não ia conseguir dormir bem se ficasse imaginando sua decepção ao encontrar a caixa do correio sempre vazia.

Se me permite ser um pouco mais curioso, gostaria de saber se aceitou o trabalho para reformar a casa da sua cliente. Em caso afirmativo, será um prazer te conhecer.

Por favor, deixe que eu saiba da sua próxima visita à ilha.

Beijos,
Deco

Rio de Janeiro, 20 de maio

André,

Confesso que quando abri a carta e fui lendo a sua resposta fiquei decepcionada (por não ser quem eu esperava), com raiva (um estranho leu tudo que escrevi), surpresa (com tudo que disse) e sem saber se respondia ou não.

Mas como você se explicou, foi bem simpático e teve razão (eu também bisbilhotei a sua casa!!!), resolvi agradecer pelo tempo que desperdiçou lendo e elaborando uma resposta para que eu não ficasse totalmente no escuro. Se não fosse por você, provavelmente estaria pensando em diversas possibilidades para o silêncio. E acho que nada seria tão reconfortante quanto a sua simpática carta.

Obrigada.

É sério o que disse? Essa foi a primeira vez que escreveu para alguém? Com 34 anos? Nunca escreveu declarações anônimas para paixões platônicas na época da escola, quando ainda não existia nenhum desses novos recursos eletrônicos – todas as redes sociais etc. etc...? Caramba! Essa era uma das coisas que eu mais amava fazer quando era novinha. Cartas para amigos, paixões platônicas e até para dispensar pretendentes. Risos!

Sobre a idade, você acertou em cheio! Estou com 35 anos. Sim, estou triste. Não por saber que o Eduardo se casou, mas por perceber que o tempo passou. E passou rápido demais! Ele não era um amor do passado e eu não era uma antiga namorada. Éramos amigos. Sempre que a gente se encontrava, ficava um clima de algo mais, mas isso nunca chegou a virar realidade.

Nós nos conhecemos quando os pais do Eduardo se separaram. Durante dois anos, ele vinha passar férias e feriados prolongados na casa do pai, que era o meu novo vizinho. Logo de cara ficamos amigos. Nas últimas férias em que passamos juntos, ficamos sabendo que o pai dele tinha sido transferido para o interior de São Paulo e nós dois prometemos que continuaríamos a manter contato para sempre. Naquela época, não existiam as redes sociais, quase ninguém tinha e-mail e a solução era escrever cartas. Nós nos correspondemos por um ano inteiro, depois eu comecei a namorar e acabei aumentando o espaço de tempo nas respostas.

Meu namorado na época não curtia aquelas correspondências e, como eu era uma boba apaixonada, acabei deixando cada vez mais de lado aquele amigo que tinha sido tão especial.

Já não falava com o Edu há muito tempo e quando soube que viajaria para Florianópolis, o passado bateu na minha cabeça e veio com uma saudade tão forte, que resolvi mexer no meu baú de recordações para pegar o seu endereço. Estava decidida a tocar a campainha, mas quando parei na frente da sua casa, amarelei. Bom, o resto você já sabe.

É claro que já tentei procurar o Edu nas redes sociais, mas nunca encontrei. Não lembro também de todo o sobrenome dele, apenas do último – Eduardo Silva – e existem milhares iguais por aí.

Não sou ruiva. Com a quantidade de trabalho que tenho, posso dizer que morena não está mais no meu dicionário. Mas era assim que eu costumava ser. Hoje, sou amarela. Meu cabelo é liso e preto e meus olhos são verdes.

Bom, vou parar com as descrições porque isso é meio bizarro. Parece que estou me inscrevendo em um site de namoros. Risos!

Por falar em namoro... mais uma vez coloquei o Eduardo como destinatário, pois não queria lhe causar algum tipo de transtorno, principalmente depois de toda a sua simpatia em não me deixar sem uma resposta. Até pensei em endereçar essa carta direto para você, mas fiquei preocupada de não pegar muito bem com a sua namorada (ou seria noiva? Você disse que não era casado).

Se eu tivesse um namorado e ele recebesse uma carta de uma mulher, acho que não levaria numa boa. Mas não me sentiria bem se não escrevesse um agradecimento a você. Ainda mais depois de saber que foi a primeira carta que você escreveu na vida!!

Muito obrigada pela preocupação, pela simpatia e por não deixar uma pessoa que você nem mesmo conhece encontrando todos os dias a caixa do correio vazia.

Sobre o trabalho?

Aceitei, claro! Mas não sei quando vou precisar voltar, nem mesmo sei se isso será necessário. Já peguei todas as medidas, o projeto original, tirei inúmeras fotos dos mais diversos ângulos e vou fazer basicamente tudo daqui, do meu escritório. Acredito que a minha cliente vai fazer comigo o projeto e depois contratar alguém de Florianópolis para conduzir a reforma. Ainda não conversamos sobre isso.

De qualquer maneira, se um dia eu passar novamente por aí, quem sabe a gente não acabe se esbarrando? Sabe o que fiquei pensando? A gente pode até mesmo ter se esbarrado por aí nos dias em que fiquei na casa da minha cliente. Como vamos saber?

Sim, parece mesmo história de filme! Risos!

Ah, desculpa o borrão na segunda página! Essa semana foi bem cansativa, já passa da meia-noite e eu ainda estou no meu escritório. Como não queria demorar mais para enviar essa carta para te agradecer, assim que acabei de alterar o projeto de outra cliente, comprei um vinho na taberna que – graças a Deus! – fica aqui embaixo e, como você já deve ter percebido, bebi uma taça enquanto escrevia. Quando fui me servir mais um pouquinho, provavelmente pelo cansaço, acabei deixando cair um pouco na folha que já estava toda escrita. Praguejei e quase joguei tudo fora.

Sem chances de reescrever!

Mas resolvi deixar de ser tão perfeccionista e por isso você pode observar aquele borrão. Desculpa pela falta de cuidado! Mas era isso ou nada!

    Percebeu como eu falo – escrevo – sem parar, né? Risos.

    Muito obrigada, André! Você deve ser um cara muito legal e seria mesmo um prazer te conhecer algum dia.

    Beijos,
    Sam

Obs.: Segue meu cartão com meu e-mail para você escrever por lá, se quiser.

25 de maio – 21h

Olá, Sam,

    Posso te chamar assim, né? Você também pode deixar o André de lado e escrever apenas Deco, é como a maioria dos meus amigos me chamam. Fiquei feliz de saber que não ficou muito triste com a minha carta. Você não achou o seu amigo do passado, mas pode ter encontrado o do futuro. Risos.

    Que bom saber que você aceitou o trabalho! Como assim talvez nem precise voltar? Não diga isso e volte o quanto antes. Depois de você espiar a minha casa e de eu ter lido a sua carta, não podemos ficar sem ao menos tomar um café. Não, espera aí! Acho que um vinho seria mais apropriado.

    Corri na praia hoje cedo, antes de ir para o escritório e tentei descobrir qual é a casa da sua cliente. Fiquei em dúvida entre três. Mas algo me diz que a dela é a que fica mais ao lado direito, quase na direção da minha rua, perto da melhor padaria de Jurerê. Será que acertei?

Beijos,
Deco

26 de maio – 1h45

André,

Desculpa por não seguir sua recomendação sobre como te chamar, mas acho o seu nome mais bonito que o seu apelido. Risos. Fiquei impressionada com a sua intuição. Ao que tudo indica, você acertou em cheio sobre qual é a casa da minha cliente. Realmente fica bem próxima à padaria e é uma das primeiras do lado direito.

Você sugeriu um vinho, mas de certa maneira já fizemos isso. Agora mesmo estou com um Touriga como companhia. Adoro os portugueses!

Beijos,
Sam

26 de maio – 1h51

Opa! Gostei do e-mail. A resposta chega bem mais rápido que as cartas. Mas quando sugeri o vinho, não era para que cada um fizesse isso em suas casas. Acho que nunca brindei virtualmente com alguém. Infelizmente, não tenho nenhum Touriga aqui comigo. De qualquer maneira, vou abrir um Tannat que trouxe no mês passado, quando voltei do Uruguai.

O que está fazendo acordada tão tarde assim?

Beijos,
André

26 de maio – 1h53

Ué, você não assina como Deco?

26 de maio – 1h54

Mas disseram que meu nome é mais bonito que meu apelido. =P

26 de maio – 1h57

Cheguei agora mesmo do trabalho. Alguns dias fico tão acelerada que preciso de uma tacinha de vinho para conseguir diminuir o ritmo dos pensamentos e dormir tranquila. Mas tudo bem, dizem por aí que faz bem ao coração, não é mesmo?

Então quer dizer que estamos brindando virtualmente? Qual será o brinde? Já estou com a taça para o alto, é só você dizer.

26 de maio – 2h01

Hum... Que tal um brinde ao acaso?

26 de maio – 2h03

Adorei! Ao acaso. Tim-tim.

26 de maio – 2h04

O meu vinho está ótimo. Cortei um queijo também para acompanhar. Servida?

26 de maio – 2h06

Obrigada. E você? O que está fazendo acordado até agora?

26 de maio – 2h10

Estava lendo quando meu celular apitou com a chegada do seu e-mail. Não pensei que fosse responder tão rápido e tão tarde. E agora estou aqui, bebendo um vinho e batendo um papo com uma ótima garota.

26 de maio – 2h17

Obrigada pelo elogio! Mas me conta, o que você faz da vida? Meu Deus! Isso parece até aqueles chats. Tinha que ter começado com um "Quer teclar?". Risos!

26 de maio – 2h25

Kkkkkkkkkkkk... Sou advogado, tenho meu escritório e também dou aula na universidade daqui. Além disso, adoro correr na praia, beber um vinho bem acompanhado e com uma boa conversa, gosto de ler e minha mais nova mania é abrir correspondências dos outros. O que acha dessa apresentação?

26 de maio – 2h27

Risos! Boa!! Uma apresentação bem sincera. Não imaginava que você era advogado. Não sei se é porque você mora na casa do meu amigo, mas pensei em você com um estilo mais parecido com o dele.

26 de maio – 2h34

E qual era o estilo do seu amigo?

26 de maio – 2h36

Todos, menos o de um advogado. Está certo que eu o conheci há vinte anos e naquela época ninguém usava outra coisa que não fosse bermuda e camiseta, mas tenho a impressão de que mesmo com o passar do tempo isso não mudou muito para ele. Não consigo imaginar o Edu sendo obrigado a se vestir com terno e gravata.

26 de maio – 2h40

Também não é a minha preferida, mas gosto muito do meu trabalho e a roupa jamais faria com que eu desistisse do que realmente gosto. Agora é a minha vez de perguntar sobre você: Como tem tempo para fazer qualquer outra coisa que não seja trabalho, se volta sempre tão tarde (deduzi isso, pois na sua carta você disse que já passava da meia-noite e ainda estava no escritório e hoje você respondeu meu e-mail quase às duas da manhã dizendo que tinha acabado de voltar)?

26 de maio – 2h42

Escrevo cartas por engano e acho pessoas legais que aceitam bater papo comigo de madrugada, bebendo um vinho e comendo queijo. Risos.

26 de maio – 2h50

Ah, garota! Boa resposta. Sam, se amanhã fosse final de semana eu ficaria conversando com você até a gente dormir em cima do teclado do computador. Infelizmente, tenho que trabalhar e esse vinho me deixou com muito sono. Podemos voltar a conversar amanhã? Tenha bons sonhos. Boa-noite. Beijos.

26 de maio – 2h53

Claro! Também vou tentar dormir. Boa-noite, André! Beijos e até amanhã.

26 de maio – 20h30

Boa-noite, Sam! Como foi o seu dia hoje? Espero que não esteja fazendo mais um "plantão" no seu escritório. Você sabia que o ideal é que as pessoas tenham pelo menos oito horas de sono? Hoje eu passei o dia inteiro como um sonâmbulo. Até dispensei minha turma da faculdade mais cedo para voltar e dormir. Se cuida. Bons sonhos. Beijos.

27 de maio – 1h30

Boa-noite, André. Os "plantões" são quase inevitáveis para mim. Já estou acostumada. Oito horas de sono? Não sei o que é isso desde a época da escola. Esse mês eu estou com bastante trabalho e por isso preciso ficar mais tempo no escritório. Mas falta pouco para que duas reformas fiquem prontas e aí vou ter um pouco mais de tempo para respirar.

Fiquei até tarde mais uma vez, pois estava finalizando o projeto da casa da sua "vizinha". Quis fazer o melhor por aquela mulher, pois ela merece depois do sofrimento que enfrentou. Não que eu não me esforce sempre, mas com algumas pessoas eu coloco um toque maior de carinho.
Cruzando os dedos para que ela goste.
Bom-dia para você, né? Pois só vai ler o meu e-mail quando acordar. Espero que o barulhinho não te acorde nessa madrugada.
Beijos,
Sam

27 de maio – 21h

Boa-noite, Sam!
O dia foi corrido, só consegui ler o seu e-mail agora à noite, mas estou com os dedos cruzados, torcendo para que a sua cliente goste de tudo e que te obrigue a vir para cá, para acompanhar o trabalho de perto. Se isso acontecer, você vai poder voltar a ser saudável tendo oito horas de sono diárias e não vamos precisar de brindes virtuais.
Não vejo a hora do final de semana chegar. Essa semana foi complicada de trabalho. Ainda bem que hoje já é quinta-feira! Quais são os seus planos para amanhã?
Bons sonhos.
Beijos,
André!

28 de maio – 1h02

Acho que sua torcida é muito boa, mesmo que tenha sido após o acontecido. Minha cliente – o nome dela é Suzan – adorou todas as minhas ideias, mas disse que prefere esperar que eu acabe as reformas que estou fazendo aqui e que vá até a ilha para acompanhar tudo de perto.

Expliquei que não havia necessidade, que juntas poderíamos encontrar alguém que faça esse trabalho, mas ela nem mesmo quis me ouvir. Disse que pagaria quanto fosse, mas que somente eu poderia fazer tudo pela casa dela. Avisei que iria pensar, pois todo o meu trabalho é aqui no Rio de Janeiro. Não posso largar minha casa, meu escritório e futuros clientes.

A Suzan está determinada, tentando me convencer. Confesso que me arrependi um pouco de ter contado sobre a carta e sobre você, pois isso parece que deu uma motivação extra para ela. Com os olhos brilhando disse que eu não podia brigar com o destino, que tudo estava acontecendo para me ajudar e que eu seria muito estúpida se fugisse disso. Dá para acreditar? O ex da minha cliente se ofereceu para pagar tudo pela reforma e, como ela está louca que eu aceite essa proposta, disse que eu posso cobrar o valor que eu quiser que ela vai pagar.

Se eu aceitar essa ideia louca, provavelmente no final de junho estarei indo para Florianópolis e ficarei por pelo menos um mês, mas durante esse tempo vou precisar vir algumas vezes ao Rio. Confesso que estou com frio na barriga. Algo me diz para aceitar essa oportunidade, mas o meu bom senso não gosta muito de se entregar para intuições. Fico pensando na paz que senti nos três dias que passei aí, naquela casa de frente para o mar, e a vontade de concordar com toda essa maluquice aumenta. Já não tiro férias há três anos. Sei que não seriam férias, mas um momento para desacelerar pelo menos um pouco.

Acho que já falei demais, né? Quem escreve e-mails tão grandes assim? Ainda mais para uma pessoa que nem conhece! Mas atualmente você é o mais próximo de um amigo que eu tenho. E eu precisava dividir tudo isso com alguém.

Beijo grande e tenha um bom-dia.

Obs.: Mais uma madrugada de trabalho. Esse final de semana vou tentar seguir a sua sugestão das oito horas de sono. Acho que estou precisando mesmo disso.

28 de maio – 07h13

Que ótima notícia!! Vamos poder tomar nosso vinho pessoalmente! Vê se volta um pouco mais cedo do trabalho. Hoje é sexta!! Acho que merecemos mais um brinde.

Estou correndo para a faculdade agora. Bom-dia para você.

Beijos,

André

28 de maio – 21h19

Não acredito que você fez isso!! Acabei de chegar do trabalho – viu? Segui a sua sugestão, cheguei em casa antes das dez – e tinha uma garrafa de vinho me esperando na portaria. Amei o presente, mas não precisava se preocupar com isso.

Está por aí ou aproveitou a sexta para sair com alguém?

Beijos,
Sam

28 de maio – 21h56

Olha só quem chegou "cedo"!! Dez horas é bem melhor que depois de meia-noite. Que bom que seguiu a minha sugestão. Estou por aqui. Quem você acha que eu sou? Não te convidei para um vinho? Como poderia sair com outra pessoa?
    E aí? Como foi o seu dia?

28 de maio – 22h03

Foi ótimo. Finalizei mais um trabalho com sucesso hoje. O lugar ficou lindo!
    Nosso vinho é apenas virtual, de repente você poderia ter alguma coisa mais interessante para fazer por aí. Afinal, é sexta-feira. Normalmente as pessoas saem com namorados ou pretendentes nos finais de semana.

28 de maio – 22h07

É o que estou fazendo aqui. Não percebeu? Risos.
    Já colocou o vinho para resfriar?

28 de maio – 22h14

Não entendi.
    Já coloquei sim. Daqui a pouco já vai dar para abrir. Algum motivo especial para esse presente?

28 de maio – 22h21

Da última vez, cada um tomou o seu. Dessa vez, vamos tomar o mesmo vinho. É uma maneira de estarmos mais próximos, não acha? E o que você não entendeu?

28 de maio – 22h30

Você disse: "É o que estou fazendo aqui." O quê?

28 de maio – 22h31

"Saindo" com uma pretendente. Risos.

28 de maio – 22h37

Ri alto agora.

28 de maio – 22h39

Por quê?

28 de maio – 22h48

Com quantas mulheres você costuma sair sem nem mesmo saber como elas são?

28 de maio – 22h50

Essa é a primeira vez. E você?

28 de maio – 23h01

Também.

28 de maio – 23h12

Confesso que já pensei em te pedir uma foto, pois estou muito curioso para saber como você é. O que acha? Quer trocar fotos?

28 de maio – 23h26

Acho que não. Também estou curiosa para saber como você é, mas ao mesmo tempo estou achando tão legal todo esse acaso, essa "coincidência". Pode parecer bobeira, mas como já dissemos antes, isso tudo parece história de filme e eu queria que continuasse assim. Se eu aceitar a proposta da Suzan, podemos marcar em algum lugar em Florianópolis, sem falar a roupa que estamos, sem nenhum tipo de dica e sem ficar com cara de "estou procurando alguém". E aí eu queria ver se a gente conseguiria simplesmente saber.
 * Já abri o vinho. Um brinde?

28 de maio – 23h37

Gostei da ideia. Mas e se eu for muito, muito feio? Você "simplesmente" sairia correndo dali e depois diria que não conseguiu me encontrar?
 *Abri o meu também. Um brinde ao acaso?

28 de maio – 23h42

Hum... Essa seria uma possibilidade. Risos! Você também teria essa opção. Já pensou na possibilidade de estar enviando vinhos, fazendo brindes, perdendo noites com uma mulher horrorosa?

*Ao acaso de novo?

28 de maio – 23h49

Tenho a impressão de que você passa longe de ser horrorosa.

* Não é o nosso melhor brinde nesse momento? Ao acaso, ao Eduardo e não podemos esquecer a Suzan! Um brinde a todos eles.

29 de maio – 00h02

Tim-tim!
O que faz você pensar que eu não sou horrorosa?
* Nossa! Que vinho delicioso. Obrigada pelo presente.

29 de maio – 00h34

O acaso! Risos. Não sei. Algumas coisas são tão surreais que me fazem acreditar até no que eu não acreditava antes. Fiquei pensando sobre isso essa semana. Abrir uma correspondência que não era minha, não é algo que eu faria todos os dias. Mas quando peguei sua carta aqui na minha caixa de correio, estava cansado, não tinha sido um dia fácil no trabalho, eu tinha perdido um caso importante para mim e para a família que estava defendendo, e de repente você surgiu ali em forma de letras.

Talvez se tivesse sido em outro dia, eu teria jogado fora sem nem abrir ou poderia levar até o correio comunicando que não existia mais Eduardo ali e eles poderiam retornar a carta para você avisando sobre a mudança de endereço. E não estaríamos aqui, agora, bebendo o mesmo vinho.

Naquele dia, sua carta me fez sorrir e me fez pensar que em algum lugar no Rio de Janeiro existia uma garota legal, que escreve cartas para amigos do passado e que poucos dias antes esteve ali, do outro lado da rua, olhando exatamente na direção que eu me encontrava naquele momento.

Sem nem me conhecer, sem nem mesmo ter escrito para mim, naquele dia você me fez bem. Minha cabeça parou de se sentir culpada pelo que tinha acontecido no trabalho – afinal, infelizmente ainda não sou um super-herói e não consigo ganhar todos os casos, por mais que eu tente tornar isso possível – e eu fiquei pensando em você, na sua história.

Já me achei ridículo diversas vezes nessas últimas semanas por isso, mas fiquei pensando em destino. Não sou o tipo de cara que acredita que existe uma história escrita para cada um de nós e que o futuro já está traçado. Mas fiquei pensando no acaso. Como tudo isso é meio louco. Uma esposa traída, um infiel culpado, uma casa em Florianópolis, uma lembrança do passado, a vontade de tocar a campainha e a falta de coragem para isso, uma carta, a resposta de um estranho, um e-mail, vinho e talvez um encontro de verdade. Sabe aquele filme *Efeito borboleta?* Olha como se encaixa mais ou menos aqui. Se qualquer uma dessas coisas tivesse sido diferente, todas as outras poderiam ter mudado também e não estaríamos conversando nesse momento.

Não se assuste! Não sou louco. Mas essa história realmente me deixou pensando um pouco mais em você, mesmo sem saber exatamente como você é.

Ainda está aí ou foi dormir depois do tempo que demorei escrevendo tudo isso?

29 de maio – 00h56

Já estava preocupada. Não sabia se tinha ficado entediado ou se alguma coisa teria acontecido a você.

Caramba! Ainda não tinha parado para pensar em tudo isso que você falou, mas é mesmo surpreendente quando colocado dessa maneira. E se for pensar assim ainda dá para ir mais longe. Começando pelo meu amigo, os pais dele terem se separado, ele vir passar férias no mesmo prédio que o meu, a gente ficar amigos, depois trocar cartas e você se mudar para a casa dele. São tantos, tantos acontecimentos para que a gente esteja conversando agora, né? É incrível pensar nisso.

Você acha que é um sinal? Risos.

29 de maio – 1h11

É estranho pensar tantas coisas assim, né? Se é um sinal? Não sei que nome podemos dar. Acaso, sinal, coincidência, destino ou sei lá o quê. Mas que faz a gente pensar, isso faz. Acho que tudo isso é motivo suficiente para que você ligue para a sua cliente amanhã mesmo e diga a ela que você aceita o trabalho. Pelo menos para que a gente não fique com um *"e se"* na cabeça pelo resto da vida.

29 de maio – 1h14

Pode confessar que você jogou todo esse papo só para me convencer a aceitar o trabalho.

29 de maio – 1h16

Ah, não! Você me pegou! Agora estou me sentindo envergonhado.

29 de maio – 1h22

Já estava caindo no seu papinho. Caramba! Até engasguei agora com o vinho. Já viu o filme que está passando na Globo nesse exato momento?

29 de maio – 1h27

Não estava assistindo à TV. Pensei que estava em um encontro e não costumo me distrair com outras coisas enquanto converso com alguém. Não acredito que durante todo esse tempo você estava assistindo televisão.

29 de maio – 1h34

Ops! Desculpa.
Mais uma coisa engraçada para a gente pensar. Sabemos que nós dois estamos com uma taça de vinho nas mãos, mas não sabemos exatamente o que o outro está fazendo. Está escrevendo do celular, tablet, laptop ou computador? Sentado a uma mesa, deitado no sofá ou já pronto para dormir no quarto?
Estou jogada no sofá da minha sala, com o meu celular e, sim, zapeando pelos canais, mas não estou assistindo nada de verdade. Isso é quase uma terapia para mim, costumo pensar

na vida enquanto mudo de canal. Algumas pessoas abrem a geladeira para isso, não sabia?

29 de maio – 1h39

Como estava bebendo um vinho com uma garota especial, estava sentado à mesa de jantar, vestido com uma das minhas roupas "para ocasiões especiais" e preocupado com qual seria o próximo assunto.

29 de maio – 1h45

Kkkkkkkkkkkk... Gostei da cena, mas fala a verdade agora.

29 de maio – 1h48

Também estou jogado no sofá, com meu laptop, mas não estava assistindo televisão. O que é que tem esse filme? Comecei a ver, mas não percebi nada diferente.

29 de maio – 1h53

Vai me dizer que você nunca assistiu?

29 de maio – 2h07

Hum... Quantos pontos vou perder se disser que não?

29 de maio – 2h12

Alguns! Ou você pode seguir a minha sugestão: Vamos assistir juntos?

Olha só como estamos rápidos! Vinho e cinema no nosso segundo encontro. Risos! Agora fica quieto, pois não gosto de comentar o filme enquanto ele ainda está rolando. Quando acabar a gente comenta sobre ele. Beijos.

29 de maio – 4h01

Não sou muito fã desses filmes românticos, mas dadas as circunstâncias eu gostei muito desse. Que coisa mais estranha isso passar logo hoje, né? A nossa história começou com uma carta, a deles com uma luva, mas tudo relacionado ao acaso. E o telefone depois?

Muitas vezes assistimos a esses filmes e ficamos pensando o quanto é uma bobagem e uma grande mentira as histórias românticas que inventam, até a gente passar por uma situação tão surreal quanto as do cinema. E aí não dá mais para duvidar de nada.

E o vinho? Já deixou de lado ou ainda está saboreando?

29 de maio – 4h34

Você sabia que é muito feio dormir no meio do filme no segundo encontro? Kkkkkkkk... Espero que seja isso que tenha acontecido, pois me sentiria muito mal se soubesse que fui esquecido ou trocado por outros programas de televisão.

Fica bem. Boa-noite, bons sonhos e até amanhã.
André

29 de maio – 12h56

Ai, meu Deus!!!!! Mil desculpas! Como já tinha assistido ao filme um milhão de vezes, relaxei um pouco mais. O vinho e o cansaço da semana também ajudaram. Acabei caindo no sono e só acordei agora. Dá para acreditar? Já são quase uma da tarde.

    Que bom que você gostou. Quando vi que estava passando *Escrito nas estrelas*, não acreditei. Mais um sinal para a gente? Risos.

    Beijos e boa-tarde,
    Sam

30 de maio – 10h08

Ei, ficou chateado com o meu sono? Senti falta das suas mensagens antes de dormir.

    Bom domingo para você!
    Beijos,
    Sam

4 de junho – 21h26

Querida Sam,

    Agora é a minha vez de pedir desculpas. Saí correndo de casa no sábado, pois recebi uma ligação da vizinha dos meus pais dizendo que minha mãe tinha sofrido um pequeno acidente e que a estavam levando para o hospital. Fiquei tão nervoso que não parei nem mesmo para enviar um e-mail para você.

Meus pais moram em uma chácara no interior, do interior, do interior de Santa Catarina. Lá não pega nem celular, muito menos internet. Por isso, não tive como falar com você nesses últimos dias.

Mamãe está com um braço torcido, mas está bem. Ela estava lavando a cozinha quando escorregou. Não foi nada grave, mas precisou imobilizar. Fiquei esses dias por lá para me recuperar do susto e também para ajudar em algumas coisas, mas já estou de volta. Minha irmã chegou lá ontem e vai ficar com eles mais alguns dias.

Sabe o que foi mais estranho de tudo isso? Senti muito a sua falta.

Beijos,
André

5 de junho – 1h22

Caramba, André! Qual é a idade da sua mãe? Que bom que ela já está bem e que não foi nada grave.

Estava preocupada com o seu sumiço. Se demorasse mais alguns dias para responder, acho que teria antecipado a minha ida para Florianópolis e teria batido na sua casa para saber se estava tudo bem.

Como podemos sentir saudades e ficar preocupados com uma pessoa que nem conhecemos? Também senti a sua falta.

Beijos,
Sam

6 de junho – 2h03

Que coisa boa receber a sua mensagem! Hoje foi o meu dia de voltar tarde do escritório. Sei que já é madrugada de domingo, mas precisei passar o sábado inteiro lá para recuperar o atraso de toda a semana que fiquei fora. Os próximos dias serão de correria para colocar tudo em ordem novamente. Ainda bem que as férias na faculdade já estão chegando.

Fiquei lisonjeado de saber que você anteciparia sua vinda para ver se eu estava bem. Acho que vou sumir alguns dias para ver se isso é mesmo verdade.

Esses dias na casa da minha mãe, sem acesso ao computador, aumentaram ainda mais a vontade de te conhecer fora das cartas e e-mails. Quando vai ser o grande dia? Estou ansioso.

Beijos,
André
* Ela está com 69 anos.
** "Antecipar"? Quer dizer que você aceitou o trabalho?

6 de junho – 2h38

Também estou ficando cada vez mais curiosa para te conhecer. Vou pensar só mais um pouco nessa história, planejar a minha vida e analisar se existe a possibilidade de isso acontecer ou não.

Sabe outra curiosidade que fiquei pensando nesses dias que você sumiu?

Ainda existe alguma coisa do Edu na sua casa? Quando você se mudou ela estava vazia ou ficaram alguns móveis? Você também não disse nada sobre as cadeiras coloridas do quintal, o azul das paredes do lado de fora, nem mesmo sobre a caixa de correspondência. Isso tudo veio no pacote ou foram mudanças que você fez?

Se já tiver ido dormir...

Beijos e bom domingo para você.

6 de junho – 2h43

Já estou deitado, mas estava segurando o sono para saber se você ia responder ainda hoje. Sabe aquele clichê que vemos nos filmes e também nas conversas daqueles casais apaixonados? "Eu só queria ouvir a sua voz antes de dormir." No nosso caso é um pouco diferente, né? Eu só queria ler as suas linhas antes de deitar. Kkkkkkkk...

Será que somos um casal esquisito ou moderno?

6 de junho – 2h50

Casal?

6 de junho – 2h53

Corta clima demais você, hein? Kkkkkkkkkk...

6 de junho – 2h58

Clima?

6 de junho – 3h02

Depois de ser rejeitado duas vezes dessa maneira tão dura, vou dormir.

Boa-noite.
Beijos,
André

6 de junho – 3h10

Estava brincando. Você não ficou chateado de verdade, ficou?
Reparou que não respondeu nenhuma das perguntas que fiz sobre a sua casa? Como vou conseguir dormir com tantas dúvidas assim? Socorro!

6 de junho – 3h16

Também estou brincando com você, bobinha.
Sobre a minha casa, amanhã te conto melhor. Meus olhos já não estão mais conseguindo ficar abertos.
Fica bem e vai dormir!
Beijos.

6 de junho – 12h02

Como é bom dormir quando estamos cansados, né? Acordei com muito mais disposição. Ontem eu estava me sentindo esgotado. Não sei como você pode ter tanta energia trabalhando em "plantões" durante toda a semana.
Bom, respondendo sua pergunta: algumas coisas estavam aqui quando eu me mudei. Tudo o que você comentou que viu quando deu uma de detetive aqui na frente realmente é do seu amigo. Dentro de casa poucas coisas ficaram – uma mesa

pequena no escritório, uma cama antiga no quarto de hóspedes e o armário de comida.

Por que ficou interessada nessas coisas?

Beijos,

André

* Provavelmente só vou conseguir olhar meu e-mail de novo mais tarde. Vou a um churrasco de um amigo. Sei que precisava trabalhar, mas não gosto de furar aniversários.

6 de junho – 13h41

Fiquei curiosa. Queria saber o quanto daquelas coisas que eu vi eram da personalidade do Edu e da família dele e o quanto era da sua.

Bom domingo para você e bom churrasco.

7 de junho – 2h54

Jás volstei! Querisa qui você esdtivessse aqui hojer. O Cshurrasco foi óstimo, mas ate´s ais coiases que eu estavas acostumade a fazer perdesram um pourco a graças, pois nãoe dá paras ficar faslando com você.

Jásd tinham um tempde que eu nãor sentava com mesus amigos para bessber e conversarts. Faleis de você e jeles fsicaram dizendo qué eststou apaixconado por um compustrador.

Ser'qa qué é mesamo possível esta'r apaixonados pro algu'wem qué io numca vi?

Nãso sei. Sóq sei que sentri vontade de te escrever duratsnte todo o teampo e é a primeira csoiusa que fiz agorad que chegsuiei em casa.

O aques esta´s fazendo agorad? Esperao que nāro tenha saído coma ninguéna. Vem alogo pard cá e svamos acabasr coms todo essas misteswrios.

Gsosto muitaos mesdno de você.

Beijsao.

7 de junho – 7h

Tenho certeza que o churrasco foi muito bom e que você deve acordar para trabalhar com uma dor de cabeça incrível. Tentei entender tudo que escreveu, acho que consegui decifrar quase toda a mensagem. Quem sabe um dia eu não venha a conhecer todos os seus amigos?

Gostei de saber que pensou em mim até quando a sua cabeça não estava conseguindo pensar direito.

Beijos e boa semana para você.

7 de junho – 19h17

Dor de cabeça.

Vergonha.

Muito trabalho.

Ressaca.

Boa semana para você também.

8 de junho – 0h

Nossa! Esse foi o resumo do seu dia? Risos. Vergonha de quê? Se for por minha causa, pode parar de bobeira. Quem nunca mandou mensagem para outra pessoa em uma situação destas?

8 de junho – 0h46

Provavelmente pessoas de 18, 20 anos fazem isso. Acho que já tinha que ter passado dessa fase. Ou tudo isso que está acontecendo está me transformando em adolescente de novo?

Já são quase uma da manhã, vou dormir para ver se essa ressaca vai embora.

Bons sonhos.

8 de junho – 20h51

E aí? Como foi o seu dia hoje? E os trabalhos? Já definiu a data que vai vir para cá?

9 de junho – 1h15

Ainda não, mas estou planejando e pensando sobre o assunto. E você, recuperado e pronto para outra?

09 de junho – 18h21

Não quero ouvir falar em cerveja tão cedo. Aquela história de que "a bebida entra e a verdade sai" é incrivelmente verdadeira, né? A primeira coisa que fiz quando cheguei em casa foi escrever para você. Está vendo? Já passou da hora desse acaso deixar de ser só em formato de letras e virar imagem também.

10 de junho – 4h40

Acho que hoje eu bati o meu recorde de trabalho. Acabei de chegar em casa. Estou destruída, todo o meu corpo dói. Não sei se é apenas cansaço ou o começo de uma gripe. Espero que seja a primeira opção, pois ainda tenho muitas coisas para fazer.

    Beijos e um bom dia para você,
Sam

10 de junho – 15h44

Estou tranquilo hoje no escritório. Pensei que a semana seria puxada e trabalhei demais no sábado, segunda e terça para adiantar tudo. Hoje estou numa boa por aqui. E você? Já te falei que você precisa desacelerar. Nosso corpo não aguenta ficar tantas horas sem dormir, trabalhando sem parar. Espero que tenha sido apenas cansaço e que você esteja bem.
    Mande notícias.
    Beijos,
    André

10 de junho – 21h21

Estou doente. Trabalhei passando mal o dia inteiro, cheguei em casa agora e vi que estava com 38.7 de febre. É tão ruim ficar doente e não ter ninguém para cuidar da gente, né? Era uma das coisas que eu mais gostava quando era criança – os cuidados da minha mãe comigo. Era paparicada de todas as maneiras. Comidinhas gostosas, carinho, televisão o dia inteiro.
    Crescer nem sempre é fácil. Meus pais estão morando longe de mim. Desde quando se aposentaram, foram para a Região dos Lagos e eu fiquei aqui. E agora não tem ninguém para

fazer minha comida, olhar a minha temperatura nem para dizer que vai ficar tudo bem.

Nossa! Que dramalhão, né? Acho que a febre deve estar atacando algum neurônio de carência. Risos.

Beijos e obrigada pela preocupação.

10 de junho – 22h02

Desculpa pela demora para responder. Pensei que você escreveria apenas mais tarde, aí aproveitei para correr na praia e só voltei agora. Estou preocupado. Tem remédio em casa? Você precisa descansar. Pode ter certeza que, se eu morasse aí ou se você já estivesse aqui, iria te ver agora mesmo.

Se eu puder fazer alguma coisa por você mesmo com toda a distância entre a gente, é só me falar que eu faço.

Já tomou o remédio para a febre?

11 de junho – 2h27

Você tem noção que vai pagar uma fortuna de ligação interurbana, né? Ainda não acredito que nos falamos pela primeira vez e que ficamos tanto tempo assim ao telefone. Agora, parece que te conheço há um milhão de anos.

Levei um susto tão grande quando ouvi a sua voz. Tá, tudo bem que o número de identificação já me mostrava que era alguém de outro estado, mas não imaginei que era você. Depois que eu ouvi a sua voz, simplesmente sabia que era.

Achei que era alucinação da febre. Fiquei pensando em como você tinha arrumado o meu telefone, mas aí lembrei do cartão que te mandei com o meu e-mail e os meus contatos.

Não tenho nem palavras para agradecer o seu carinho comigo. Já estou até me sentindo melhor. Vou seguir as suas recomendações e vou ficar trabalhando de casa amanhã. Vai ser até um teste para ver se a minha equipe consegue dar conta de tudo sem que eu precise estar por perto.

Vou dormir. Boa-noite e muito obrigada mesmo por ser tão especial.

11 de junho – 8h50

Me manda mensagem quando acordar. Quero saber se está melhor. Também gostei muito de falar com você durante tanto tempo. Como arranjamos tantos assuntos?

Adorei a sua risada. Dá vontade de ficar contando piadas só para ouvir mais uma vez a sua alegria. E, mesmo doente, sua voz também estava ótima.

Não vejo a hora de conversar mais e mais pessoalmente com você. E sinceramente não sei o que vai acontecer, mas tenho uma intuição que provavelmente vai se transformar em realidade.

Beijos e me avisa como você está.

11 de junho – 11h55

Acordei agora. Estou me sentindo melhor e não estou mais com febre alta. Vou tomar um banho e pedir alguma coisa para comer. Não estou com disposição para ficar na cozinha.

Também amei demais falar com você, saber mais sobre a sua vida. A vontade de te conhecer pessoalmente ficou ainda maior. Fiquei imaginando como vai ser. Espero que a gente tenha a mesma afinidade que tivemos por aqui e pelo telefone. Quero de verdade que tudo isso seja o início de uma grande amizade.

Beijos e obrigada por toda a preocupação e carinho.
* Qual é a sua intuição?

11 de junho – 13h21

Será que vai ser apenas amizade? Risos.
* Minha intuição diz que vai ser mais do que isso.

12 de junho – 3h45

Confessa que a sua internet não estava ruim e que você me ligou porque queria ouvir a minha voz mais uma vez. Não precisa disfarçar. Eu sei que sou irresistível. Kkkkkkk...

Adorei falar com você e estou feliz de saber que está bem melhor. Aproveita o final de semana para descansar e aí na segunda você já volta com força total.

Beijos e bons sonhos,
André

12 de junho – 13h26

Acordei agora. A internet está boa de novo.

Meus pais vieram me visitar. Acho que ficaram com pena de mim. Sabe como é, né? Dia dos Namorados, uma filha que pensa mais no trabalho do que em arrumar um pretendente... Eles estão me dando conselhos amorosos desde que chegaram aqui. Ai, ai, ai!

Não vou conseguir falar com você, pois minha mãe é muito curiosa e vai ficar querendo saber de tudo. Amanhã, quando eles forem embora, eu escrevo pra você.

Beijos e bom fim de semana.

12 de junho – 16h11

Que pena! Estava esperando você acordar para te contar sobre os planos que tinha feito para o jantar de Dia dos Namorados, mas a gente deixa para quando você estiver aqui.

Aproveita os cuidados dos seus pais.

Beijos.

12 de junho – 16h13

Jantar de Dia dos Namorados?

12 de junho – 16h16

Claro! Não sou o tipo de cara que fica enrolando uma garota. Já estamos saindo há mais de um mês. Esse seria o momento de ter uma comemoração especial.

Kkkkkkkkkk... Não se assuste achando que sou louco, estou apenas brincando com você. Mas é claro que se estivesse sozinha, jantaríamos "juntos" hoje.

Beijos e feliz Dia dos Namorados,
André

12 de junho – 16h20

Acabei de expulsar meus pais. Vamos sair para jantar mais tarde?

12 de junho – 16h27

Adorei saber que sou irresistível.

12 de junho – 16h29

Palhaço!
Beijos e Feliz Dia dos Namorados para você também.

13 de junho – 22h11

E aí, como foi o final de semana com seus pais?
Beijos.

14 de junho – 0h29

Desculpa escrever só agora. Meus pais foram embora apenas hoje. Conversei com eles sobre a possibilidade do trabalho de um mês em Florianópolis e eles deram o maior apoio. Mesmo morando relativamente perto, a rotina dos nossos dias acaba fazendo com que a gente não tenha tanto tempo para conversar sobre todas as coisas. Fiquei feliz com a empolgação deles.
Conversei hoje com a Suzan sobre essa loucura e fechamos o negócio. Ela ficou realmente animada. Vou tirar um mês de férias do meu escritório do Rio e correr com a reforma na casa dela. São poucos os detalhes de obra e muitos de decoração. Vai ser um gesso aqui, outro ali, uma ou duas instalações elétricas e muitas pinturas e trocas de móveis. Quero deixar a casa o mais aconchegante possível e espero conseguir fazer tudo isso bem rápido.

Como vou deixar três obras aqui em andamento, vou precisar voltar algumas vezes ao Rio nesse mês de "férias", pelo menos para que os meus clientes não se sintam deixados de lado.

Bom, esses são os planos. Amanhã começa o meu novo desafio e eu estou com um frio na barriga enorme. Acho que nunca fiquei tanto tempo assim longe de casa e estou ansiosa.

Beijos,
Sam

14 de junho – 20h03

Querida Sam,

Desculpa só conseguir te responder agora. Quando você enviou a mensagem ontem eu já estava apagado. Essa segunda foi uma correria só, cheguei em casa agora. Detesto sair tão cedo e chegar tão tarde. Tenho a sensação que o dia passa sem que eu nem perceba.

O que você quer dizer com "amanhã começa o meu novo desafio"? Você está vindo para cá hoje? Já está por aqui? Não posso acreditar que podemos estar tão perto um do outro. Já decidiu como vamos combinar? Em que lugar vamos marcar?

Beijos,
André

14 de junho – 20h24

Estou sentada na cadeira da varanda, enrolada em dois cobertores, sem conseguir sair do lugar. Está muito frio, mas o céu está absolutamente lindo. Não consigo lembrar quando foi a última vez que eu vi um céu tão estrelado como esse. No Rio tem tanta iluminação que a gente quase não consegue mais ver as estrelas.

Cheguei na parte da tarde, vim direto para a casa deixar as minhas coisas e dar mais uma olhada no projeto que desenvolvi para ver se ainda ia mudar alguma coisa. Amanhã vou ter uma reunião com alguns profissionais daqui que conversei pelo telefone, não quero perder tempo.

É difícil acreditar que estamos a poucas ruas de distância. Cada pessoa que passa correndo aqui na praia me faz levar um susto e me encolho um pouco mais. Fico pensando se vamos nos reconhecer sem que a gente nunca tenha se visto.

Será que vamos nos esbarrar por aí? Estou ansiosa.

Beijos,
Sam

15 de junho – 5h55

André,

Você acabou de sair daqui e ainda não acredito em tudo que aconteceu. Quando passou olhando para cima, tive certeza que era você e por isso abri aquele sorriso enorme. Claro que a sua falta de discrição deixou óbvio quem você era, mas acho que teria reconhecido de um jeito ou de outro. Eu simplesmente sabia.

Isso pode parecer meio idiota, surreal ou sei lá o quê. Mas é a verdade.

Antes de vir para cá, estava completamente nervosa. Ainda no aeroporto, cheguei a pensar em desistir de tudo. Fiquei me sentindo meio boba por estar quase apaixonada por alguém sem rosto.

E aí você chegou aqui de repente e todos os meus medos desapareceram. Realmente a sensação que tive é a de que eu te conheço desde sempre. Foi fácil rir com você e conversar até agora sem vontade de deixar você ir embora. Pena que temos que trabalhar.

Espero que você tenha sentido a mesma afinidade e que não tenha se decepcionado comigo. Eu confesso que me surpreendi, você é muito mais bonito do que poderia ter imaginado – não vai ficar se achando depois disso, né?

Amei o nosso encontro e espero que a gente possa se conhecer mais e mais enquanto eu estiver por aqui. Não vou fazer planos, nem ficar com medo do "prazo de validade" de tudo isso. Tudo aconteceu de uma maneira tão inesperada, que eu passei a acreditar que o que tiver que ser, vai acontecer.

Beijos,
Sam

15 de junho – 18h03

Acabei de chegar do trabalho e, apesar do sono que estou sentindo, quero te ver de novo. Adorei o e-mail que mandou depois que fui embora. Também gostei muito de te conhecer pessoalmente. Decepção? Você só pode estar brincando, né? Samantha, você é linda.

Quando fui chegando perto da casa, parecia que tinha 15 anos de novo. Meu coração acelerou assim que te vi. No mesmo instante tive certeza que era você. Estava escuro, não dava para ver seu rosto, mas eu parecia saber. Quando cheguei mais perto, a vontade que eu tive foi de te beijar antes de falar qualquer coisa, mas fiquei com medo de te assustar.

Tudo que aconteceu depois foi tão natural que mais uma vez fiquei pensando em todas aquelas palavras – destino, acaso, escrito nas estrelas... kkkkkkkk. Sentamos na varanda, dividimos o mesmo cobertor para espantar o frio, conversamos até quase o dia amanhecer como se já nos conhecêssemos há muitos anos.

Na hora de ir embora, não consegui mais resistir. Se eu não te desse aquele beijo, ficaria com raiva de mim para sempre. Sei que você diz que a sua estadia aqui é rápida e temporária, mas arrisco dizer que a gente nunca sabe o que o futuro reserva para a gente e concordo em parte com o que falou sobre o que tiver que ser, vai ser.

Foi como falei em uma das nossas trocas de mensagens, não gosto muito da ideia do destino, de que tudo já está escrito em algum lugar. Acho que precisamos sempre escolher que direção queremos seguir nos caminhos que a vida dá para a gente. Todos os dias encontramos novas ruas e desvios e tudo o que acontece depois depende de nossas escolhas.

Mas vamos com calma! Ainda temos muitos dias pela frente. O mais legal é que nossa história já está toda contada através das nossas palavras. Não dizem que todas as pessoas devem ao longo da vida plantar uma árvore, ter um filho e escrever um livro? De certa maneira a gente já escreveu essa história, precisamos não demorar muito para dar um jeito nas outras coisas. Risos.

Deixando a conversa de lado, pode parando de trabalhar e vai se arrumar. Em meia hora vou passar aí para te levar para fazer o nosso primeiro brinde de verdade. Essa é a hora de escrever menos e viver mais. Vamos aproveitar o que o acaso nos proporcionou.

Beijos,
André

FERNANDA BELÉM é aquariana, otimista, jornalista por formação, escritora por paixão, leitora compulsiva. Inventa histórias e constrói mundos desde que aprendeu a falar. Começou a escrever com 8 anos e nunca mais parou. Com dois livros já publicados, Fernanda espera continuar escrevendo por toda a vida.

FERNANDA FRANÇA

EU VOU TE ESPERAR

I

Não houve luz ou escuridão, nem relâmpagos e trovões, não foi noticiado na televisão ou nos jornais, nem uma única pessoa comentou quando ocorreu porque simplesmente não aconteceu esse momento. O mundo apenas é assim e todos sabem e vivem sua própria felicidade a partir do que conhecem dela. Afinal, pode-se sentir falta de algo que nunca se teve?

Fred sente.

Sua vida é a melhor das vidas que pode ter, é invejado pela beleza, uma das coisas mais importantes do seu mundo. Não despreza a riqueza, outra qualidade admirada pelos seres normais, mas destina parte do que possui, clandestinamente, a pessoas que não têm condições. Encontrou na educação a base para solucionar problemas que acredita serem os maiores que pode ver. Porque sabe que algo não está ao seu alcance.

Como Fred não é como as outras pessoas desse mundo particular, ele esconde sentimentos, atos e questões que o afligem. Já tentou conversar com os pais e amigos, mas ninguém o compreende e ele teme pelo que pode lhe acontecer se considerarem que não é mais são.

As pessoas aparentam ser normais sem amor. No mundo de Frederico, os bebês aprendem a mamar para sobreviver e as crianças sorriem para conquistar mais presentes. Os jovens estudam porque desejam empregos cobiçados e altas remunerações e os adultos gostam do que a boa vida pode proporcionar, como em qualquer dos mundos. Quando conquistam, sentem orgulho. Quando fracassam, podem ter frustração, raiva ou ressentimento. Sentem alegria e tristeza de um jeito peculiar porque a diferença está no que as move. Não é o amor, porque o amor não existe.

Fred não consegue explicar, mas sabe que algo estranho o cerca. Da mesma forma que alguns mundos tentam entender de onde vieram e para onde vão, ele apenas busca compreender o que é a felicidade plena. É arquiteto, conhecido na pequena cidade onde nasceu, sempre trabalhou e tem uma carreira estável; é jovem e sua vida perfeita não pode ser questionada por ninguém, exceto ele mesmo.

E apesar de parecer tão normal aos olhos de qualquer transeunte em um dia movimentado, Fred é um destaque. Se fosse um filme, as pessoas ao redor passariam rapidamente e distorcidas, enquanto ele seria o foco de uma câmera um pouco acima dele e com close em seu rosto pensativo. O narrador diria que aquele era Fred, o homem diferente de seu mundo.

Frederico não é exatamente um homem bondoso, tampouco é mau. Cumpre as obrigações diárias, trabalha mais horas por dia do que deveria, mas não entende a razão e nunca se casou porque não conseguiu ver motivo para isso, mesmo já tendo encontrado as mulheres mais bonitas, ricas, atraentes e inteligentes que um homem poderia conhecer em toda uma vida.

Na cidade, ele é a única pessoa que conhece que ainda mora com os pais. Não porque precise deles, mas porque o contrário é válido. Ele não tem a menor intenção de se mudar, embora seja comum colocar os pais na casa apropriada quando não são mais necessários. Da mesma forma que colocam crianças que não são consideradas perfeitas nas casas da primeira geração ou jovens que não são mais economicamente ativos nas segundas casas.

Era um mundo perfeito, afinal. Em que tudo funcionava perfeitamente bem, desde que seguidas as regras máximas. Que Fred, aliás, não seguia. Tudo porque ele não encara relações humanas como necessidades e, por isso, prefere fingir.

Fred presta atenção às conversas dos pais e chega a sorrir quando se lembra da infância e adolescência. Sente um tremor diferente e ruim quando pensa na possibilidade de perdê-los. Escreve um diário com os seus sentimentos, mas assim como não consegue falar sobre eles, não mostra os escritos para ninguém. Fred tem medo de ser internado como louco. E essas casas, sim, eram as piores de todas. Ou ainda ser "entregue", o que seria o fim de sua vida.

Sua mãe o chamou pela porta e ele viu os cabelos brancos da velha empresária aposentada. Havia mais de dois anos que ela não pintava o cabelo como sempre costumava fazer e sua maior motivação declarada era comer e dormir, únicas atividades que lhe proporcionavam prazer. O pai, professor e aposentado também, por sua vez, era viciado em jogos. Como nunca conversou muito com Fred, não seria nesta etapa da vida que lhe contaria o que pensa ou sente. Apenas jogava.

Um mundo sem amor não é exatamente um estereótipo de ruindade. As pessoas agem como outras de outros mundos e têm motivações pessoais como dinheiro, poder, luxo, bens, viagens, prazeres, vícios e relacionamentos que levam a qualquer um desses caminhos. O amor não lhes faz falta porque não o conhecem, mas com isso desconhecem ainda caridade como outros mundos, já que, para eles, é apenas o ato de ajudar para se promover.

Amizades existem, mas elas têm um propósito. Rir para se sentir melhor, sair para conhecer novos lugares, conversar porque é divertido. Ajudar ao próximo não é uma expressão válida porque o próximo não importa, de fato. Namoros e casamentos acontecem como em qualquer lugar, com igreja ou cartório, padrinhos, madrinhas e vestidos de noiva. As pessoas casam por motivos tão diversos que não sentem a falta do sentimento que não conhecem. Nesse mundo quase não há divórcios e quando eles acontecem é porque melhores contratos são propostos, o que não implica nenhuma tristeza para alguma das partes, a menos que o prejuízo seja grande.

Naquele dia em que tudo mudaria, Fred saiu mais cedo do serviço, considerando que costuma trabalhar quatorze horas por dia. Ainda estava cedo e o sol brilhava como ele via poucas vezes, já que está acostumado a salas sem janelas. Chegou em casa e trocou de roupa. Levou sua bicicleta até uma estrada quase deserta para se exercitar um pouco, mas andou além do que pretendia e chegou próximo a um lugar que não conhecia. A cerca de cinquenta metros de um penhasco, perdeu o controle de sua bicicleta e caiu. Sentiu muita dor em uma das pernas, viu o sangue escorrer do cotovelo, mas percebeu uma pequena luz quase oculta pela folhagem.

O brilho vinha do reflexo de uma aliança grossa e de ouro avermelhado que estava caída no chão. Quando Fred pegou o objeto percebeu algum desgaste, parecia muito antigo, então ele assoprou para tirar a poeira e tentar ler o que estava escrito na parte interna do anel.

Eu vou te esperar.

Sem assinatura ou data. Apenas um símbolo ao lado da frase. Um coração unido a outro que estava de ponta-cabeça, como se fosse um trevo faltando uma folha. Entre os corações, o símbolo da eternidade, o oito horizontal.

E Fred conhecia aquele símbolo.

2

O sótão era um lugar amplo como uma sala acima da sua própria sala, com uma pequena porta, que fazia a passagem até lá ser difícil e escura. A lanterna do seu dispositivo móvel auxiliava Fred a chegar ao ponto em que poderia ficar de pé novamente. Depois de rastejar por alguns metros, encontrou a cavidade que se assemelhava a uma sala antiga. Alguns pequenos móveis descartados agora moravam lá. Havia um tapete velho no chão, criados-mudos e dois gaveteiros. Um espelho de pé, com moldura de madeira, ao lado de uma pequena penteadeira eram sua recordação mais antiga, de quando ele levava os amigos ali no "clube secreto" para compartilharem segredos.

Ele sabia que havia uma gaveta trancada, mas que abrira uma vez com a chave que ficava em uma caixa dentro de um gaveteiro. Era lá que deveria estar o que procurava. A chave, porém, não existia mais. Ele precisou forçar a abertura de uma fechadura da qual todos já deveriam ter se esquecido. E lá estava uma caixa de veludo verde, com um desenho em cima feito com corda e colado sobre o tecido já desgastado. Era o mesmo símbolo do anel.

Quando o viu jogado no chão, a primeira memória que chegou foi o símbolo de um sabonete produzido em uma pequena fábrica da cidade, mas muito famoso. Mas, em seguida, percebeu que era mais do que aquilo. A memória reluzente o havia recordado das relíquias de sua própria família.

Uma caixa de cartas. Aquele era o tesouro que ele procurava. Em uma era com tecnologia avançada há tantas gerações, quem ainda escrevia cartas?, Fred pensou. As pessoas que desejam estar juntas por um sentimento verdadeiro, respondeu mentalmente, mas hesitante. Aquelas só poderiam ser cartas daquele sentimento. Mesmo que ele nunca tivesse lido nada sobre o assunto ou sentido apenas o maior sentimento de todos por seus pais, sem saber por que era tão diferente dos outros, ele não conhecia aquele amor das cartas.

As folhas estavam amarelas e ele as colocou na caixa novamente. Levou tudo para seu quarto, trancou-se após o banho e o jantar e chegou à madrugada em companhia de Jeny, que escrevera as cartas para seu bisavô Nicolau. Leu todas com atenção e descobriu que ali existia aquele sentimento que ele podia compreender. Eles se amavam. Mas sua bisavó não era Jeny. Então será que o amor não havia sido o bastante? Fred imaginou teorias para entender o motivo de seu bisavô não ter passado o resto da vida ao lado da mulher que assinava aquelas linhas.

Nico,

Não se preocupe com meus pais, eles vão aceitar. Não podemos fingir que isso não existe, porque para eles não faria diferença. Não somos como eles e nunca poderão entender. Eles desejam que os contratos sejam positivos e quero descobrir uma maneira de conseguir convencê-los.

Não é incrível que tenhamos nos presenteado com uma caixa para cada um sem que tenhamos dito nada antes sobre isso? Foi uma linda comemoração de um ano juntos. Devo confessar que gostei muito mais da caixa que eu ganhei. Como você conseguiu entalhar o nosso símbolo na madeira?

Os dois corações e o infinito. É nosso símbolo, só existe pelo nosso amor. Nossa eterna ligação.

Você é a única pessoa que me entende e não trocaria nada por este sentimento. Vou guardar o anel que você me deu, dizendo que vai me esperar, porque quero usá-lo no dia em que não irei mais me separar de você.

Eu te amo. E sou uma privilegiada por poder saber disso.

Jeny

Junto à carta estava uma foto amarelada de Jeny. Fred sentiu falta de algum dispositivo eletrônico para que pudesse conectar ao seu aparelho móvel e ver o rosto dela com mais nitidez. Não havia nada além de uma antiga foto impressa maltratada pelo tempo, que não dá trégua a ninguém, nem mesmo a quem vive cercado de tecnologia. Porque ela pode até mesmo adiar alguns acontecimentos, mas nunca impedir que aconteçam.

Talvez Fred pudesse buscar algum herdeiro de Jeny e devolver o anel, que agora ele tinha certeza que pertencia àquela família, que poderia ser a mesma família que criou a fábrica de sabonetes. Sabia onde começar a busca. Sentou-se na frente do computador, que parecia uma nave espacial, e pesquisou a história da empresa. O holograma de Jeny apareceu à sua frente, contando a história ela mesma, de quando assumiu os negócios. Assistiu a algumas entrevistas de pessoas dizendo que ela iniciou uma nova etapa na companhia quando desenhou um novo logotipo e colocou a empresa no ranking das melhores do país.

Era ela, a mulher das cartas.

No dia seguinte, ligou para o escritório e disse que não poderia ir, para que descontassem de suas férias. Era comum que as pessoas tirassem dias soltos pelo ano, já que era cada vez menos frequente que os funcionários tirassem vários dias seguidos para viajar, muito menos em família. De qualquer forma, quanto maior o poder aquisitivo, maiores eram as chances de férias, sempre escandalosamente caras e invejáveis. Não era o caso de Fred, que, embora pudesse pagar boas férias, ainda não estava no patamar de poder se ausentar da empresa por muitos dias seguidos.

Descobriu que o principal escritório da fábrica de sabonetes continuava na cidade e aquele era o seu destino.

3

Ele já sabia tudo sobre a árvore genealógica daquela família quando pediu para falar com Beatriz, a neta de Jeny. Talvez ela tivesse alguma informação que o ajudaria a entender o que ele havia descoberto desde o dia anterior, quando encontrou o anel. Ele nem sabia o que perguntar, mas queria conhecer a história da família, descobrir se poderia entregar o anel a ela. Inventou uma história de que participaria de um simpósio sobre arquitetura da época em que aquele prédio havia sido construído, da era dos pais de seu bisavô. A cidade era conhecida pelas belas construções, então não foi difícil chegar à pessoa que poderia lhe dar mais informações sobre a história da família ou a origem da construção.

Beatriz o recebeu com educação, em uma sala gelada e cinza, com cadeiras de acrílico transparentes e que pareciam flutuar. Na parede, imensos painéis para projeções. Os dois ficaram em pontas opostas da mesa e Fred explicou tudo sem certeza nas palavras, o que não foi notado por ela. As respostas foram padronizadas, ele sabia, e ela mencionou rapidamente Jeny, que havia se casado com um publicitário conceituado da época, principalmente por vir de uma família milionária – não que Beatriz tenha dito exatamente isso, mas Fred lembrou-se de suas pesquisas. Ela ressaltou o quanto eles formavam um casal "perfeito" e que ele a ajudou a reformular o conceito da empresa.

Esse homem assumiu a fábrica de sabonetes depois que Jeny faleceu. Havia lacunas na história das cartas. Ele havia conseguido entender que os dois não tinham ficado juntos, mas não sabia os reais motivos. Então descobriu que a amada de seu bisavô se casou com outro homem e faleceu em seguida, em um acidente que também envolveu seu pai. Questionou-se em silêncio se os dois chegaram a conversar depois desse casamento e manteve uma ideia fixa de que deveria haver algum registro de Nicolau sobre tudo, já que ele viveu muitos anos mais.

Enquanto Beatriz falava, Fred ficou pensando se ela poderia ser como ele, Jeny e Nicolau. As cartas mostravam que os dois poderiam ajudá-lo se estivessem vivos porque eram os únicos de que ele se lembrava que poderiam sentir o mesmo que ele sentia. Aquele sentimento que seu mundo não conhecia, o amor. Era uma sensação simultaneamente reconfortante e desesperadora. Fred descobriu que não era o único e que haveria alguma explicação para como se sentia, porém as duas pessoas não estavam mais vivas. Nem mesmo a tecnologia de seu tempo fora capaz de chegar à imortalidade.

Fred perdeu-se em seus pensamentos por alguns instantes, mas voltou a tempo de perceber que Beatriz continuava contando as histórias da empresa, em partes que não o interessavam, embora não pudesse demonstrar. Visitaram a fábrica, Fred tirou fotos para a apresentação que nunca faria e tentou descobrir mais alguma coisa sobre a família. Fez todas as perguntas que havia anotado em seu dispositivo móvel, mesmo sem ter recebido as respostas que desejava, e voltou para casa na esperança de encontrar o caminho nas memórias de sua família.

Quando não temos mais nada, as lembranças são as vidas sendo vividas novamente em algum plano desconhecido. Era o que ele pensava enquanto caminhava e buscava uma explicação para tudo o que havia acontecido nas últimas horas de sua vida.

Fred queria resgatar o passado. Porque conhecer sua própria história poderia ser a chave para decifrar sua situação naquele mundo hostil e, ao mesmo tempo, tão perfeito.

4

Fred voltou para casa decidido a encontrar uma resposta para suas dúvidas com relação ao anel. Ele também desejava que alguém, durante esse processo, pudesse lhe explicar algo sobre ele mesmo, já que ali era o mais perto que já havia chegado de compreender o que acontecia com seus sentimentos. Percebeu que, de alguma forma, mesmo que não encontrasse as respostas para o que sentia, ele ainda buscaria o paradeiro de algum outro herdeiro de Jeny, até garantir que o anel estivesse nas mãos certas.

Quando estacionou o carro, notou que um gato preto atravessou o seu caminho e pensou "É meu dia de sorte". O felino, que não devia ter mais do que três ou quatro meses, voltou e escalou sua perna com a destreza de um profissional. Fred riu. Ao chegar ao colo, ele começou a ronronar e, assim, ganhou uma família.

Ao entrar em casa, bem mais cedo do que o habitual, sua mãe levantou a cabeça e desviou a atenção do programa de televisão a que assistia, em imagem projetada na parede minuciosamente preparada para as projeções. Não era como nas casas ainda mais abastadas, com telas superiores e qualidade inquestionável, mas sua mãe não parecia preocupada. Com nada. Estava deitada em um sofá marrom, com a cabeça sobre uma almofada creme e observou o filho com um olhar que Fred poderia interpretar como amor. Mas não era, porque ela não conhecia o amor. Mas, como mãe, tinha o desejo de proteger seu filhote como se fosse um bicho. Então notou que havia algo no colo do seu filho. E perguntou qual seria a serventia do gato.

– Sinceramente, mãe? Nenhuma. Não desejo que ele "sirva" para alguma coisa, porque quero que ele seja meu amigo. Só isso. Eu sei, parece uma loucura, mas não tente entender. Por favor, respeite essa escolha. Esse é Nico, em homenagem ao meu bisavô. Espero que vocês também sejam grandes amigos.

O desejo de ser sincero pela primeira vez gritou mais alto do que a lucidez. No mais, ele já era adulto, não temia os outros adultos como acontecia quando ele era criança. Sua mãe, com os olhos discretamente arregalados, tentou não parecer surpresa, como se aquilo pudesse ser uma nova mania dos jovens, algo que todos estivessem fazendo e, por isso, seu filho resolvera copiar. Não havia nada de mal em ter um gato em casa, analisou. E quis chegar perto, mas deixou para outra oportunidade.

– Falando em bisavô, você se lembra que seu bisavô deixou uma caixa para você, não é? Todos sabíamos dessa caixa, porque ele nos fez prometer que você a receberia, mas eu só estou me lembrando dela agora. Passou para seu avô, depois para seu pai, que acho que deve tê-la esquecido lá no sótão.

Grandes novidades. A de seu pai não ter se lembrado de algo importante referente a ele e o fato de a caixa estar no sótão, de onde ele já a havia tirado.

– Está tudo bem, mãe. Eu trouxe a caixa para baixo. Você sabe alguma coisa sobre a história do bisavô e... – Ele ia perguntar sobre Jeny, mas como faria isso sem explicar sobre o anel e tudo o que havia sido desencadeado depois? Era melhor que sua mãe não soubesse para que não o impedisse – ... e a bisavó? – por fim completou.

– Foi um casamento ótimo. Veja só, se não tivesse sido, você não estaria aqui hoje.

Era um fato. Se houvesse Jeny, ele não existiria. De alguma forma, a história errada de seu bisavô também havia acertado em permitir que toda a geração seguinte surgisse, inclusive ele.

Tudo tem um lado bom, mesmo oculto pela escuridão. Quando a claridade, mesmo de uma pequena lanterna, consegue nos alcançar, podemos perceber a faceta positiva da situação. E aprender com ela que, não importa quão escuro esteja, os nossos olhos sempre se acostumam e aprendem a ver a luz.

5

Na monótona vida de Fred, o surgimento do anel e o desejo de descobrir uma história como se fosse um repórter investigativo fizeram com que ele ganhasse uma nova motivação. Buscou a caixa, que mantinha trancada em um armário de seu quarto, e a analisou com cuidado. Se ele havia lido todas as cartas, por que não encontrara uma explicação? Será que, de fato, haveria uma explicação?

Podia ser tudo fruto de sua imaginação fértil. E tudo o que ele (não) sentia poderia nunca ter passado pela cabeça de mais ninguém além dele mesmo. Se ele fosse o único, era melhor manter o que não conseguia explicar em segredo, como já vinha fazendo há muitos anos.

Foi quando estava perdido nos pensamentos que notou que Nico, o gato, brincava com uma linha solta da caixa de seu bisavô. O gato filhote acabou arranhando o tecido, mas Fred não ficou bravo. Ele o tirou gentilmente e o colocou sobre sua cama, com um afago na cabeça. Havia realmente uma linha solta no tecido que cobria a caixa. Ou Nico a havia desprendido e ele nunca a teria encontrado se não tivesse deixado o gato entrar em sua vida.

Na tampa, quando aberta, podia-se ver que a linha levava ao forro do tecido, e olhando mais perto Fred percebeu que havia algo. Era mais uma carta. Mas não era uma carta comum. Era aquela que ele havia esperado durante toda a sua vida.

Querido bisneto,

Primeiramente, perdoe seu velho bisavô por escrever essa carta da forma mais antiquada possível. Há quanto tempo não se escreve cartas? Não sei, pois sempre escrevemos mensagens eletrônicas das mais variadas formas, somos capazes de mudar cenários com um toque dos dedos à nossa frente, podemos falar com quem desejamos com um comando de voz em aparelhos modernos, mas nos esquecemos de que nada disso é realmente eficaz quando desejamos perpetuar uma informação sem que descubram antes da hora.

Pensei muito antes de esconder essa carta na caixa. Mas quando você nasceu, eu decidi deixar a caixa trancada para você como um presente. As cartas de Jeny estavam dentro dela, mas essa não poderia ficar exposta. Quando você receber essa caixa, verá que eu a deixei com seu pai, para que ele desse a você quando completasse 18 anos. Espero que ele o tenha feito ou, de alguma forma, você tenha encontrado a caixa e leia essa mensagem. E, se estiver lendo essa carta, é porque, infelizmente, eu nunca pude ter essa conversa com você.

Descobri que era diferente muito cedo, como talvez você já tenha percebido com seus 4 anos que tem no momento que eu escrevo. Não era um entendimento racional naquela época, apenas não compreendia algumas atitudes perante situações extremas de abandono, tristeza ou solidão. Eu tinha vontade de ajudar meus amigos, de abraçar, mas logo percebi, depois de muitas idas e vindas da diretoria das escolas quando já era um pouco maior, que eu deveria me adequar se quisesse ser considerado uma criança "normal".

Eu não podia ser eu mesmo.

Aos poucos, aprendi o traquejo social de que eu precisava para me relacionar com as pessoas, embora ainda não compreendesse. Havia algo estranho e eu não conseguia colocar em palavras. Tinha medo de ser uma doença, de que se eu contasse a meus pais eles entregariam a minha guarda, pois conhecia a história de tantas famílias que "entregavam" seus filhos que não eram "perfeitos". Por isso nossa sociedade é tão desprovida de diferenças. As poucas pessoas diferentes de que soube a existência, não a tiveram por muito tempo. Eu não poderia correr o risco de ir para um lugar sem volta.

Na adolescência eu vivi o mais doloroso dos sentimentos quando achei que estava apaixonado por uma garota e, claro, não fui correspondido. Eu sequer sabia o que era paixão, não conseguia colocar uma palavra inexistente para um sentimento que também não existia. Não para os outros. Eu o sentia desde sempre e aquilo parecia uma sina, uma maldição. Amar, e eu não sabia o nome do verbo ainda, devia ser a pior coisa que um ser humano podia sentir.

Um pouco mais velho, eu já sabia a cartilha de cor. Então me aproximei de algumas mulheres com todas as estratégias. Seria um relacionamento bom para os dois, como tem que ser, e sem sofrimento, como eram todos. Até que eu senti, pela primeira vez, o amor que não poderia ser um castigo. Ela era especial.

Eu vi Jeny pela primeira vez quando ela estava andando de bicicleta bem devagar perto de onde eu morava. Nossos olhares se cruzaram como nunca tinha acontecido antes com qualquer outra pessoa, como se ela fosse uma pedra preciosa gigantesca no meio da multidão e irradiasse seu brilho. Então, ela caiu.

Fui ao seu encontro preocupado com ela.

– Você se machucou? Está tudo bem? – perguntei.

Somente depois eu percebi que havia algo a mais na minha voz. Era mais do que uma preocupação por educação, como todos havíamos sido educados. Todos se ajudavam, mas, de alguma forma, não era como o que estava acontecendo. Eu era capaz de me colocar em seu lugar.

— Eu... estou bem, obrigada — ela respondeu hesitante. Como se eu fosse o maluco que havia tentado esconder por tantos anos.

— Seu joelho está sangrando — comentei. — Venha, eu faço um curativo.

Depois de uma pausa com um olhar que não consegui decifrar, tentei me explicar.

— Eu estou estudando para ser enfermeiro, será bom relatar seu caso para os professores.

— Não precisa explicar, está tudo bem.

Eu a levei para a farmácia que ficava ao lado da casa em que eu morava com meus pais e pedi para o atendente todos os materiais para que eu pudesse atender a moça. Ele não estranhou porque sabia que eu realmente estudava enfermagem, e Jeny não parava de me olhar enquanto eu cuidava dela.

— Posso pagar um café para você? — ela me perguntou, e eu esbocei um sorriso. — É em agradecimento — completou, também tentando se explicar.

Havia muita explicação para uma situação que deveria ser coloquial. E não era por um simples motivo: nós éramos iguais.

Conversamos por horas. Nós ríamos das mesmas piadas e ela parecia genuinamente preocupada quando eu lhe contava alguma história do estágio e dos pacientes. Foi quando eu notei que ela tentou uma aproximação, como se quisesse perguntar algo, mas ainda não pudesse dizer exatamente o que se passava pelos seus pensamentos.

— Você sofre por eles? Quero dizer, quando acontece alguma coisa errada, qual é a sensação?

— É a pior do mundo — eu fui sincero. E talvez pela primeira vez eu tenha compreendido que a ausência daquele único sentimento que eu não sabia nomear também influenciava as pessoas em todas as outras áreas da vida. Porque só aquele poderoso sentimento era capaz de também causar empatia, solidariedade, generosidade. Tantos outros nasciam daquele único sentimento.

— Eu sei como você se sente — ela respondeu. E eu tive a certeza de que ela sabia.

Depois daquele dia, passamos a nos ver com frequência, mas sempre escondidos, como se o que conversávamos fosse proibido. Não era. Ainda. Jeny parecia muito mais preocupada em se certificar sobre mim do que eu tinha dúvidas sobre ela. Eu tinha certeza de que ela me entendia e que, juntos, poderíamos buscar uma explicação para o que acontecia conosco, o que não foi preciso. Um dia, Jeny me visitou na universidade e me levou para a biblioteca. Ela queria que eu lesse uma carta e disse que era muito importante. Foi quando eu li a carta que a bisavó dela havia escrito. E quando eu descobri, de verdade, que o nome do que eu procurava era amor.

A bisavó de Jeny explicou tudo a ela, como estou tentando fazer com você agora, e fiquei sabendo não somente que podemos sentir o que os outros não podem, como também que não somos os únicos. Nós nascemos com intervalos de gerações. A bisavó de Jeny a escreveu garantindo que as cartas passavam há muitos anos. Ela mesma havia recebido uma carta da bisavó, que havia recebido da bisavó e de outra bisavó... Sempre pulando duas gerações, sempre seguindo de bisavós para avós, mães e filhas. Conosco é diferente, meu bisneto. Quando você *nasceu, eu desconfiei que fôssemos assim. Quando você começou a crescer, eu ganhei as garantias. Seu amor de criança transbordava em seu olhar, nos seus abraços, nos seus gestos. Eu espero poder estar ao seu lado para poder guiar você nesse difícil caminho, já que eu mesmo não tive ninguém e nunca recebi uma carta. Não sei o que pode ter acontecido, talvez meu bisavô nunca tenha descoberto, mas o mais provável é que meu pai nunca me entregaria nada que não lhe rendesse algo.*

Então conosco aconteceu de meu filho e meu neto, que é seu pai, não nos entenderem. Quando você nasceu, meu mundo se iluminou de novo. E não vejo a hora de você crescer para que eu possa contar tudo. Essa carta é uma garantia de que, não importa o que acontecer comigo, a informação chegará a você. Foi Jeny quem me fez prometer que eu faria isso um dia.

Você pode querer saber o que aconteceu naquele dia da biblioteca. Eu li a carta e pedi que me acompanhasse. Então eu a levei em um parque lindo, perto dali e não muito longe de onde eu havia passado a infância. Sentamos embaixo de uma árvore e eu não sabia como esconder o que estava sentindo há tanto tempo, desde o dia em que havíamos nos conhecido. Eu não havia proposto relacionamento porque sabia como funcionava no nosso mundo e eu não poderia dar-lhe nada em troca.

Àquela altura já conhecia a história de sua família de posses e os pais, que tinham uma fábrica na cidade. Eu era um estudante sem dinheiro algum, órfão de mãe, abandonado pelo pai e criado por uma vizinha. A faculdade havia me trazido a possibilidade de ser alguém e ajudar os outros sem precisar dar desculpas. Seria minha profissão. E Jeny havia me trazido a alegria de viver. Foi o que eu disse a ela embaixo daquela ár-

vore. Que ela era o raio de sol de todos os meus dias. E que, mesmo que eu nunca descobrisse o nome daquele sentimento que a carta havia acabado de me contar, eu nunca poderia confundi-lo com nada mais no mundo. O que eu sentia por ela era único.
— Nunca ninguém havia contado antes a você?
— Não. Nenhuma carta chegou a mim.
— E como você sabia que sentia algo por mim? — Jeny estava curiosa.
— Eu poderia não saber o nome do amor, mas eu o sentia. Antes de abrir os olhos, quando só minha mente havia despertado em todas essas manhãs desde que te conheci, você era a minha primeira visão. Era para você a primeira batida do coração ao acordar, o primeiro sorriso. E o desejo de que você fosse a pessoa mais feliz de todas, porque ver você feliz era o que me fazia feliz.

Depois de ouvir atentamente, Jeny me beijou.

Ela era espetacular, meu bisneto. E foi um beijo de verdade, pela primeira vez na minha vida, mesmo depois de ter beijado tantas mulheres. Foi o meu primeiro beijo com amor.

— Eu sinto amor por você, Jeny.
— Eu te amo. É assim que se fala, Nico. Eu te amo.

A nossa história, que já havia começado no primeiro dia em que meus olhos encontraram os dela, ganhava a força daquela palavra que eu sempre conheci, que eu sempre senti, mas que eu só descobri o nome naquele dia.

Jeny começou a desenhar na terra molhada o símbolo do coração.

— Esse eu aprendi nas aulas, mas usamos apenas para trabalhos técnicos — expliquei.

— Na minha família, essas pessoas estranhas como nós costumam usar esse como o símbolo do amor. Porque se a mente é o que comanda nossa razão, o que guarda nossa emoção? Um órgão capaz de bombear sangue para todo o corpo, quem sabe? Eu sei, parece uma teoria meio absurda, mas há muitas gerações nós usamos esse coração como uma maneira de dizer que nos amamos.

Então eu tirei um canivete do bolso e entalhei o coração no tronco da árvore. Jeny foi lá e, com o meu canivete em mãos, desenhou um coração de ponta-cabeça, com a ponta unida ao meu coração. E eu completei o desenho com o símbolo do infinito entre os dois. Aquele era um símbolo de matemática universal, afinal.

— Que lindo!

— Agora também temos um símbolo só nosso — eu disse a ela. E foi assim que nasceu a logomarca da empresa que ela comandaria algum tempo depois, por um período breve.

A nossa história de amor você poderá conhecer pelas cartas que ela me mandou. Eu guardei quase todas e espero que, quem sabe um dia, você possa ler as que eu enviei, para conhecer os dois lados da história. O terceiro lado, infelizmente, é que nem mesmo o nosso imenso amor foi capaz de nos unir. Fred, será que em algum momento da história as pessoas tiveram ou terão o privilégio de se escolherem por amor? Como seria uma sociedade em que todos têm a capacidade de amar?

Será que nesse caso todas as pessoas só ficariam umas com as outras por amor?

Nós não escolhemos. A vida escolheu por nós.

Não é difícil imaginar que ninguém queria que ficássemos juntos. Porque ninguém era capaz de entender o que acontecia entre nós. O pai de Jeny queria que ela se casasse com o filho de um potencial sócio para a fábrica. Sua mãe, que cheguei a conhecer, havia falecido havia pouco tempo e, sobre o casamento, tudo fazia tanto sentido dentro da nossa sociedade que Jeny parecia uma pessoa desorientada por querer fazer as coisas de maneira diferente. Eu temia que ela pudesse ser descartada, como tantas pessoas eram, mas ela me garantiu que não deixaria que isso acontecesse. No nosso último encontro, ciente de que não poderia mudar a cabeça dos outros, resolveu mudar nosso destino. Então iríamos embora juntos daquela cidade assim que eu acabasse a faculdade, em menos de dois meses. Era o tempo de deixarmos tudo pronto para partir, sem que ninguém desconfiasse.

Jeny estudava engenharia e já havia descoberto onde poderia seguir os estudos. Na semana seguinte a esse encontro, eu busquei trabalho em outro lugar e, depois de ser aprovado em uma entrevista por holograma, eu garanti que estaria no hospital no prazo estipulado. Ficaríamos a algumas horas de avião, o que não seria um problema para quando voltássemos para visitar nossas famílias.

Mas em duas semanas seu pai ficou gravemente doente depois de um acidente vascular cerebral. E Jeny não conseguiu deixá-lo. Eu precisei comparecer ao trabalho novo, mas prometi voltar. Nós dois sempre nos correspondemos por carta, além de todos os meios eletrônicos. Era a única maneira de podermos tocar em algo que havia estado com o outro, mesmo que fosse um pedaço de papel.

Não sei bem como tudo desmoronou, mas Jeny não conseguia mais manter a empresa sozinha com o pai doente e acabou se casando com o tal publicitário, filho da família que se tornou sócia da empresa. Ela me culpava porque eu não estava presente, eu a culpei porque não acreditou em mim e não me esperou. Nós éramos humanos falíveis e percebemos que o amor também nos tornava vulneráveis. Por estarmos apaixonados, sentíamos todos os outros sentimentos provenientes – e isso aquela sociedade desconhecia –: ciúme, solidão, culpa, remorso, tristeza, mas, ainda assim, amor. Em poucos meses nasceu sua filha e eu acompanhei as notícias da herdeira da fábrica mais importante da minha cidade.

Apesar de todas as dificuldades, o nascimento da filha parece ter dado uma força nova a ela e Jeny fez algumas mudanças na fábrica e criou um novo logotipo, com o nosso símbolo. Eu soube, assim que o vi, que nossos corações continuavam unidos e nada poderia separá-los.

Depois de pouco tempo, já estávamos trocando cartas novamente. Foram poucas, e essas eu não guardei. Jeny me fez prometer que eu escreveria para nosso bisneto ou nossa bisneta contando a história. Já que uniríamos as famílias, será que a tradição se perpetuaria com os homens ou as mulheres? "Vamos ter dois filhos!", Jeny me disse. "Vamos revolucionar essa sociedade."

Mas antes que ela pudesse fazer todos os arranjos para pedir o divórcio, antes mesmo de nos reencontrarmos pessoalmente, ela desapareceu. Eu entrei em desespero e viajei de volta a essa cidade, de onde nunca mais saí novamente. Jeny havia partido e não pude me despedir. Eu nunca soube o que aconteceu com detalhes, eu sempre quis saber, mas a família só dizia que Jeny e seu pai morreram em um acidente de carro. Os jornais noticiavam como uma tragédia, e o seu marido tomou conta da empresa a partir daquele momento. E eu imaginava como estaria a filha de Jeny, mas nunca mais soube dela.

Casei pouco tempo depois com sua bisavó, que, mesmo sem nunca ter me amado, e não por culpa dela, me fez muito feliz. Tivemos um filho, seu avô, pai do seu pai. E ter um filho, Fred, cura muitas feridas do nosso coração. Seu avô era um menino adorável. Engraçado, brincalhão, inteligente. E, mesmo sabendo que aquela sina iria se repetir, eu continuei a amar incondicionalmente. Não sei se é assim sempre, se os pais de filhos que amam sentem o mesmo, mas eu garanto que descobri que poderia amar sem ter nada em troca.

Seu avô foi pai muito jovem, assim como seu pai. E devo dizer que quando você nasceu eu senti algo além de amor: esperança. E desde muito cedo você provou que eu precisava viver para comprovar o que Jeny havia me ensinado desde aquele dia do nosso primeiro beijo. As gerações pulam, mas o amor sempre volta. O mundo muda, as pessoas se transformam, mas o amor é o sentimento mais persistente de todos.

Eu te amo, meu bisneto.

Com amor,
Nicolau

6

Fred leu a carta muitos anos após a partida de seu bisavô. Desejou que ele tivesse vivido para conversarem sobre tudo aquilo e para que ele pudesse abraçá-lo mais vezes, como ele se lembrava que faziam sempre que se encontravam. Quando estavam juntos e sozinhos, seu bisavô constantemente dizia que o amava. Ele se lembrava vagamente dessas memórias, mas elas estavam vivas e talvez tenham guiado Fred para que ele se lembrasse do sentimento. Mesmo que parecessem sonhos de um menino de 5 anos. Refletiu e percebeu que seu bisavô viveu apenas mais um ano após escrever a carta.

– Muito bem, Nico. Você é um grande amigo, obrigado – disse para o gato, que dormia em cima de seu edredom. – Agora vamos ter que descobrir se a tal da Jeny teve uma bisneta ou um bisneto. Não sei se essa tradição se mantém sempre, mas deve ser uma menina e eu espero que ela exista e tenha idade suficiente para conversar comigo.

Fred decidiu que teria que descobrir essa informação e o melhor seria conversar mais uma vez com Beatriz. Para antecipar a necessidade de falar com outras pessoas da família, de forma que seu trabalho ficasse mais completo, ele escreveu uma mensagem a ela, sem voz, porque não queria ser denunciado pelo nervosismo. Era apenas texto, com um pedido para conhecer os demais herdeiros da fábrica. Ele precisava saber as impressões de cada um sobre o prédio histórico. De fato, ele não precisava saber nada daquilo, apenas conhecer pessoalmente a terceira geração depois de Jeny.

Recebeu um convite no dia seguinte para comparecer a um coquetel que aconteceria no final de semana no prédio da fábrica. Ele sempre ouvira falar dessa imponente festa, mas só havia visto fotos nas revistas. Seria o primeiro ano em que poderia participar. E Beatriz disse que lá ele conversaria com sua mãe, a filha de Jeny, e sua filha. Era ela quem ele queria conhecer. Ele precisava saber se ainda existia alguém como ele. E prometeu que, mesmo que ela não fosse quem ele pensava, ele devolveria o anel àquela família.

Arrumou-se com um terno alugado porque queria estar vestido como nunca estivera e sentiu medo. Quando chegou à porta daquele casarão e viu todos aqueles carros chegando, de pessoas vindas de todos os lugares do país para uma festa tão elegante, lembrou-se de seu bisavô Nicolau. Tirou do bolso o convite que Beatriz enviara a ele e apresentou na porta. Uma mulher de vestido preto olhou a lista e pediu que ele esperasse porque seria levado até Juliana. Era a matriarca, a mãe de Beatriz. A filha do amor da vida de seu bisavô.

Um senhor de terno apareceu e o conduziu até uma pequena sala à direita da entrada. Pediu que se sentasse, pois ela já viria. Observou os lustres de cristal, as poltronas coloridas, os quadros nas paredes. O antigo aliado ao moderno. E, quando estava perdido em sua imaginação, foi trazido de volta por uma voz suave.

– Desculpe, vovó está atendendo a imprensa, mas já vai receber você. Se eu puder ajudar enquanto isso, será um prazer.

E, quando se virou, lá estava ela.

– Prazer, eu sou Jeny, a neta da Juliana.

– Jeny? – Fred perguntou, um pouco ansioso.

– Em homenagem à minha bisavó.

Os dois trocaram olhares e um sorriso tímido. Como duas pessoas que não se conhecem, mas que se reconhecem.

– Eu sou Fred – mas ele não conseguiu dizer mais nada. Começou a estalar os dedos, nervoso, e não sabia como começar a perguntar o que, de fato, queria saber. Então começou a falar sobre o que deveria ser o motivo que o havia levado até ali.

– Eu sou arquiteto e... – mas Jeny o interrompeu com gentileza.

– Eu sei, conheço o seu trabalho e gosto muito, aliás. Fiquei muito contente quando soube que gostaria de saber mais sobre esse prédio e a história da minha família.

Jeny começou a contar tudo o que sabia sobre a empresa e os parentes. Mas não somente como uma pessoa que lê uma lista de mercado. Ela falava com paixão, com entusiasmo, com um brilho no olhar de orgulho. Em algum momento, quando falava sobre a bisavó que não conheceu, ele percebeu. Ele sabia que ela era diferente, mas precisava confirmar. Como ele poderia ser discreto?

– Você já ouviu falar de um senhor chamado Nicolau?

Não, Fred não era nada discreto. Mas, de alguma forma, aquela pergunta descabida fez Jeny rir. Ele ainda não sabia se fora pelo jeito engraçado que ele falou ou se ela o conhecia.

– Você não veio aqui para saber nada sobre o prédio, não é? É seu bisavô? – Jeny perguntou, como quem também parecia precisar de uma confirmação. Fred assentiu com a cabeça e ela abriu o sorriso mais bonito que ele já vira em sua vida.

– Minha bisavó me deixou uma carta dizendo que um dia você viria. Eu esperei por você a minha vida toda para entender o que se passava comigo e tentei te procurar, mas não tinha informações suficientes sobre sua família. Aparentemente, o último endereço que minha bisavó teve de seu bisavô era de outra cidade. Mas eu continuei te esperando porque queria saber que não era a única. E você veio.

— Você não deve ter me encontrado porque eu assino meus trabalhos com o sobrenome da família de minha mãe. E não sabia que viria até poucos dias atrás, quando eu encontrei isso. — Tirou o anel do bolso e o entregou a ela, os dois em pé, um de frente para o outro, a meio metro de distância. Enquanto Jeny observava o anel, ele contou que sequer sabia a história do bisavô, porque a carta estava perdida.

— Você o encontrou! — Jeny disse com um suspiro. — Eu o carregava na minha corrente como um pingente, desde que minha avó entregou a carta da bisavó quando cheguei à maioridade. Antes disso, estava tudo no cofre da empresa. Mas um dia eu estava caminhando em um lugar muito afastado e quando voltei para casa estava sem a corrente. Ela se partiu e eu perdi o anel. Fiquei só com a carta como lembrança.

Jeny parou por alguns instantes e para Fred era como se todo o mundo tivesse parado. Ele se sentiu dentro de uma estação espacial, embora nunca tivesse estado em uma, com a sensação de os pés não tocarem o chão e o corpo todo flutuar. Sentiu medo de transparecer tamanha vulnerabilidade diante de uma pessoa que acabara de conhecer. Ele notava as covinhas em seu sorriso silencioso e a seguiu quando ela sugeriu que se sentassem. Ficaram tão perto que ele podia sentir o seu perfume.

— Acho que foi sua bisavó que encorajou o meu bisavô a deixar uma carta também. Aparentemente ela tinha certeza de que seus bisnetos seriam iguais a eles — Fred continuou a conversa, lembrando-se da carta de Nicolau. — Eles esperavam que nasceríamos e pudéssemos nos conhecer.

Jeny analisou o anel e passou o dedo sobre a inscrição enquanto pronunciou: *Eu vou te esperar.*

— Acho que todos nós nos esperamos um dia. Para ter certeza de que não estamos sozinhos — Fred disse.

— E nós não estamos — Jeny respondeu sorrindo.

— Você pode não acreditar, mas eu não me lembro de um dia em que estive tão feliz como hoje — Fred devolveu.

— Eu acredito. Porque estou sentindo o mesmo.

Os dois seguraram as mãos e se olharam. Era a primeira vez que Fred tinha aquele sentimento de saber que estava no lugar certo e com a pessoa certa. Jeny não era somente a mulher que ele procurava havia algumas horas, por conta de um anel. Era a pessoa que ele sempre esperou para amar, mesmo que ele ainda não soubesse disso. Naquele momento, ele sentia as mãos suarem e o coração bater tão forte que quase podia ouvir. Jeny se sentia da mesma forma. Ao segurar sua mão, era como se ele pudesse ampará-la e ajudá-la a superar todos os problemas. E seu sorriso largo era a confirmação de que aquele momento estava escrito em alguma carta misteriosa do destino.

Nicolau e Jeny previram que seus bisnetos seriam capazes de amar. Só não sabiam que iriam *se* amar.

A parceria de Fred e Jeny começaria ali, mas não teria fim até o último dia de cada um deles. Porque não era apenas uma parceria, era amor. Eles sabiam que teriam que fazer o mesmo, perpetuar as cartas pelo tempo, para que as gerações futuras pudessem compreender o que acontecia. Mas, pela primeira vez, elas estariam unidas e eles também não sabiam o que se podia esperar disso. Buscavam outras pessoas que fossem como eles e acreditavam que em breve encontrariam outros.

Quando nasceu o primeiro filho dos dois, perceberam que alguma coisa havia mudado. Não haveria mais intervalo entre as gerações. Naquela família, desde o primeiro momento, todos sabiam amar.

FERNANDA FRANÇA nasceu em São Paulo, é jornalista de formação e escritora por amor à literatura. Trabalhou por doze anos como repórter em rádio, sites, revistas e jornais. É autora de *9 minutos com Blanda, Malas, memórias e marshmallows, Bolsas, beijos e brigadeiros* e O *pulo da gata*.

GRACIELA MAYRINK

BAILE DE FORMATURA

O dia amanheceu um pouco nublado, quase chuvoso. A manhã trouxe um frio que atingiu em cheio Amália. Ela tomava café na cozinha, sozinha, tentando pensar em uma desculpa para não ter de almoçar com os pais no hotel em que estavam hospedados, próximo à sua república. Sem conseguir imaginar algum pretexto para fugir do encontro, decidiu que não haveria escapatória.

Suspirou, lembrando-se do desastre que havia sido a noite anterior. Seu planejamento saíra errado e não se perdoava. Na verdade, a culpa não era sua e sim de seus colegas, que elegeram Guilherme como o orador na Colação de Grau. Ela fora voto vencido, todos queriam o palhaço da turma, ninguém a quis. Já havia preparado o discurso desde o início do ano, trabalhado e revisado até ficar perfeito, digno de uma cerimônia como a que ela, presidente do comitê organizador de formatura, preparara, mas não lhe deram ouvidos, argumentaram que nada melhor do que alguém descolado e engraçado para fazer o discurso de encerramento do curso.

Como assim eles não a consideravam descolada? Ela se esforçara durante os cinco anos de universidade para ir às intermináveis e enfadonhas festas e reuniões do curso de Economia, enquanto via sua turma minguar de vinte para cinco alunos. E agora os quatro que restavam ao seu lado haviam se unido e escolhido Guilherme. Amália até pensou em alegar que Guilherme não poderia votar nele mesmo, mas ela também precisaria ficar de fora da escolha e ele ganharia de qualquer forma.

Olhou o relógio e foi até o quarto terminar de se arrumar. Ainda era cedo, mas precisava ir até o salão de festas para garantir que o baile seria um sucesso absoluto, uma forma de apagar a vergonha que sentira quando Guilherme fizera piadinhas com o corpo docente, funcionários e os próprios alunos. Todos riram, inclusive seus pais, que sempre foram sérios, o que a irritou ainda mais.

Antes de sair, pensou em escrever um bilhete para a companheira de república, mas desistiu. Desde o episódio da votação ficaram estremecidas e ela não se importava. Cíntia estava no quarto com a namorada e não sairia de lá tão cedo, provavelmente só na hora do baile. Amália não se conformava com o fato de que a colega passara em três concursos públicos entre os primeiros colocados, enquanto ela ainda precisava se esforçar para conseguir um emprego. Desde o começo do curso foi assim, Cíntia mal estudava e tirava boas notas porque conseguia absorver praticamente tudo o que os professores falavam em sala de aula. Era a pessoa mais descansada e relax que Amália conhecia e talvez este fosse o seu segredo para conseguir seus objetivos. Já Larissa, a única aluna da turma que era natural da pequena cidade no interior de São Paulo, estava em casa com a família, ou mais provavelmente na casa do noivo, e não se preocupava com o futuro, apenas com o seu casamento.

Balançou a cabeça, tentando esquecer as meninas e os outros dois colegas de turma, dois irresponsáveis que também tinham o futuro garantido. Como as pessoas conseguiam as coisas fáceis, sem se esforçar, e ela estava dando duro para organizar uma formatura à altura do curso de Economia e, ao mesmo tempo, se desdobrando para arrumar um bom emprego? Às vezes achava que o fato de ser certinha demais era o problema.

Será?

Deitada na cama, Cíntia observava a namorada pintar as unhas do pé, se perguntando em qual momento da vida teve tanta sorte para merecer alguém como Rosane. Ela era uma pessoa cheia de vida e Cíntia ainda se espantava por ter conquistado seu coração. Ter Rosane ao seu lado ajudava a superar os preconceitos que ainda sofria por amar alguém do mesmo sexo, e um futuro ao lado dela era o que mais desejava.

— O que você tanto olha? — perguntou Rosane, fechando o vidro de esmalte.

— Nada. Só pensando na Colação ontem.

— Até que, para uma cerimônia de Colação de Grau, foi muito divertido. Normalmente este tipo de atividade é algo tedioso ao extremo, mas o Gui conseguiu dar um tom espirituoso ao evento, tornando-o pitoresco.

Cíntia sorriu com o jeito de falar da namorada, gostava do modo como usava palavras e frases que as pessoas não costumavam dizer nem escrever, uma característica ressaltada pela sua obsessão pelos livros. Rosane gostava de comentar que, se a língua portuguesa é tão rica e cheia de palavras diferentes, por que não tentar usar a maioria de vez em quando no dia a dia? Algumas pessoas a achavam um pouco esnobe e metida a intelectual, mas Cíntia adorava, era um charme extra da namorada.

– Não sei o que foi melhor: o discurso do Gui ou o show do Evandro – disse Cíntia.

– O melhor foi a cara da Amália. Como pode ser tão careta?

– Verdade.

Cíntia ficou pensativa, se lembrando dos cinco anos em que dividiu um apartamento com Amália. No começo, estranhou o fato de serem tão diferentes e, ao mesmo tempo, se darem tão bem, enfrentando poucos atritos e discussões em casa por causa de pequenos problemas domésticos. Apesar do jeito sério de Amália, não conseguia imaginar ninguém melhor para ser sua companheira de república.

– Acho que ela precisa de um namorado – comentou Rosane, tirando Cíntia de seus pensamentos.

– Ela precisa curtir mais a vida, mas acho que é algo que jamais vai acontecer. Amália gosta de ter o controle de tudo o que acontece ao seu redor.

– Ela não sabe que é impossível alguém ter controle absoluto dos acontecimentos e que é isto que deixa a vida mais interessante?

Cíntia deu de ombros. Não se importava mais em tentar fazer com que Amália fosse a festas e se soltasse. Sabia que iam manter contato por um tempo, mas aos poucos as duas se distanciariam até não haver mais nada que as ligasse, a não ser o período distante que passaram juntas na universidade.

    Balançou a cabeça e puxou Rosane para perto dela, tendo a certeza de que a única pessoa que veria para o resto da vida seria Guilherme.

Ao olhar a cidade através da janela, Larissa não se lembrava qual foi o instante em que o casamento deixou de ser sua meta principal e passou a ser secundário. Desde criança, seu sonho sempre foi encontrar alguém com quem pudesse ser feliz junto, casar, ter filhos e cuidar de uma grande família. Ao terminar o colégio, não estava nos planos cursar uma faculdade, só aceitou o desafio para que seu pai a deixasse em paz. Por isso a escolha do curso de Economia: pensou que reprovaria na maioria das matérias e o pai aceitaria mais facilmente um abandono dos estudos. Acabou gostando e seguiu adiante até a conclusão da graduação, quando realizaria o desejo de se casar com o homem que pensava amar profundamente.

    Mas agora, com a chegada da formatura e o diploma em mãos, já não sabia se o casamento continuava a ser seu objetivo. Algo mudara, disso não tinha dúvidas, só precisava descobrir o que era. Ainda gostava do noivo, eles estavam juntos há muitos anos e o amor estava ali, mas não era mais tão arrebatador como no início, e Larissa se questionava se o fato de viver ao lado dele brincando de casinha completaria totalmente sua vida.

    O mais provável, neste momento, era que não, os estudos a haviam transformado. A chance de seguir uma carreira e se tornar uma excelente profissional poderia preencher o vazio que ocupava seu peito, e ela precisava decidir o que fazer com seus sentimentos. E, o principal, tinha de decidir como seria seu futuro a partir daquele dia.

※

Antes mesmo de abrir os olhos, Guilherme começou a rir sozinho no quarto, se lembrando da expressão que Amália fizera a cada comentário seu no discurso da Colação de Grau. Ela era tão organizada e metódica que ele se deliciou em abalar sua estrutura e pose de dona da turma.

A princípio, quando os colegas sugeriram que fosse o orador na Colação de Grau, hesitou. Não gostava de organizar nem preparar nada, apenas levar a vida, mas, à mínima sugestão de que a oradora poderia ser Amália, aceitou o desafio. Tudo para tornar a formatura um evento mais alegre, afinal ela faria um discurso longo e entediante. Até o porre de Evandro foi providencial. Já esperava um escândalo de seu companheiro de república, sempre bêbado e imprudente, mas o momento em que Evandro desabou nos degraus do palco e vomitou em frente à primeira fileira de convidados foi algo memorável. Guilherme até pensou que Amália fosse ter um ataque, mas ela se conteve enquanto seguranças levavam Evandro para fora do auditório.

Ao chegar em casa, cansado após a solenidade que não terminava nunca, achou que ia encontrar o amigo estirado no sofá, roncando. Provalvemente ainda estava lá. E era muito provável que repetiria o show logo mais, no baile, mesmo o tendo advertido várias vezes para se controlar e aproveitar a festa, a última dos cinco reunidos. Mas quando foi que Evandro o escutou e pegou leve na bebida? Guilherme fez uma careta. Ele gostava de curtir a vida, mas o amigo exagerava, passara praticamente todo o curso com uma latinha na mão, mal se lembrando das festas. Era um inconsequente que ele adorava, talvez a pessoa com quem manteria contato após o baile de logo mais, além de Cíntia.

Ao chegar na sala, Guilherme encontrou a cena que esperava: Evandro deitado no sofá, esfregando os olhos.

– Onde estou? – perguntou Evandro, um pouco atordoado.

– Em casa.

– Ah. – Ele se espreguiçou e se sentou no sofá.

– Pra variar, exagerou ontem.

– Ontem? Ah, sim, a Colação. Foi boa?

– Foi. Por que beber tanto? Você perde o melhor da festa, sempre.

Evandro se levantou e deu um tapinha de leve no ombro do amigo.

– Quem sabe? – disse, passando por Guilherme.

– Tente não beber tanto hoje, cara. Aproveita o baile de formatura, que promete ser bom.

– Vamos ver. Se meus pais ligarem, diga que ainda estou dormindo. Para eles, irei dormir o dia todo – disse Evandro, encerrando o assunto e indo para a cozinha.

Sua intenção foi fugir das repreensões de Guilherme. Durante os cinco anos em que dividiram o apartamento, ele escutou vários sermões e não entendia como o companheiro de república não se cansava de pegar no seu pé. Devia ter aprendido e entendido que a bebida fazia parte da sua vida, não iria mudar só para agradar aos outros. Se Guilherme fosse realmente seu amigo, que se acostumasse e aceitasse, já passara da hora.

Ele se encostou na bancada e se serviu de uma xícara de café, que estava quase frio, mas mesmo assim desceu de forma agradável pela garganta, melhorando um pouco seu mau humor e a forte dor que latejava dentro de sua cabeça. Fechou os olhos por alguns segundos, tentando amenizar a tontura que sentia. Até respirar era uma ação difícil naquele momento.

Tudo bem, ele podia ter maneirado e tomado umas três latinhas de cerveja a menos no dia anterior, para aproveitar um pouco a Colação de Grau, mas sabia que seria tudo tão maçante que só sobreviveria ao evento se enchesse a cara de verdade. Odiava esse tipo de cerimônia e ficar ouvindo pessoas discursando durante horas não estava na sua programação para uma sexta-feira à noite.

E ele era assim mesmo, gostava de estar sempre mais alegrinho que todos. O baile de logo mais prometia ser tão chato quanto à Colação, então por que não beber de novo? Guilherme parecia seu pai, aconselhando a pegar leve e aproveitar as festas, mas, em sua opinião, já aproveitava tudo de forma perfeita.

Ficou algum tempo ali, parado, ponderando se ouvia ou não os conselhos do amigo enquanto se servia mais de uma xícara do café forte.

Evandro não escutou Guilherme e bebeu. Bebeu muito. Uma hora após o baile começar, já estava sendo carregado para fora com a ajuda dos primos, sem aproveitar alguma coisa, perdendo praticamente toda a festa.

A decoração do salão alugado havia ficado perfeita, disto Amália não podia reclamar. A empresa escolhida para o serviço conseguiu captar as ideias da pequena turma de formandos, e o lugar estava aconchegante e com flores e enfeites que combinavam com o espírito dos jovens alunos.

Como a turma de formandos era pequena, decidiram vender alguns ingressos, já que a procura por eles era grande. Os bailes da universidade eram conhecidos por serem os melhores da região e durarem até o nascer do sol. Com isso, foram capazes de cobrir praticamente todos os gastos com a formatura, o que ajudou nas despesas dos novos profissionais que chegavam ao mercado de trabalho.

Era sobre isso que Amália refletia ao observar as pessoas entrarem no salão e se acomodarem nas cadeiras ao redor das mesas. O futuro desconhecido ainda lhe causava um certo desconforto, mas tentava não pensar muito a respeito de como sua vida ficaria, agora que não estava mais na universidade e não tinha emprego algum à vista.

– Aquelas meninas estão dançando juntas?

Amália foi acordada de suas preocupações com a pergunta da mãe. Ela olhou em direção à pista de dança, onde Cíntia e Rosane dançavam uma música lenta abraçadas, rostos colados e um ar romântico ao redor delas.

– Sim.

– Mas por quê? Há tanto homem na festa.

— É a Cíntia, mamãe, minha companheira de república. A outra garota é a namorada dela. Eu te contei que ela gosta de meninas.

— Esse mundo está perdido mesmo.

Amália contou até dez, em uma tentativa frustrada de não perder a paciência com a mãe. Não gostava de preconceitos e se achava uma pessoa com a mente aberta desde que descobriu que sua colega de apartamento tinha uma namorada.

— Qual o problema, mamãe? Deixe as duas, elas não estão te atrapalhando.

— Mas não é certo, minha filha.

— O fato de elas estarem juntas afeta algo na sua vida? Se não, então por que ficar aí se preocupando e recriminando as meninas? — disse Amália, se levantando e se afastando, antes que gritasse com a mãe. Um possível período desempregada somado aos comentários que ouvira há pouco fizeram seu sangue ferver.

Ela parou próxima à pista, observando Cíntia e Rosane e se perguntou se algum dia encontraria alguém que a completaria igual às duas. Cíntia era calma, a pessoa mais tranquila que já conhecera; em cinco anos de convivência, nunca a vira alterada. Já Rosane era cheia de entusiasmo e palavras rebuscadas, tiradas dos milhares de livros que lia. Falava "por conseguinte", "obséquio" e "quiçá". Alguém com menos de 30 anos falava "obséquio" e "quiçá"? Aliás, quem neste mundo usava estas palavras? Elas eram muito diferentes uma da outra, mas isso não atrapalhava em nada o relacionamento, e Amália se questionou como era possível e como duas meninas podiam se completar mais do que um homem e uma mulher. Na mesma hora se censurou por ter pensamentos tão preconceituosos quanto os de sua mãe.

E enquanto idealizava o encontro com a sua alma gêmea, Amália viu Rodolfo entrar no salão, seu coração acelerou e as pernas ficaram bambas. Ele estava lindo, usando um terno escuro. Vinha sorridente, conversando com todos e passou por ela lhe dando um beijo rápido no rosto, mas que durou tempo suficiente para ela sentir seu perfume e se derreter.

– Hum, apaixonada pelo Senhor Mestre? – perguntou Guilherme.

Amália se assustou com o aparecimento repentino do colega. Ela ainda não o havia visto ali no baile.

– Até parece – disse ela, sem muita convicção na voz.

– Tudo bem, todas as garotas são – comentou Guilherme, apontando Rodolfo, cercado de meninas. Amália se sentiu frustrada, mas tentou não demonstrar. – Talvez seja o ar de superioridade que ele tem que atrai as mulheres.

– Ele não tem ar de superioridade.

– Claro que tem! Só porque está no mestrado e nós na graduação. Ninguém explicou a ele que está alguns anos adiantado porque nasceu antes da gente?

– Que coisa mais ridícula de se falar.

Eles ficaram calados por alguns instantes, em um silêncio desconfortável, Guilherme encarando-a e Amália olhando Rodolfo.

– Ele simplesmente não está a fim de você.

– Você está citando um filme?

– É um livro que se tornou um filme. Se quiser, posso formar uma frase usando vários livros que viraram filmes para definir este momento incrível que estamos vivendo.

Amália o olhou com uma expressão de incredulidade e aborrecimento.

– O que você quer? Por que não vai perturbar o Evandro?

– Ele já foi embora.

Amália deu uma risada seca ao ouvir o que Guilherme disse.

– Normal, já está bêbado. Não entendo qual a graça de encher a cara e perder tudo.

– Também não.

Os dois ficaram novamente em silêncio, até Guilherme puxar papo:

– Vai trabalhar onde depois da formatura?

Amália pensou na resposta, que ela não tinha.

– Não sei, estou esperando alguns resultados de concursos. Mas penso em talvez fazer um mestrado.

– Para ficar próxima do Senhor Mestre? – ele piscou, rindo.

– Não – respondeu ela, sentindo as bochechas corarem. Em parte era verdade, a vontade de se aproximar de Rodolfo era o gatilho para se aventurar em mais alguns anos de estudos. – Não me sinto totalmente preparada para entrar no mercado de trabalho, gostaria de ter mais um pouco de experiência e conhecimento.

– Isso é comum, acho que todo formando se sente assim. É a insegurança do primeiro emprego.

– Talvez.

A conversa dos dois foi interrompida por um grito. Ambos olharam para a direita e viram Larissa em pé em uma das mesas, pulando e falando alto.

– Eu quero viver, droga! Eu sou uma economista agora, não quero ser dona de casa. Pega o casamento e enfia onde bem entender! Eu quero ser livre. LIVRE! L-I-V-R-E! – gritou para o noivo. – Você não vai me amarrar em casa, o sonho de uma mulher não é casar, ser mãe e cuidar de um lar. É ganhar muito dinheiro e ser independente e livre. LIVRE!

Amália arqueou uma das sobrancelhas e olhou Guilherme, que ria alto.

– Quem diria que hoje haveria um show melhor do que o meu discurso de ontem – comentou ele.

– Meu Deus!

– Surpresa? Chocada?

– Talvez um pouco de tudo. Larissa sempre foi quieta, eu jurava que o sonho dela era se casar, ter filhos e viver para o marido. Fiquei cinco anos escutando-a falar sobre isso o tempo todo.

Algumas pessoas se aproximaram da mesa, Rodolfo entre elas, tentando conter a garota, que gritava cada vez mais alto. Em determinado momento, Larissa mirou Rodolfo e se atirou nos braços dele, dando-lhe um beijo cinematográfico. O noivo dela tentou impedir, sem sucesso, e saiu bufando de raiva do salão. Os pais da garota estavam desorientados e não sabiam o que fazer, ao mesmo tempo em que Amália sentiu seu coração se quebrar ao ver o cara dos seus sonhos grudado em outra mulher.

– Bem, parece que você vai ter uma companheira de mestrado – comentou Guilherme, se divertindo com a cena.

– Babaca – disse Amália, se afastando, tentando conter algumas lágrimas que chegaram aos seus olhos.

– Ei, espera! – Guilherme foi atrás, conseguindo segurá-la um pouco afastado das mesas e da confusão gerada por Larissa. – Foi uma brincadeira, não quis te magoar.

— Não tem problema — disse ela, virando o rosto para que ele não visse seus olhos.

— Claro que tem, olha o seu estado!

— Só estou cansada. — Ela suspirou. — É desgastante e frustrante fazer tudo certo e ver todo mundo se dando bem, menos eu.

— Do que você está falando?

— Olhe para nossa turma, todos estão com um rumo na vida — disse ela, esticando o braço, mas sem mostrar alguém específico. — A Cíntia pode escolher entre três empregos perfeitos, você vai trabalhar em uma grande multinacional no Rio de Janeiro. Até o bêbado do Evandro tem um cargo garantido!

— Ele vai trabalhar com a família, não conta.

— Talvez, mas ele já tem algo encaminhado. E a boboca da Larissa vai se casar e ser feliz.

— Pelo visto não mais. — Guilherme sorriu, mas Amália não retribuiu. — Pensei que você ia fazer mestrado.

— Ainda não sei, não tenho nada em vista, só esperando respostas, que não chegam nunca. Estou cansada de invejar a felicidade alheia.

— Então não inveje. Faça sua própria felicidade e corra atrás dos seus sonhos. O que você quer fazer, onde quer trabalhar? Pense, concentre-se nisso e corra atrás.

Ele piscou e ela fez uma careta.

— Falar é fácil.

— Não estou ouvindo isso! A garota mais séria, determinada, esforçada, estudiosa e correta que conheço está jogando a toalha? — Ele riu em uma tentativa de descontrair o ambiente, o que não funcionou muito bem. — Você tem o mundo aos seus pés e ainda não se deu conta disso?

— Será?

A voz dela tinha um tom infeliz, que soou como uma nota de uma melodia deprimente. Guilherme se sentiu mal, não tivera a intenção de deixá-la triste, era uma noite para ser celebrada com alegria. Em cinco anos de curso, este foi o momento em que se sentiu mais próximo de Amália. Eles não conversavam muito, ela era uma pessoa reservada, fechada e séria, o oposto dele. Mas, naquele instante, Amália pareceu frágil, delicada, vulnerável, o que a tornou encantadora.

Os dedos de Guilherme cederam à pressão que faziam nos braços dela e sentiu Amália relaxar. Ela o olhou e ele achou que ia chorar, mas ela deu um sorriso sincero. Ficaram se encarando por alguns segundos até Guilherme colocar as mãos na cintura dela, que ofegou. Os rostos se aproximaram e um beijo tímido surgiu, como se fossem estranhos que nunca se falaram antes. Aos poucos, o beijo foi se transformando e uma cumplicidade surgiu, seguida de uma urgência que ambos não sabiam existir. Amália tremeu nos braços de Guilherme, que a abraçou mais forte.

Na pista de dança, a música começou a ficar mais rápida e Cíntia e Rosane se separaram, mas continuaram dançando. Para Cíntia, não havia mais ninguém ali, apenas ela e a namorada, até Rosane indicar com o queixo alguma coisa.

— Aquele ali é o Gui com a Amália? — perguntou Rosane. Cíntia se virou para trás e levou um susto ao ver o novo casal formado no baile. — Caramba, realmente uma festa pode tra-

zer muitas surpresas. Primeiro o ataque da Larissa, agora esse casal inusitado.
— Nossa, aí está uma dupla que jamais imaginei — comentou Cíntia.

<hr />

— O que foi isso? — perguntou Amália, se afastando de Guilherme.
— Como assim?
— Por que fez isso?
— Porque eu quis. — Guilherme estava confuso. — O que foi? Não gostou?
— Você mal falou comigo esses anos todos...
— Sim, mas tive vontade, você estava tão... Diferente. — Amália deu um passo para trás, se distanciando de Guilherme, que conseguiu trazê-la de volta para seus braços. — Ei, isso não é ruim. Eu nunca te vi como vi agora e nunca tive vontade de te beijar, não vou negar, mas hoje foi diferente. E foi bom.

Ele sorriu e ela retribuiu. Guilherme beijou a testa de Amália e a abraçou, beijando-a novamente. A sensação de tê-la em seus braços era boa, o que o surpreendeu. Não estava em seus planos ter alguém novo em sua vida, mas se acontecesse não seria ruim.

— Você fez algum concurso para o Rio de Janeiro? — perguntou Guilherme, quando o beijo terminou.
— Sim. Acho que fiz pra quase todos os lugares do Brasil.
— Que bom. — Ele sorriu e a abraçou mais uma vez. — Vou torcer para passar lá. Quem sabe a gente se esbarra mais vezes? — Ele a encarou e Amália parecia perplexa, o que o divertiu.

— Vem, vamos curtir nossa formatura — disse, puxando-a pela mão.

O trajeto era pequeno, mas mesmo assim ele se sentiu feliz ao exibir Amália para todos. Chegaram até a pista de dança e pararam ao lado de Cíntia e Rosane, que se mostraram felizes em receber os dois.

— Quem diria, vocês juntos! — disse Cíntia, abraçando o casal.

— Surpresa boa — comentou Rosane.

— Para vocês verem, tudo pode acontecer em uma formatura. Até a noivinha decidiu ser feliz sozinha — disse Guilherme, quando Larissa se juntou a eles.

— Eu agora sou livre! — gritou a garota.

— Quanto já bebeu?

— Ai, Gui, deixa de ser chato. — Larissa fez biquinho. — Algumas taças de vinho.

— Você não devia ter tomado uma decisão dessas após beber. Amanhã pode se arrepender — disse Amália.

— Hum, Dona Certinha, relaxa. Eu já estava pensando sobre o assunto antes, digamos que o vinho me libertou. Agora sou LIVRE!

— E tem namorado novo — comentou Cíntia, indicando Rodolfo, que observava Larissa de longe.

— Ai, nem inventa! O Senhor Mestre beija mal, muito mal, mal demais, o pior beijo que já dei na vida.

Larissa abraçou os quatro e começou a pular pela pista de dança.

— Temos uma nova doidinha no mundo — comentou Cíntia.

— Amanhã ela vai se arrepender — disse Amália.

— Acho que não. E espero que você também não se arrependa — sussurrou Guilherme para Amália, que sorriu.

Naquele instante, ele teve a certeza de que manteria contato com mais uma pessoa da turma para o resto da vida.

⁂

Após a saída prematura de Evandro e o show de Larissa, o baile seguiu sem maiores confusões e contratempos. Tudo correu de forma tranquila e Amália se sentiu realizada quando o sol nasceu e os convidados foram embora, satisfeitos com a música, comida e bebida. Restaram poucos familiares e amigos ainda dançando ao som de antigos sambas de enredo e marchinhas de Carnaval, tema oficial de término de festas, em sua opinião.

— Que baile, que noite! — disse Guilherme, se sentando ao lado de Amália. — Foi muito melhor do que a Colação ontem.

— Qualquer coisa é melhor do que a nossa Colação de Grau e o seu ridículo discurso de orador da turma.

Ele começou a rir e beijou a bochecha de Amália, segurando sua mão e entrelançando seus dedos aos dela.

— Meu discurso foi memorável, será recitado, relembrado e comemorado por muitos e muitos anos ainda.

— Sei. — Ela fez uma careta.

Guilherme colocou a mão no ombro de Amália e a puxou para perto dele, encostando sua cabeça à dela.

— Olha, eu falei sério quando disse para me procurar caso passe em um concurso no Rio. Nem que seja pra tomarmos um chope algum dia, conversarmos sobre a universidade, nossos empregos.

— Como se tivéssemos assunto desde que nos conhecemos... Gui, nunca fomos grandes amigos, não imagino nós dois saindo e indo até um bar para conversar. Na verdade, achava que você me desprezava.

— Não, que isso. Apenas divergimos em algumas opiniões durante o curso.

— Algumas? Você quer dizer todas?

Ele deu uma gargalhada alta.

— Você é espirituosa, gosto disso. Mas é sério, me procure se for morar lá. Ou se for passear algum dia no Rio. Vou gostar de te encontrar.

— Vamos ver.

Cíntia e Rosane se aproximaram e puxaram duas cadeiras, se sentando em frente a eles. Rosane apoiou as pernas em cima de uma outra cadeira.

— Meus pés estão suplicando por uma bacia com água quente e sal! Por que mulher tem de usar salto? E por que precisam ser tão altos? — disse, tirando as sandálias e massageando a sola dos pés. — Por obséquio, me digam quem decidiu que é chique uma mulher usar um sapato ou sandália com salto quinze?

— Boa pergunta — disse Amália, também sentindo os pés doerem após horas dançando.

— Atrapalhamos? Qual é o assunto que vocês estão conversando? — perguntou Cíntia, olhando Guilherme.

— Nossas divergências de opiniões durante as tediosas aulas do curso de Economia.

— Hum, que tópico mais chato — brincou Cíntia.

– Meus amigos queridos – gritou Larissa, ao se sentar perto dos quatro. Seu penteado já havia se desfeito e suas sandálias sumido. Ela colocou os pés, com as solas sujas de poeira do chão misturada às bebidas entornadas por quem dançava, na mesma cadeira que Rosane havia apoiado os seus. – Que saudades que eu estava. Vocês já sabem que agora sou uma mulher livre?

– Sim, acho que todo o Brasil já sabe – brincou Guilherme.

– Ah, que bom então! – Larissa deitou a cabeça, apoiando-a no ombro de Rosane e todos ficaram olhando a garota fechar os olhos.

– Vocês já pararam para pensar em como será nossa vida daqui a dez anos? Ou vinte? – perguntou Cíntia, depois de um tempo.

– Não – respondeu Guilherme.

– Já – sussurrou Amália. Todos a encararam. – Sei lá, penso que, se eu não estiver bem-sucedida daqui a dez anos, nada terá valido a pena.

– Concordo com a Dona Certinha! Eu também quero ser bem-sucedida, ter muito dinheiro, ser independente e livre, óbvio! – disse Larissa.

– Vamos fazer um trato. Daqui a dez anos iremos nos reencontrar para sabermos como estamos – propôs Guilherme.

– Isso quer dizer que ficaremos dez anos sem manter contato? – perguntou Cíntia, rindo.

– Não, não. Mas vai saber o que pode acontecer amanhã? Se perdermos o contato, daqui a dez anos viremos até a universidade, como uma forma de relembrarmos os velhos tempos. E também para nos encontrarmos, colocarmos o assunto em dia, apresentarmos maridos, esposas e filhos. – Ele olhou Larissa, que fazia biquinho. – Ou o cachorro, ou ninguém.

– Eu topo, eu topo, dentro de dez anos estarei linda e solteira. E livre! – gritou Larissa.

– Estou dentro, também – respondeu Cíntia. – E Rosane, claro, porque daqui a dez anos ainda estaremos juntas – disse, beijando a namorada.

– Ah, o amor é lindo! – disse Larissa. – Mas por enquanto não é para mim, agora quero curtir a minha vida. Acho que vou conversar com o Evandro, trocar umas ideias, aceitar sugestões. Onde ele está?

– Já foi embora há muito tempo – respondeu Amália.

– Como assim? E perdeu o baile? Que absurdo! – Larissa cruzou os braços.

– Galera, parem de fugir do assunto. Nosso trato começa agora e quem estiver dentro, toque aqui. – Ele estendeu a mão direita para o centro e Larissa colocou a dela em cima, seguida de Cíntia e Rosane. Todos olharam Amália, que demorou um tempo até esticar sua mão, de forma hesitante, e colocar em cima das outras.

– Não sei se vocês irão querer minha presença na reunião, mas estou dentro – disse ela, um pouco tímida.

– Claro que queremos! – comentou Guilherme. – Então estamos combinados. Daqui a dez anos voltaremos à universidade e nos encontraremos às onze da manhã em frente ao prédio de Economia, para almoçarmos juntos e nos atualizarmos sobre a vida um do outro. OK?

Depois que Guilherme terminou de falar, os cinco permaneceram um longo tempo em silêncio, cada um pensando em seu futuro. Cíntia imaginava a vida confortável e tranquila que levaria ao lado de Rosane, que tinha os mesmos pensamentos, acrescentando um ou dois filhos adotados, caso conseguissem que a Justiça as ajudasse. Larissa sonhava com viagens, festas, uma carreira bem-sucedida e um apartamento só seu, cheio de cachorros e gatos, roupas espalhadas pelo chão e pizza no almoço de sábado e hambúrguer no de domingo. Estremeceu de felicidade diante da cena em sua cabeça. Na de Guilherme só havia espaço para o sol e o mar do Rio de Janeiro, aliado ao chope no final do dia após o expediente na multinacional onde trabalharia. Já Amália tinha a certeza de que a sua vida seria uma incógnita, mas encontraria sua alma gêmea, custe o que custasse. E que os cinco jamais voltariam a se reunir, pelo menos não todos juntos de uma vez.

Apenas um dos cinco estava certo sobre o futuro.

GRACIELA MAYRINK é natural do Rio de Janeiro e autora dos romances juvenis *Até eu te encontrar*, *A namorada do meu amigo* e *Quando o vento sumiu*, além de algumas antologias de contos.

LEILA REGO

DEZ ANOS

CAPÍTULO 1

Dezembro de 1994

Alguns dias antes...

O nosso último dia de aula chegou. O último de quatro anos completamente imersos em leis, teorias e números. Muitos números. Achei que não daria conta quando passei no vestibular e me mudei para Foz do Iguaçu, interior do estado do Paraná, para cursar Contabilidade. Mas, ora, eu havia conseguido! Caraca! Minha vontade era de gritar, pular e comemorar muito porque foram quatro longos anos longe da casa dos meus pais, trabalhando de dia, estudando de noite e passando por tantas dificuldades que cheguei a duvidar que estaria vivendo este momento.

Lembrei-me do primeiro dia de aula, o medo que fluía dos meus poros, a insegurança absurda que me fazia suar frio. O som do tremor de minhas pernas era ouvido por todo o campus. E, enquanto atravessava os corredores da Unioeste em busca da sala de aula, tentava desesperadamente me proteger dos veteranos que caçavam calouros feito predadores famintos. Eles eram tão ousados e abusados. Fumavam, riam e falavam palavrões me fazendo sentir ainda mais deslocada. A cada passo meu, a certeza de que eu não pertencia àquele lugar se tornava maior em mim. Eu não era como eles. Tinha vivido os meus 19 anos de idade em uma cidade de 30 mil habitantes no interior sem ter tido qualquer contato com outras culturas. Como iria sobreviver sozinha naquele novo universo?

Olhei para minhas amigas: Rebeca, sentada na cadeira ao meu lado direito; Lurdinha, na do lado esquerdo; e Marli, na da frente. A presença delas fez baixar um pouco a euforia. Foram elas que me salvaram naquele primeiro dia de aula e, também, foram meu porto seguro nesses anos longe de casa. Montamos uma república logo no primeiro mês e permanecemos juntas em todos os momentos. Éramos mais que amigas. Éramos uma família e criamos laços que tenho certeza de que serão eternos em nossas vidas.

Naquele mesmo instante, Rebeca se virou e sorriu, entendendo perfeitamente o turbilhão de sentimentos que se passava em minha cabeça. O mesmo ocorria com cada uma de nós. E, se hoje estávamos assim, não saberia descrever como estaremos no dia da nossa formatura. Céus! Mal podia esperar por esse dia!

– Não acredito que, no último dia de aula, o professor Soares está passando matéria! – exclamou Beca, assim que foi anunciado o intervalo.

– Já era esperado, né? Bem típico dele – comentou Marli com seu habitual sorriso.

– Gente, não sei vocês, mas eu não vou ficar para as duas últimas aulas. Estou eufórica demais, vocês não estão?

– Por que não quer ficar, Tainá? Agora é que vai começar a farra. Vai ter truco.

– Não estou a fim, Lurdinha. Quando começo a pensar que, a partir de amanhã, não voltaremos mais aqui. Que tudo isso – abri os braços num floreio – não fará mais parte da nossa rotina... Não estou pronta para aceitar o fim. Foram os melhores anos da minha vida!

– Ai, Tainá, não começa a falar desse assunto que eu fico com vontade de chorar – comentou Lurdinha, a mais emotiva de nós.

– Puta merda! Acabou, né?! – exclamou Beca limpando uma lágrima. – Parece que foi ontem que te encontrei toda encolhida na primeira carteira da sala. Lembram, meninas? E logo depois Marli e Lurdinha se juntaram a mim para te salvar.

Rimos do meu deslocamento tão evidenciado pelas minhas roupas, trejeitos e expressões que só quem era paraense entendia. Beca começou a relembrar nossas aventuras e momentos vividos ao longo dos quatro anos naquele campus, fazendo o tempo voar até que o sinal tocou anunciando que era hora de voltarmos para a sala.

– Preciso aliviar essa adrenalina. Não vou ficar para as duas últimas aulas nem a pau. Vou pegar minhas coisas e vou para a casa do César. Preciso dele.

– Vai ser hoje, Tainá? – perguntou Lurdinha reunindo as meninas em volta de mim.

Fechei os olhos tomando de súbito uma decisão e acenei com a cabeça.

– Sim. Vai ser hoje!

– Está segura? – espantou-se Beca.

– Quer dia melhor? Era para ser na noite do baile de formatura, mas quer saber? É hoje – afirmei sentindo um frio percorrer toda a extensão das minhas costas. Eu precisava dele mais do que nunca.

– O César está sabendo disso?

– Não. – Sorri com malícia. – Vou fazer uma surpresa.

– É isso aí! – incentivou Rebeca. – Vai lá e acaba com esse suplício de uma vez.

– Ah, meu Deus, isso é demais! – vibrou Marli.

Tainá, você tem me deixado louco, mas eu vou esperar o tempo que for, a voz de César explodiu na minha mente me incentivando a não perder tempo. Toda aquela tensão, o medo e a adrenalina precisavam sair de mim e ninguém melhor que o meu namorado para dar fim no meu tormento.

Se minha mãe pudesse ouvir meus pensamentos agora ficaria decepcionada. Fui criada para me casar virgem e, juro, fiz o que pude para seguir esse caminho. Acho que sou a única da universidade que ainda carrega esse título. E não foi por falta de oportunidade. Antes do César, muitos garotos tentaram e investiram sem, no entanto, despertar meu interesse. Algo em mim dizia para esperar o momento certo com a pessoa que o meu coração escolhesse. E agora lá estava eu, no meu último dia de aula, determinada a pôr um fim nessa história.

Dezembro de 1994

Quinze dias depois...

Confesso que nossa formatura não estava sendo em nada parecida com aquelas cenas de filmes onde todo mundo aparecia exuberante em um lugar lindo e rindo como se não houvesse nada de errado em suas vidas. O orador esqueceu parte de seu discurso e, ao invés de finalizar com um "muito obrigado" e se mandar dali, resolveu improvisar falando um monte de baboseiras entremeando com piadas tão chatas que eu fiquei com muita pena dele. Olhei para a minha turma e era capaz de apostar que todos estavam se sentindo uns patetas naquelas becas de poliéster amassadas. Em contrapartida, as outras turmas pareciam estar se divertindo tanto. O que acontecia com esse pessoal de contábeis, afinal?

E o mais triste de tudo? Era para eu estar imensamente feliz, jogando meu chapéu para cima, comemorando, tirando fotos incríveis que iria levar para vida toda... Porém, ao invés disso, estava amuada e fugindo das câmeras igual a uma foragida da polícia. Eu era a raiva, dor e decepção em pessoa. Via tudo com outros olhos por causa do César, meu ex-namorado. Desde aquela noite, quando estava disposta a me entregar, e que eu o flagrei com outra no portão da sua casa, que não o vi mais. Ele simplesmente me trocou, como quem troca de roupa, e foi viver sua vida com a nova namorada. De um jeito cruel, César me ensinou o que significa a expressão "dor no coração". Embora o meu órgão estivesse em perfeito estado de funcionamento, tudo nele doía. O sangue circulava areia pelos átrios, artérias e ventrículos queimando, doendo a cada batida. Internamente, eu travava uma luta para me manter o menos amarga possível. Minhas amigas não mereciam uma Tainá azeda e chorona no dia mais esperado das nossas vidas.

Depois que a solenidade de colação terminou fomos para o salão onde o jantar seria servido, seguido do baile. A família da Rebeca, única moradora de Foz do Iguaçu, representou bem o papel de nossos pais, mães e irmãos que não puderam estar presentes, abraçando e parabenizando a mim, Marli e Lurdinha, que também eram de outros estados. Eles conversavam e compartilhavam do momento com a gente com tanto carinho que me sentia emocionada. Por várias vezes, levantei da mesa e fui ao banheiro com a desculpa de retocar a maquiagem e quando chegava lá me trancava em um dos boxes e chorava sozinha com saudade da minha família. E por tabela chorava meu ódio por César.

No meio do baile, Rebeca, sentindo-se entediada, nos puxou para um abraço coletivo e disse:

– Não foi assim que imaginamos a nossa festa, não é?

– O importante é que estamos juntas – justificou Marli.

– Vamos sair daqui? – propôs Beca com um olhar maroto.

– Tá louca? Pagamos uma fortuna por essa formatura...

– Chata, né, Tainá? Porque isso está uma chatice. Vamos nos divertir de verdade nesta noite? Quem topa? Um bar bacana, beber todas e depois ir dançar na Tass, nosso lugar preferido no mundo.

Desviei o olhar do de Rebeca, observando os grupos claramente divididos. O pessoal de Letras em um canto, o de Turismo agitando todas na pista, o de Administração ainda continuava nas mesas. Ela tinha razão. A festa estava um saco.

– Mas aqui ao menos temos comida e bebida à vontade – argumentou Lurdinha, nos alertando para a nossa situação financeira precária.

Marli também argumentou contra a ideia e eu resolvi me calar e observar Rebeca derrubar cada argumento levantado por elas. Essa era de longe sua melhor característica. Rebeca sempre ganhava uma causa. Definitivamente, o Direito perdeu uma grande advogada.

— Tá bom, Beca. Eu topo — concordou Marli, quando viu que não tinha escapatória.

— Se todas estiverem de acordo... — Lurdinha deu de ombros. Rebeca bateu palminhas de felicidade. — E você, Tainá, o que acha?

— Por favor, só me façam rir muito. Estou precisando — pedi e elas não demoraram em atender. Com um desculpa qualquer, saímos do local e pegamos o carro de Rebeca para um tour pelas três cidades da tríplice fronteira. Beca colocou para tocar uma seleção de músicas animadas com a promessa de elevar o nosso astral. No banco de trás, Marli e eu começamos a dançar no ritmo de "Have You Ever Seen the Rain", do Creedence.

— Amo essa música! — exclamou Lurdinha. — Aumenta o volume aí!

— Estão prontas para viver a melhor noite de suas vidas? — gritou Rebeca, quando atravessávamos a Ponte Fraternidade, rumo a Puerto Iguazú. Nos demos as mãos e respondemos um sim tão alto que foi logo substituído por risadas e abraços. A alegria que vinha delas servia como remédio para a dor em meu peito. Minhas amigas tinham o dom de me arrancar do fundo de qualquer poço e me fazer emergir para recomeçar, nem que fosse por uma noite. A amizade delas era o que me fazia acreditar no ser humano.

De repente, Rebeca parou o carro, um pouco antes de chegar à aduaneira da Argentina. Desligando o som, ela se voltou para nós com um semblante muito sério:

— O que foi, Beca? Por que está parando?
— Olhem para mim. Todas! Prestem atenção. Tive uma ideia louca, completamente insana, mas que faz todo o sentido — contou com os olhos brilhando.
— OK. Desembucha! — pedi assumindo uma expressão séria.
— Sei que vamos mudar para Curitiba na semana que vem, que iremos abrir um escritório de Contabilidade juntas, dividir apartamento e tudo mais, porém, ainda assim, quero fazer um combinado com vocês.
— Fale logo! — pediu Marli, cheia de curiosidade.
— Isso é sério!
— Tudo bem. Já entendemos. Agora fale de uma vez.
— Quero combinar que daqui a dez anos voltaremos a Foz do Iguaçu para comemorarmos nossa formatura. Não importa onde estaremos, como estaremos ou com quem, vamos fazer o possível para estarmos as quatro aqui para viver essa noite juntas novamente. O que vocês acham?
— Adorei essa ideia! — exclamou Marli.
— Mas, gente, 2004 é só no próximo século! — exclamou Lurdinha.
— Estamos formadas e semana que vem iniciaremos nossa vida adulta. Seremos pessoas responsáveis, problemas, chatices, enfim, o pacote completo. Essa noite será como um divisor de águas em nossas vidas. A cada dez anos, neste mesmo dia, voltaremos a Foz para comemorar nossa formatura e futuras conquistas.

A frase "estamos formadas" dita em voz alta pareceu duas vezes maior do que quando era dita em pensamento. Um súbito pânico ameaçou explodir em mim, mas respirei fundo contendo o meu nervosismo. Foi Marli quem me salvou:

— Vamos esquecer o futuro nesta noite e apenas nos divertir, OK? E daqui a dez anos faremos tudo de novo. Adorei sua ideia, Beca!

— Meninas, isso é sério! Pacto de sangue, entendeu. Não vou propor de furar o dedo porque eu desmaio quando vejo sangue, mas vocês entenderam a seriedade da coisa.

— Está fechadíssimo!

Rebeca estendeu a mão e segurou na de Marli. Lurdinha concordou sem pestanejar e também se juntou a elas. Depois foi a minha vez. O pacto estava feito.

Voltar em dez anos a Foz do Iguaçu era também voltar para a decepção que estava vivendo por causa do César. A minha formatura estaria para sempre atrelada a uma decepção amorosa, mas quer saber? Que se danasse aquele imbecil! Ele não iria estragar esse meu momento. Nem agora, nem no futuro. César era parte do meu passado, e, ainda de mãos dadas com as minhas amigas, eu decidi que iria arrancar essa página da minha vida e comemorar a nossa formatura sem nunca me lembrar dele.

Atravessamos a fronteira argentina em busca de um bar agitado e não demorou muito para estarmos em uma mesa com Rebeca nos desafiando a beber um drinque atrás do outro. Ela adorava fazer isso quando era a motorista da noite. Embebedava todas nós e ria de nossas conversas malucas. Lá pelas tantas, quando o nosso nível de embriaguez era questionável, decidimos voltar ao Brasil e terminar a noite na Tass, dançando as músicas que a gente adorava e nos despedindo da danceteria que foi nosso reduto nos últimos quatro anos. O hit "What Is Love" colocava fogo na pista e dançamos uma música após a outra até ficar com o corpo coberto de suor.

E foi em uma das minhas idas ao banheiro para lavar o rosto e me recompor que eu o encontrei em um canto bebendo uma cerveja e olhando o movimento da pista lá embaixo. Ele era alto, cabelos castanhos compridos e com um estilo grunge à la Kurt Cobain que eu adorava. Sempre gostei dos meninos mais largados. Confesso que tentei bagunçar o estilo certinho de César várias vezes, sem nunca ter conseguido mexer em um fio do seu cabelo. Por isso, fiquei parada observando aquele moreno, tentando descobrir se era brasileiro ou estrangeiro. Um rapaz do mesmo estilo que o dele se aproximou, falou alguma coisa e apontou para a pista. Ele concordou com a cabeça, respondeu algo e depois se virou em minha direção. Nossos olhares se encontraram e assim permaneceram pelos segundos seguintes. O rapaz seguiu falando e gesticulando, mas o grunge não desviava seus olhos dos meus. Um sorriso então se abriu em seu rosto e eu fiquei em dúvida se ele estava sorrindo para mim ou rindo das coisas que o amigo dizia. Minha mente começou a trabalhar freneticamente, lembrando que eu poderia estar fazendo papel de ridícula, porém, não conseguia me mover. Coloquei a culpa no álcool e decidi ver aonde aquele flerte iria me levar. O que eu tinha a perder, afinal?

Ele abriu ainda mais o sorriso e disse um "oi" em silêncio. Retribuí o cumprimento surpresa com a minha súbita dificuldade em respirar. Ele era lindo demais. Não sei dizer se era por causa da iluminação e do jogo de sombras da danceteria, mas a visão que eu tinha na minha frente era espetacular e eu simplesmente não conseguia parar de olhar. Será que ele estava esperando alguma garota sair do banheiro? Estaria sozinho? Até quando ficaríamos nessa de nos encarar?

Eu ainda processava os encantos de sua beleza, a bagunça adorável de seus cabelos desfiados, a compleição dos seus braços e a camisa xadrez amarrada em sua cintura, quando ele se aproximou de mim.

— Está perdida, gata?

Senhor! Ele era ainda mais sexy de perto. Definitivamente eu estava enfeitiçada por aquele grunge.

— De maneira alguma. Eu estava observando o ambiente — respondi, me surpreendendo com minha coragem.

— E achou algo interessante?

— Achei. — Não pude conter um sorriso. — E você?

— Pra ser sincero, eu estava desistindo e me preparando para ir embora, mas, de repente, as perspectivas mudaram e a Tass ficou tão encantadora — disse ele com um timbre de voz baixo, suficiente o bastante para uma chama se acender em mim.

Li um artigo outro dia que dizia que contato visual pode nos conectar a alguém e até mesmo inflamar sentimentos de amor que existem dentro da gente, mesmo que você nunca tenha conhecido a pessoa antes. Então, eu era a prova viva de que esse artigo estava falando a verdade. Porque se só com um olhar e sua voz eu estava a ponto de cometer um ato de insanidade, imagina com o resto?

— Isso é ótimo. Eu acho — respondi ainda sem tirar os meus olhos dos dele.

— Como você se chama?

– Tainá. E você?
– Venha se sentar e conversar comigo que eu te conto.

A música ali era tão alta que fazia meus ossos tremerem. Não daria para manter uma conversa sem gritar para se fazer ouvir. Olhei para a pista tentando localizar as meninas para avisar do meu novo amigo, mas elas estavam dançando tão empolgadas que seria impossível alguma delas olhar para cima. Ele então me puxou pela mão e me guiou a uma mesa mais reservada e eu me deixei levar sem pensar em mais nada além do fato de seguir ouvindo sua voz. Assim que nos sentamos, ele disse:

– Eu me chamo Hugo. Você vai querer outra margarita?
– Como você sabe que eu estava tomando margarita? – perguntei curiosa.
– Estava observando você e suas amigas na pista de dança. Cinco margaritas desde que entrou na pista.

Franzi a testa. Ele já tinha me notado dentro da danceteria? Meu Deus! Não sabia dizer se isso era fascinante ou aterrorizante.

– Por enquanto não. Obrigada – ponderei.
– Você não me parece uma sulista, acertei?
– Nem você – devolvi sem me deixar intimidar por seus olhos verdes.
– Sou de Londrina e estou aqui há dois anos, fazendo faculdade.
– Você acertou – revelei. – Sou paraense. Moro em Foz há quatro anos.
– Hum. – Ele estreitou os olhos me estudando. – Bem que desconfiei. Tens olhos de ressaca.

— Confesso que bebi um pouco, mas não estou bêbada, muito menos de ressaca. Amanhã, talvez. Bom, isso vai depender se eu continuar bebendo margaritas.

Sua risada se espalhou calorosamente em minha pele e eu me permiti admirá-lo enquanto ria com graciosidade. Quando ele me encarou, me flagrando, eu baixei os olhos e corei. Sorte minha que o lugar era pouco iluminado.

— Você é encantadora, mas vejo que você não é de Letras — comentou e esperou que eu o olhasse novamente em seus olhos. — Leis ou números?

— Números.

— Prática e exata, porém com olhos de ressaca. — Ele esticou a mão e jogou meus cabelos para trás dos meus ombros. — Morena, cabelos escuros e grossos, nariz reto e comprido, boca fina e queixo largo. Uma verdadeira Capitu — disse com os olhos colados nos meus e retirou seus dedos, que haviam passeado pelo meu rosto. A pele, onde ele havia me tocado, ardia quente. O ar, que eu havia inspirado, queimava em meus pulmões. Por fim, segurou uma das minhas mãos e ficou acariciando os nós dos meus dedos. Tentava desesperadamente identificar o que faria, caso nosso flerte avançasse para algo mais íntimo. Obviamente que ele me atraía e que uns beijos não seriam de todo ruim. Porém, os planos para aquela noite eram outros. Minhas amigas esperavam que eu voltasse para a pista, e não seria nenhuma surpresa de minha parte se eu deixasse esse gato sozinho. Era bem típico eu me sabotar e frustrar aqueles que queriam ir um pouco mais longe.

Hugo percebeu minha reticência.

— Desculpe, acho que avancei o sinal.

— Tudo bem. Temos um cara de Letras, então? – perguntei, respirando fundo e mordendo o lábio inferior.

— É isso aí. — Ele abriu outro sorriso. Oh, Deus!

— Quer ir dançar? – indaguei disposta a dissipar a tensão instalada entre nós.

— Quer se livrar de mim? – Ele fez cara de magoado. – Quer voltar para junto de suas amigas e me deixar louco de vontade para saber como é o gosto do seu beijo?

Inspirei sem conseguir disfarçar que também o queria. Nunca planejei que a minha primeira vez fosse resultado de uma noite de sexo casual. Me guardei para um amor, para alguém que também me amasse e se importasse. Mas olha só aonde eu tinha ido parar com tanta utopia. Talvez, o certo fosse desencanar e deixar os medos, a ansiedade e todas as neuras de lado. Era minha festa de formatura e que mal poderia me acontecer com uma noite de aventura? César não havia tido inúmeras delas? E eu, mais do que ninguém, merecia comemorar do jeito que eu bem entendesse. Pensar em tudo aquilo me fez sentir uma vontade enorme de me rebelar.

— Tenho certeza de que elas estão se divertindo sem mim – contei, com minha voz afetada.

Ele não tirava os olhos de mim e eu também não conseguia desviar o olhar. Meu coração acelerou e minhas mãos coçavam com vontade de tocar em seu cabelo bagunçado.

— Quer ir para minha casa?

— Uau! Você é sempre tão direto assim?

Ele se aproximou e plantou um beijo em meu ombro desnudo, me deixando pasma com sua naturalidade.

— Nunca fui de esconder as coisas que sinto. Gosto de você. Não me pergunte por quê. Eu simplesmente gosto e quero saber tudo a seu respeito. — Ele correu o dedo da base do meu pescoço, indo de um ombro a outro. O seu toque era mágico! — O que você acha, Capitu?

— O que exatamente você está me sugerindo, Bentinho? — perguntei encarando aquele grunge, ainda desconhecido, mas que parecia ser tão normal e verdadeiro em suas confissões.

— Ah, uma menina de números que lê Machado de Assis! Assim não vou resistir e posso me apaixonar perdidamente.

Olhei através dele e em direção da pista, me perguntando ainda se deveria ir em frente com aquela aventura tentadora. Quando não respondi, Hugo puxou meu queixo e me olhou, mais uma vez:

— Fique tranquila, Capitu. Não sou um maluco que vai ficar no seu pé, aterrorizando sua vida. Sou emotivo demais, mas sei me controlar.

— Não tem a ver com você. Eu me sinto atraída, claro. Por isso estou aqui. Mas é que... Bem, é complicado e quando você souber talvez queira fugir para bem longe de mim.

Eu mal havia terminado minhas palavras quando senti suas mãos pousando delicadamente em meu pescoço. Ele me puxou para si e cobriu minha boca com a dele. Por um instante, fiquei chocada com sua atitude. Ele havia me tomado, com toda delicadeza, como sua e me beijado. Com isso, senti uma onda real de pânico. Se eu permitisse que aquele beijo se estendesse por mais tempo, eu não teria forças para parar. Suas mãos desceram pelas minhas costas desnudas, por causa do vestido decotado, me apertando e me aquecendo com seu toque quente, fazendo meu corpo inteiro estremecer e meu coração acelerar ainda mais o seu ritmo. Foi então que eu esqueci completamente quem eu era, onde estava e correspondi ao seu beijo como uma sedenta. O gosto dele era divino. Seu perfume me deixava embevecida. Todas as minhas terminações nervosas estavam afloradas, me causando uma sensação de frenesi completamente nova para mim. Um gemido escapuliu de minha boca e ele recuou, respirando com dificuldade. Eu o envolvi com meus braços querendo seguir provando do seu beijo perfeito, mas sua voz tensa e áspera me fez abrir os olhos.

– Desculpe. Acho que avancei demais – pedi diante do seu silêncio. Era novidade para mim aquela forte atração tomando conta do meu lado racional. Eu nunca havia perdido o controle a ponto de querer ir além sem questionar os meus princípios. Aquele grunge estava virando a minha cabeça de maneira inesperada.

– Tudo bem, Capitu. Eu também avancei.

– Por que você me chama assim?

– Te ofende? – perguntou ele tirando as mãos das minhas costas, se recostando na cadeira.

– Claro que não. Só acho engraçado. – Dei de ombros sentindo o ritmo da minha mente e corpo desacelerar a cada respiração.

– E aí, vai fugir para a pista ou quer ir à minha casa fazer umas coisas erradas?

– Que tipo de coisas erradas você está me sugerindo, Bentinho? – perguntei, rindo.

Ele deliberou por um segundo antes de responder. E quando falou seu olhar estava carregado de malícia.

– Ah, você sabe... Colocar espaço antes da vírgula, dizer "é para mim te beijar", escrever um parágrafo inteiro sem pontuação e perdermos completamente o fôlego.

– Você com essa cara de bom moço gosta de fazer essas coisas? Estou chocada!

Ele ergueu uma das sobrancelhas e o seu divertimento durou um segundo antes que uma expressão diferente tomasse seu rosto. O frio no meu estômago aumentou quando disse:

– Você nem imagina que atrás desse rosto bonitinho mora um pervertido.

Gargalhei com vontade, me aproximei de seu ouvido e arrisquei:

– De vez em quando eu gosto de usar crase antes de palavra masculina.

– Você? Não! É muita traquinagem, Capitu. Diante dessa confissão, eu me pergunto se você teria coragem de vir comigo e separar o sujeito do verbo.

– Depende do sujeito.

Hugo se aproximou de mim e sussurrou:

– Eu sou o sujeito e você, o verbo.

Fechei os olhos sentindo a voz dele entrando em mim. Aquilo era muito excitante.

– Acho uma maldade colocar uma vírgula entre nós, mas já que você quer fazer coisas pervertidas, eu topo. Porém, com uma condição.

– Qual? – quis saber ele, se levantando e ficando em pé na minha frente com as duas mãos enfiadas nos bolsos. Em seu rosto, um sorriso torto o deixava ainda mais atraente.

— A de falarmos "iorgute", "menas" e "seje"? — desafiei adorando aquela brincadeira.

Ele estreitou os olhos, sorriu maliciosamente e me puxou para junto dele. Ficamos em pé cara a cara, nos encarando com sorrisos contidos nos lábios.

— Você iria tão longe comigo logo na primeira noite, Capitu?

— Estou disposta a fazer um monte de coisas erradas com você, Bentinho.

— Tem certeza?

— Absoluta — respondi sem pestanejar.

Antes de sairmos, ele me abraçou e eu esqueci como era o mecanismo da respiração quando senti os sulcos de seu abdômen por baixo de sua camiseta. Então, ele se afastou, pegou minha mão direita e girou o meu corpo, fazendo a saia do meu vestido rodar.

— Vai ser incrível ver uma gata como você, com esse vestido lindo e esses sapatos altos, em cima da minha moto.

— Moto? Ai, meu Deus!

— É errado demais pra você?

— De forma alguma. Vou avisar minhas amigas.

— OK. Vou buscar os capacetes na chapelaria e te encontro lá. Não demore! — pediu me olhando profundamente nos olhos antes de plantar um beijo nos meus lábios. Aquela afirmação, cheia de segurança e confiança, soou como uma promessa de um futuro bom. Eu sorri e o vi se afastar certa de que Hugo era o meu melhor presente de formatura.

CAPÍTULO 2

Dezembro de 2004

Levantei da espreguiçadeira, pois o sol queimava forte minha pele bronzeada nesses dois dias de muita piscina, fui até a borda e mergulhei na água morna. A sensação era ótima e eu poderia perfeitamente passar todos os dias ali tomando sol e mergulhando, que não seria nenhum sacrifício. Depois de um tempo, voltei para junto delas e me sentei, saboreando a vista do parque termal. O paisagismo impecável, o luxo das instalações e os serviços exclusivos que tínhamos a nossa disposição eram coisas de cinema. Quem diria que, dez anos depois de termos saído de Foz do Iguaçu – recém-formadas e sem um centavo no bolso –, voltaríamos para cá em grande estilo, usufruindo do melhor resort da cidade turística. Nos sentíamos como verdadeiras divas usando biquínis descolados, chapéus de madame e os poderosos óculos de sol que compramos em uma tarde de esbórnia nas lojas de Ciudad del Este, no Paraguai.

– Senhoritas, suas bebidas – curvou-se o garçom com uma bandeja cheia de drinques coloridos.

Rebeca sorriu, pegou o amarelo com azul e deu um golinho, estalando a língua.

– Ah! Isso é que é vida! Sol, piscina, boa comida, diversão – Rebeca baixou os olhos para suas unhas pintadas de um rosa vibrante e quando voltou a nos encarar, um quê de travessura bailava em seu olhar –, garçons gostosos à nossa disposição...

Com exceção dos "garçons gostosos", eu concordei com o resto dos itens de sua lista de mimos. Peguei meu drinque vermelho e bebi de um generoso gole. Gelado, doce e com uma leve dose de álcool. Perfeito.

— Estava aqui pensando... Impossível não ficar fazendo associações. — Marli se ajeitou na espreguiçadeira. — Há dez anos que nos formamos e fomos com a cara e a coragem para Curitiba. Capengamos, batalhamos...

— Comemos muito miojo e pão com ovo — acrescentou Lurdinha, que agora estava com os cabelos cortados na nuca, ressaltando ainda mais a sua beleza.

— Nem fale que não posso mais ver miojo na minha frente — afirmei, rindo do nosso tempo de dureza que, graças a Deus, ficou para trás.

— Mas nós vencemos!

— É, nós vencemos.

— Temos nosso escritório, os clientes estão satisfeitos com nosso trabalho, somos independentes e bem resolvidas em todas as áreas.

— Mais ou menos — resmungou Lurdinha.

— Você vai superar, Lu. Você é linda, inteligente e aquele idiota não te merecia mesmo — comentou Rebeca, se referindo ao último namorado da Lurdinha, que a traiu e partiu seu coração de um jeito frio e egoísta.

— Eu sei que vou. Assim que a raiva que eu sinto por ele sumir — respondeu dando de ombros e encerrando o assunto. Havíamos combinado que nada iria atrapalhar nossas miniférias e falar de coisas tristes estava fora de cogitação.

— E por isso proponho outro brinde — Marli sugeriu e erguemos nossas taças. — Ao nosso sucesso.

— E às nossas merecidas férias — disse Lurdinha.

— E ao casamento da Tainá, né, gente?! — acrescentou Rebeca. — A primeira de nós a se casar.

— Ao casamento da Tainá, às nossas férias e ao nosso sucesso.

Brindamos e, em seguida, repousei a cabeça na espreguiçadeira. Estávamos ali cumprindo com a promessa que fizemos no dia da nossa formatura e também para minha despedida de solteira. Ai, meu Deus! Faltava uma semana para o meu casamento e eu ainda não sabia definir se isso era apavorante ou excitante. Amava o Diego e estava segura de que casar era a coisa certa a se fazer, mas, desde que pus os meus pés em Foz, meu coração estava inquieto e tinha medo de não conseguir esconder minha angústia por mais tempo.

Rebeca franziu o cenho e perguntou:

— Tudo bem aí, Tainá?

— Tudo. Por quê?

— Essa sua cara de preocupação não me é estranha.

Pigarreei.

— É que eu ainda desconfio que vocês vão aprontar alguma comigo.

— Nós? — Ela se fez de magoada. — Imagina! Desde que chegamos só fizemos aquilo que combinamos: cataratas, compras no Paraguai, cassino na Argentina... O que você acha que iremos fazer?

— Eu conheço vocês.

— Relaxa, Tainá! Se você e o Diego combinaram que não farão nenhuma estripulia, nós vamos cuidar para que você não saia da linha. Nada de esbórnias. Se bem que, Senhor, esse garçom está me tirando do sério! Será que ele não toparia fazer um showzinho mais tarde...

— Rebeca!

— No meu quarto, Tainá. Só pra mim. — Ela riu e acenou com a mão. Segundos depois, o rapaz estava ao seu lado. — Você poderia me trazer outro desse, por favor? — pediu com uma voz melosa.

— Claro, senhorita.

— Obrigada — respondeu se abanando quando o garçom se virou e saiu caminhando com suas pernas bronzeadas até o bar. — Esse uniforme é uma loucura. Tenho uma tara por uniformes, vocês não?

— Não — respondemos ao mesmo tempo.

— Já fantasiei mil maneiras de arrancar essa bermuda branca e descobrir o conteúdo que ele esconde debaixo da cueca.

— Se controle, Beca! Aliás, você poderia parar de beber.

— Eu estou em uma despedida de solteira, Marli. Se eu não beber e me divertir com a Tainá nesses dias, quando o farei?

— No meu casamento, no ano que vem.

— Hum. Duvido que você vai ser casar com o Valdir.

— Por quê?

— Porque vocês não têm nada, absolutamente nada, em comum. Só que você está apaixonada demais para perceber o óbvio. O tempo dirá.

— Cruzes! Falando assim até parece que você não quer me ver feliz.

— Pelo contrário, Marli. Falo isso exatamente por desejar muito a sua felicidade.

— Muito bem — eu as cortei. Aquele assunto já tinha sido motivo de várias discussões entre Rebeca e Marli. — Quais são os planos para o dia de hoje ou eu também não posso saber?

— Gente, que horas são? — Marli levantou-se num pulo.

— Onze e meia.

— OK. Chega de drinques e piscina por hoje. Temos uma hora para nos arrumar. O traje pode ser esportivo. Bermudinha, blusinha e sapatilha. Nada de saltos, Rebeca — ordenou Marli. Beca torceu o nariz. A perua que vivia dentro dela não sabia andar sem saltos.

Discutimos os preparativos para o próximo programa, que elas mantinham em segredo. Eu só tinha conhecimento do que iria fazer quando chegasse ao local. Essa era a brincadeira da minha despedida de solteira. Minhas amigas preparavam passeios e eu era obrigada a confiar e a obedecer.

— Bem, vou indo para o meu quarto. Quero descansar um pouquinho antes de sair — pedi assim que todos os detalhes foram acertados.

— Nada de ligar para o Diego — alertou Marli. — Sei que seus dedos estão coçando para pegar o celular e digitar os números do telefone dele, mas o lance aqui é: quanto mais saudade melhor.

Concordei com um aceno de cabeça e saí para o meu quarto. Eu era a única que tinha um só para mim. Privilégios de noiva. E, assim que fechei a porta, suspirei aliviada. Adorava minhas amigas e não era à toa que estávamos juntas há quatorze anos, porém, às vezes, eu amava ficar sozinha e deixar meus pensamentos viajarem.

Após um banho rápido, me deitei na cama, peguei o meu exemplar de Dom Casmurro e o abracei. Não sei dizer quantas vezes eu tinha lido esse livro nos últimos dez anos. Sabia a história completa. Era capaz de recitar trechos e até mesmo alguns diálogos, mas o que tocava fundo o meu coração era a dedicatória feita em uma letra miúda na página 54.

Quero te dizer tantas coisas, mas as palavras voltam ao coração caladas como vieram. Estou segurando sua mão e você me olha enquanto escrevo... Minha Capitu, queria que esse momento durasse para sempre.
Beijos, Bentinho

Será que ele ainda mora em Foz?, pensei suspirando. Depois daquela noite na Tass, quando fui para o apartamento dele, nós não nos desgrudamos mais. Praticamente me mudei para a casa dele e assim ficamos até o dia da minha partida para Curitiba. Vivemos uma semana intensa de paixão e descobertas. E posso garantir que nunca fui tão feliz quanto fui naqueles dias com Hugo. Porém, depois que me mudei para a capital, a distância foi naturalmente nos afastando até que perdemos completamente o contato. Restou apenas uma saudade boa e este livro, que levo sempre comigo.

Rolei na cama contendo a vontade de pegar o carro que alugamos e dirigir para o prédio onde ele morava, estacionar na calçada em frente e ficar olhando para o quinto andar. E, caso ele aparecesse, eu...

Isso está errado, Tainá!, me reprimi em pensamento.

— Não estou confusa. Não estou dividida. Não estou tendo uma recaída. Eu amo Diego. Eu vou me casar com o Diego. Com. O. Diego. – disse essas frases em voz alta para convencer a mim mesma a esquecer aquele saudosismo idiota que tomou conta de mim desde que aqui cheguei. Determinada, sacudi a cabeça, guardei o livro e fui me vestir. Tinha que me ocupar. Pensar no Hugo só iria me causar mais angústia.

A tarde de domingo chegou e nós estávamos tomando um café e nos empanturrando com todas as delícias da nossa confeitaria preferida. Este era o programa da Lurdinha para mim. Ela sabia que eu adorava o lugar e posso garantir que acertou em cheio.

— Devo dar o braço a torcer e reconhecer que sua ideia de voltarmos a Foz a cada dez anos foi genial. Eu me diverti muito com vocês e amei cada momento. Amo vocês, meninas! – exclamei emocionada.

— Pelo amor de Deus, não vai começar com choradeira. Deixa pra gente chorar sábado que vem, no seu dia de noiva – exortou Rebeca limpando uma lágrima.

— Eu adorei voltar a Foz. Parece que voltei aos meus 23 anos, para uma época onde tudo era possível – comentou Lurdinha.

— Acho que todas nós, com exceção de Rebeca, que vem para cá constantemente, sentimos isso. Voltar para Foz é voltar à nossa juventude.

Ainda estávamos tagarelando sobre os velhos tempos quando, de repente, a vida resolveu apertar a tecla "pausar". Minha visão se tornou tão embaçada que, por um segundo, pensei que ainda estava sonhando com ele, deitada na minha cama do hotel.

Hugo estava abrindo a porta da confeitaria para uma senhora entrar. Pisquei algumas vezes para ter certeza, mas como eu poderia duvidar? Embora o seu jeito largado de grunge tivesse sido substituído por trajes mais formais, e seu cabelo por um corte bem curto, eu não poderia duvidar. O verde de seus olhos ainda era a cor mais linda que eu conhecia.

Os lábios de Marli, Lurdinha e Rebeca abriam e fechavam, falando coisas que eu já não ouvia. Tudo o que eu pensava era na figura do homem lindo que entrava acompanhado de uma senhora que eu não conhecia. Instintivamente, joguei os cabelos para frente do meu rosto. Não queria que ele me visse. Não queria falar com ele. Meu Deus! Eu estava tensa!

– Ei, Tainá? Tá ouvindo, não?

Pigarreei.

– Estou. Claro. Eu só preciso ir ao banheiro.

– Você acabou de voltar do banheiro, sua louca!

Merda!

– Gases. Desculpe – pedi me levantando. Assim que fechei a porta, joguei um pouco de água no meu rosto e respirei fundo. Deus, como ele está lindo!, pensei sentindo uma estranha tremedeira nas minhas pernas.

Você vai se casar!, alertou a minha sensatez.

Senti uma onda de pânico querendo me destruir, me desestabilizar e trazer à tona sentimentos antigos que eu não podia sentir.

— OK. Calma. Foi a surpresa do momento. Eu consigo permanecer no mesmo ambiente que ele sem ter um ataquezinho idiota. Vamos lá! — exortei para, em seguida, arrumar os cabelos e retocar o batom.

Sentindo-me mais confiante, abri a porta do banheiro e quem estava lavando as mãos no lavabo justo naquele minuto? Merda! E agora? Volto para o banheiro, fujo ou fico?, me perguntava com o coração aos saltos. Decida-se logo, Tainá!

Agindo contra o bom senso, resolvi ficar. Nossos olhares se encontraram no espelho da parede e zupt!, fui arrastada para o ano de 1994.

— Capitu?! — Sua voz saiu em tom de surpresa. Ele secou as mãos e se voltou para mim. — Meu Deus, é você?

— Sim, sou seu.

— Nossa! Como você está? — perguntou me dando um abraço. Eu fiquei dura tentando assimilar o fato de ele estar me abraçando com tanta naturalidade, e que o perfume dele ainda era o mesmo. Retribuí o cumprimento detestando e amando aquela situação.

— Estou bem. E você?

Ele se afastou e seus lábios me brindaram com um sorriso largo, que era exatamente igual ao dos meus sonhos.

— Não acredito que é você! Quando chegou?

— Na quinta-feira.

— E por que não me avisou?

— Eu... — Caraca! E era para ter avisado? — Eu vim com as meninas.

— Os dez anos! — exclamou ele se lembrando do nosso pacto. — Vocês cumpriram mesmo com a promessa?

— Pois é, já se passaram dez anos e aqui estamos — respondi com a voz aguda demais.

— Você... — Ele parou de falar e ficou me analisando.

Respirei fundo. Eu tinha que sair dali. Não estava conseguindo processar o momento. Eu estava noiva e de casamento marcado.

— Você está linda!

— Obrigada. Você também não está nada mal — devolvi o elogio querendo perder horas admirando o quanto ele havia mudado pra melhor, ao mesmo tempo que lamentava não poder fazer isso. — Está morando aqui ou também está a passeio?

— Acabei me fixando em Foz. Dou aula de Literatura em um colégio particular... — Seus olhos expressaram orgulho e alegria à medida que foi contando do seu trabalho. Eu acenava com a cabeça e sorria enquanto ouvia seu relato. — Quanto tempo você vai ficar aqui?

— Volto amanhã bem cedinho.

— Que pena! Será que temos tempo para um café?

Queria dizer que sim. Queria ir até a mesa e cancelar o próximo programa com as meninas, queria reorganizar minha vida, voltar no tempo, apagar sentimentos, fazer o mundo mudar a sua órbita, mas minha garganta se fechou e precisei tossir para não me engasgar com tanta angústia.

— Hugo — o simples fato de pronunciar seu nome fez o meu estômago despencar —, eu vou me casar.

— Sério? — Ele me encarou. Seu olhar... Ah, céus! Eu havia me esquecido como era bom ter alguém me olhando desse jeito.

– Sim, na semana que vem. Eu... Nossa! – Balancei a cabeça. – Foi bom te ver. Tenho que ir. Tudo de bom.

Um sentimento estranho tomou conta de nós e eu fiquei congelada por um instante. Também via em seus olhos uma mistura de alegria e tristeza. Decidi que o certo era engolir o nó de emoção e aceitar que perdemos nosso *timing* e seguir com a vida que eu escolhi.

– Felicidades, Capitu – eu o ouvi dizer no momento exato em que virei as costas e fugi para longe dele.

CAPÍTULO 3

Dezembro de 2014

– Vamos brindar esse momento? – sugeriu Marli pegando sua taça de vinho branco. Estávamos jantando em um restaurante da moda na cidade de Puerto Iguazú, na Argentina, em uma noite agradável de sábado.

– A nós! E aos nossos vinte anos de formadas.

– E à Lurdinha, que faz uma falta imensa.

Nossas taças bateram em um brinde silencioso. Bebi do vinho observando Marli e Beca limparem as lágrimas. Eu havia presenciado essa cena inúmeras vezes no último ano. O meu coração, assim como o delas, ainda sangrava com a perda da nossa amiga querida, em um acidente fatal na rodovia Régis Bittencourt.

– E o que faremos depois? Agora que não existe mais a Tass temos que descobrir qual o melhor lugar para se dançar – perguntou Rebeca.

— Acho que não quero sair para dançar.

— Nem eu — acrescentou Marli.

— Credo! Vocês parecem duas velhas! Se a Lurdinha estivesse viva estaria dando a maior bronca em vocês. Quarenta não é oitenta, pelo amor de Deus!

— Eu aposto que ela também não teria saco para se sacudir em uma pista ensurdecedora. Deixa para dançar no casamento da Marli.

Beca suspirou e relaxou na cadeira.

— É, acho que ela não iria mesmo. E agora me conta uma coisa, Marli... Como é se casar por duas vezes em menos de dez anos?

— Normal, ué! — Ela deu de ombros, com seu habitual jeito tranquilo.

— Você não ouviu meu aviso na primeira vez e deu no que deu.

— A vida é assim, Beca. Algumas a gente acerta, outras a gente erra. E o que você me diz agora?

— Desta vez você acertou, amiga. O Cláudio é um cara bacana e sabe as amigas que a noiva dele tem. — Ela piscou e nós sorrimos. — Preciso confessar uma coisa... Às vezes, eu ainda fico aterrorizada.

— Com o quê?

— Com a possibilidade de ficar sozinha. Por muito tempo eu procurei um homem que se adequasse ao meu estilo de vida. Os que eu encontrei, vocês sabem, tentaram me mudar a todo custo. Que mania chata essa! Não sou planta para ser podada.

— Muitas pessoas têm a mania de querer que o outro mude. Infelizmente, você não teve sorte, Beca. Os homens que cruzaram seu caminho não enxergaram a pessoa maravilhosa que você é.

— E quem perdeu, posso te garantir, Marli, não fui eu. Há pouco tempo, eu percebi que sou feliz desta maneira. Não preciso ter alguém ao meu lado. Tenho vocês, tenho amigos, meu filho, que está um rapazinho lindo e vai ser meu eterno companheiro. É desta forma que quero viver.

— Então, que assim seja! — falei erguendo minha taça.

— E você, Tainá? Está nervosa?

— Um pouco ansiosa. O que tiver que ser, será.

— Aliás, você ainda não me agradeceu por eu ter tido a ideia de abandonar o baile de formatura. Por causa dela, vocês se conheceram.

— É mesmo. Se tivéssemos ficado no baile, talvez eu nunca tivesse conhecido o Hugo.

— Sou sua fada madrinha e de alguma forma eu sabia que vocês iriam acabar juntos pra sempre.

— Pra sempre? Uau! Não sei. Ele terminou um relacionamento recentemente e eu ainda estou me adaptando à minha nova vida. Não estamos com pressa — falei sentindo o meu coração se aquecer.

— Olha, avisa ao Hugo que nós vamos comemorar nossa formatura a cada dez anos fazendo essa viagem entre amigas. Dessa vez abrimos uma exceção porque a causa é nobre. Em 2024, ele que trate de liberar você pra gente. E o mesmo serve para o Cláudio, Marli! Já vai avisando. Somos amigas e nada, nem ninguém, vai nos separar.

— Amo vocês! — disse Marli emocionada. Rebeca tinha mesmo razão. Antes de tudo, éramos amigas, e essa amizade era um farol em nossas vidas. Uma luz que nunca iria se apagar.

Rebeca segurou nossas mãos e disse "juntas para sempre". De repente, "Have You Ever Seen the Rain" começou a tocar no som ambiente do restaurante. Sorrimos com aquela inesperada surpresa. Era como se Lurdinha também estivesse conosco, através da sua música preferida.

~~~~~~~~~~

No dia seguinte, estava torcendo os dedos das mãos ao mesmo tempo que verificava minha figura no espelho da recepção do hotel. Uma mulher de 44 anos usando jeans, blusinha e sapatênis douradinho, me encarou de volta. Seus olhos brilhavam de ansiedade enquanto aguardava a chegada de uma antiga paixão. Será que eu havia exagerado? Hugo falou que iria me levar para passear de moto. Eu sorri lembrando que, apesar de não haver mais nenhum resquício da rebeldia de sua juventude, ele ainda fazia questão de manter alguns hábitos.

Hugo ressurgiu na minha vida através da mãe de Rebeca, que recentemente fora eleita para a reitoria na universidade onde nos formamos e onde o Hugo agora lecionava Literatura Brasileira. Não levou muito para eles ligarem os pontos e meu endereço de e-mail ser passado a ele. Quando Hugo me escreveu, eu estava separada de Diego havia dois anos. Qual foi a minha surpresa ao receber um e-mail dele logo quando eu me sentia a pior das mulheres – por ser estéril, por meu casamento ter terminado por causa disso e por estar profundamente deprimida. Lembro que respondi de um jeito grosseiro, dizendo que ele estava perdendo tempo indo atrás de uma mulher que não poderia dar a ele uma família feliz, caso fosse esse o seu objetivo. Sua resposta foi curta e de um impacto profundo:

"*Eu poderia adotar uma criança, caso quisesse ter filhos. Companheirismo e bom humor, não. Sinto falta de você, Capitu.*"

A partir desse dia passamos a nos corresponder por e-mail com frequência. Depois mudamos para um aplicativo de mensagens e a conversa foi ficando cada vez mais íntima. Nas últimas semanas, nos falávamos diariamente ao telefone, como se fôssemos namorados de longa data.

E então lá estava ele. Por um instante pude ver o rapaz de jeans rasgado, camisa xadrez amarrada na cintura e os cabelos bagunçados vindo ao meu encontro e um sentimento forte de familiaridade tomou conta de mim. Abri um sorriso. Ele me devolveu outro e parou na minha frente. Poderia tocá-lo, passar a mãos em seus cabelos, agora levemente grisalhos, se quisesse. No entanto, apenas nos abraçamos e optamos pelo silêncio. Palavras eram completamente desnecessárias, pois sabíamos dos sentimentos que levávamos em nossos corações.

Em uma dessas conversas ao telefone, eu perguntei a ele por que não havia se casado e Hugo me respondeu citando Machado de Assis:

– "Minha alma, por mais lacerada que tenha sido, não ficou aí por um canto como uma flor lívida e solitária. Vivi o melhor que pude e não me faltaram amigas que me consolassem, sabe, Capitu. Porém, nenhuma dessas caprichosas me fez esquecer a primeira amada do meu coração. Porque elas não tinham os seus olhos de ressaca. Nem o som do seu sorriso."

Sua resposta havia me deixado sem palavras. Quer dizer que ele não havia se casado por minha causa? Só podia estar de brincadeira! Mas, daí, me lembrei de que Hugo nunca blefava e que não costumava esconder seus sentimentos.

Afastei-me do seu abraço, encarei seu olhar, esperançosa sobre o nosso futuro. Hugo puxou os lábios em um meio sorriso ao mesmo tempo que deslizava um dedo pelo meu nariz, boca e queixo.

– Oi, Capitu! Quer fazer umas coisas erradas comigo?

Ele estendeu a mão, com a palma para cima, e eu entreguei a minha, passando os braços ao redor de sua cintura.

Como era bom voltar a Foz do Iguaçu.

LEILA REGO nasceu em Cafelândia (PR) e é formada em Turismo, mas abandonou as agências de viagens para viajar por suas histórias. É autora dos livros *Amigas imperfeitas*, *A segunda vez que te amei* e *#Partiu vida nova*. Atualmente vive em Vinhedo com seu marido, seus dois filhos e dois gatos.

LU PIRAS

A VOZ DO CORAÇÃO

"Depois do silêncio, o que mais se aproxima
de expressar o inexprimível é a música."
(Aldous Huxley)

PARTE 1: IRIS

Eu costumava observar o movimento das ruas de Santa Teresa pela vidraça do restaurante. Visto sob o meu ângulo, o dia a dia era um filme repetitivo, monótono, previsível. À sombra do entardecer, uma multidão de gente caminhava apressada, entrando e saindo do mesmo cenário. Um rapaz se esquivava de uma moça, um senhor entrava na loja de música da frente, uma pomba quase era atropelada. Minha respiração aliviada embaçou o reflexo da vidraça e borrou a imagem clichê do cotidiano. Isso acontecia com frequência, afinal, eu estava sempre suspirando.

A explosão de um trovão me fez notar o silêncio do relâmpago e que a luz intermitente do letreiro com o nome Eliseu's havia se apagado de vez. Faltava meia hora para a minha apresentação e eu era a única pessoa no salão. Assim, permaneci no meu lugar à mesa, aguardando a precedência e o sutil mutismo das descargas elétricas lá fora. Depois de algum tempo, tive a impressão de que o clarão que antecedia o estrondo era um silêncio que só eu podia ouvir. E a ausência do que ouvir, ainda que por breves instantes, era uma sensação mais solitária do que a de estar sozinha.

 Quando não havia nada pelo que esperar e tudo o mais era apenas o que eu preferia que fosse, fiz o que estava ali para fazer: saí da penumbra, subi no palco e segurei o microfone. Eu e o meu reflexo na vitrine éramos, então, cantora e espectadora. Eu era a minha plateia. Estava começando a descobrir, ainda que frustrada, o que significava ouvir o silêncio.

 Naquele dia, mais uma vez, não houve aplausos. Foi um dia como outro qualquer.

~~∞~~

— Essa maldita chuva espantou os clientes! — o seu Eliseu reclamou, dono do estabelecimento, retirando da calçada a lousa molhada. A chuva havia apagado as sugestões de pratos do dia e todos os resquícios do anúncio da minha apresentação.

 — Para a próxima vez, talvez devêssemos comprar giz à prova d'água — comentei.

 Tentei ajudar o seu Eliseu a carregar o cavalete. Apesar dos 60 anos, ele estava mais em forma do que eu, no auge dos meus 25. Ganhei um estalo na coluna e um hematoma na perna. "Deixa comigo!", eu havia lhe dito, sempre na intenção de ser mais gentil do que importante. Eu sabia que não havia trabalho para mim naquele restaurante.

 — Qual o sentido de cantar se não há ninguém aqui para te ouvir? — ele perguntou ao me ver surgir com a mochila nas costas.

 — Eu só sei que preciso cantar.

Olhamos os dois, ao mesmo tempo, na direção do pequeno tablado, pouco acima do piso de cerâmica.

— Eu sei, Iris. Faz um ano que você chegou e ainda...

— Talvez eu não seja boa — interrompi-o. — Talvez eu devesse apenas servir as mesas. Não quero dar prejuízo ao senhor.

— Não, não, não diga uma coisa dessas! — disse seu Eliseu, exaltado, colocando a mão no meu ombro e me olhando com firmeza. — Você é uma cantora que merece um palco bem maior do que este. Antes de voar alto, você ainda vai me encher de alegria e trazer movimento a esse velho restaurante!

Eu fiquei imaginando que seria exatamente o que meu pai me diria.

Seu Eliseu gostava mais de contar histórias do que de ouvi-las, mas a mim ele sempre escutava. Ficou tão comovido no dia em que lhe contei sobre o acidente de ônibus que vitimou meus pais, que jurou que nunca deixaria que me faltasse pão em casa. Pão era o que nunca havia faltado mesmo. Todas as manhãs, antes de sair para o trabalho, meu pai costumava passar na padaria. Agora, um entregador deixava o saco à minha porta, me lembrando de que aquele era o meu lar. E sempre seria.

Eu me considerava privilegiada por ter um patrão que era como um pai e por ter sido acolhida por várias famílias vizinhas da vila. A maioria era de pessoas idosas, que cuidaram de mim quando o trágico acontecimento foi noticiado nos principais jornais. Da noite para o dia, havia uma órfã na vila. Numa reunião extraordinária, os moradores das oito casas se reuniram para decidir o que fazer comigo. Aos 13 anos, eu achava que não precisava da ajuda de ninguém, mas meus vizinhos, a quem eu tratava por avós, não queriam me ver independente tão cedo. Foi estabelecido um rodízio, que funcionava assim: casa 2 às segundas-feiras, casa 3 às terças, e assim por diante. A menos afortunada era a vó Matilde, da casa 2, pois as segundas-feiras eram os dias em que eu acordava mais mal-humorada para ir para o colégio. Isso não mudou. Nem o fato de eu detestar segundas-feiras, nem o fato de que a vó Matilde ainda costumava me visitar.

Embora o coração, a rotina, as obrigações e as contas a pagar me lembrassem constantemente que nada seria como antes, eu me apegava às lembranças do passado como minha herança mais preciosa. A memória da minha família estava preservada em cada detalhe da nossa casa, como no vaso de porcelana da sala de estar, que recebeu flores pela primeira vez num aniversário de casamento dos meus pais e, desde então, nunca mais ficou vazio. Todas as quartas-feiras, eu passava na feira e, como mamãe fazia, trazia flores viçosas e frescas para colocar lá. Era como retornar para os seus braços, sempre que eu voltava para casa do trabalho.

Havia dias em que eu chegava tarde em casa e não havia ninguém à minha espera para me falar do que os jornais noticiavam todos os dias: que era muito perigoso andar sozinha pelo bairro à noite. Mas, às vezes, as boas conversas com o seu Eliseu me faziam perder a noção da hora e o último ônibus. O caminho até a minha casa não era tão longe de dia, nem tão perto de noite.

O lado bom era que ainda chovia. As ruas nos arredores do Largo dos Guimarães estavam desertas e eu podia dançar com meu guarda-chuva se quisesse. Para isso, era só providenciar a música.

O som de "The Sound of Silence", do Simon & Garfunkel, fluiu pelos cabos dos fones e entrou na minha corrente sanguínea. Era o que a música fazia comigo. Ela ainda abriu espaço nas ruelas escuras e silenciosas para que eu pudesse passar sem medo do desconhecido. Enquanto eu pudesse ouvir música, não sentiria falta das estrelas.

Então, o imprevisto aconteceu. Meu celular ficou sem bateria e a música parou. Eu ainda amaldiçoava o aparelho quando a sombra de alguém acompanhava o meu rastro. Continuei meu trajeto sem olhar para trás. Faltavam cerca de cem metros para a pacata e histórica vila de casas dar o ar de sua graciosa arquitetura. A sombra foi se distanciando na medida em que eu apertava o passo, mas meu suspiro aliviado foi interrompido no momento em que coloquei a chave no portão.

Eu podia sentir o medo na ponta dos dedos que seguravam as chaves. A iluminação do único poste aceso não me permitia ver mais do que fios prateados dos fones que ele também trazia nos ouvidos. O ranger metálico da dobradiça soou alto demais. Eu não sabia se o homem ia entrar também. Por segurança, entrei sozinha e não o deixei passar.

Olhei-o, agora, de frente. Um jovem com um semblante sereno assim não me ofereceria perigo. Não o tipo de perigo que uma garota distraída deveria sentir.

– Eu nunca te vi por aqui. Vai para qual casa? – perguntei.

Ele não pareceu ter ouvido a pergunta, ou se fez de desentendido.

– Boa-noite – foi tudo o que me disse, olhando para baixo.

– Você precisa interfonar antes de entrar – avisei, fechando ligeiramente o portão.

Senti um toque no ombro. Não liguei. Não quis deixar que o gesto me roubasse a atenção do estranho.

– Iris – falou a voz da vó Marília, a moradora da casa 6 –, deixa o rapaz entrar, querida! É o meu neto, Nicolas.

Passando a minha frente, a senhora o abraçou e beijou.

– Você chegou na hora certa, Nico! Fiz aquela sopa de aspargos que você adora!

Em algum momento eu me toquei de que não tinha mais nada para fazer ali. Mas, fiquei intrigada: como é que alguém *adora* sopa de aspargos?

Ouvi a voz do rapaz, e isso me fez permanecer ali mais um pouco.

– Com queijo de cabra?

– Do jeitinho que você gosta.

Os dois caminharam à minha frente como se eu não existisse. E ainda deixaram o portão aberto.

Eu morava na vila desde que me entendia por gente. Nunca tinha visto o tal Nicolas. Na verdade, não me lembrava de vó Marília falar de netos. Raramente ela recebia visitas. Eu sabia que tinha uma filha, que morava nos Estados Unidos e que uma vez por ano viajava para lá. Quando regressava, ficava um mês sem aparecer, como se fugisse dos fofoqueiros da vila. Falar da vida alheia era um dos entretenimentos favoritos dos meus vizinhos-avós. Talvez até mais do que as tardes itinerantes de carteado e de xadrez.

A noite chuvosa trazia um frescor agradável pela janela entreaberta. Eu não conseguia tirar o Nicolas do pensamento. Fechei a janela, mas não adiantou. A música vinha da casa 6, fazendo tremer a parede por trás da minha cama. Meia hora de cover histérico de Led Zeppelin e eu não tinha mais dúvida: meu mais novo vizinho era guitarrista. E não era dos bons.

Precisei cobrir a cabeça com o travesseiro, colocar os fones num volume distorcido e afundar ao máximo no colchão para tentar obstruir a entrada do som dentro de mim. Mas o intolerável som do instrumento insistia em ser ouvido.

Calor. O cobertor me sufocava. Resolvi tomar um banho. Estava cansada demais para esperar a banheira encher, no entanto, na minha inocência, acreditei que valeria a pena colocar a hidromassagem para funcionar. Qualquer barulho seria melhor do que aquela estranha combinação de notas.

Deixei meu corpo submergir na água espumante. Enquanto a cabeça afundava, nas pálpebras fechadas eu enxergava o rosto dele. Turvo, com a pouca informação que a luz fraca me permitiu guardar na lembrança. Belo, nos poucos segundos em que ele me permitiu olhar em seus olhos. Eu vi quando ele notou meus lábios. Foi tão rápido e tão desconcertante. Depois disso o perdi de vista, ou a vista dele se perdeu da minha.

Abri os olhos. O ardor do sabão me fez tornar a fechá-los de imediato. Levantei, quase escorreguei, saí da banheira, encharquei o chão e fiquei um bom tempo lacrimejando de irritação. Então, de repente, percebi o silêncio.

Silêncio absoluto. Intenso. Insuportável.

Com a ausência dos meus pais, eu havia me acostumado a conviver com a solidão de estar só. Eu agora começava a entender o que era estar sozinha.

<center>~~~✦~~~</center>

A manhã ensolarada me despertou mais cedo que o habitual, mas foi o cheiro de café entrando pela janela do quarto que me tirou da cama. Eu precisava de café. Nada na despensa; nem um restinho no fundo do saco. Vesti a primeira peça de roupa amassada que encontrei, calcei as sandálias e fui guiada pelo aroma. Logo notei o jornal sobre o tapete da entrada. Vô Alfredo ainda não havia acordado e, portanto, o que eu buscava não estava atrás da porta dele.

Na meia-volta, não deu tempo de desviar. Quando dei por mim estava toda coberta de café, pisando uma poça do líquido precioso, desperdiçado por uma distração. Nicolas estava parado, a xícara vazia pendurada no dedo. Minha camisa manchada não teria mais utilidade. Por sorte já estava suja e velha. Eu lamentava mais pelo café derramado.

– O que você...

– Me desculpe, eu...

Falamos ao mesmo tempo. Certamente nenhum de nós ouviu o outro. Ele continuou no mesmo lugar onde havíamos nos esbarrado, olhando para mim. Eu não saberia definir a expressão do rosto dele, mas não me admirava que estivesse espantado com o que estava vendo: meus cabelos embaraçados, minhas olheiras à luz da manhã, meus lábios ávidos por café, meu corpo coberto de trapos molhados e manchados para sempre.

No mundo perfeito, esse reencontro teria acontecido noutras circunstâncias. Agora que Nicolas havia me visto mais horrorosa do que alguma vez estive, nada mais poderia assustá-lo. Segurei a camisa, espremi o líquido e tirei-a. Eu estava com a camiseta de dormir por baixo, mas ele não sabia disso. O mero gesto de levantar a roupa trouxe à tona um sorriso, que eu preferi fazer de conta que não reparei. Estendi a camisa para ele. Desta vez, quem sorria era eu:

— Seque o chão com isto, ou alguém ainda vai levar um tombo aqui.

No caminho para a minha casa, dei passos curtos e firmes para não transparecer que minhas pernas pareciam feitas de gelatina. Eu tinha quase a certeza de que toda a vizinhança estava me olhando. Mas o que mais mexia comigo era saber que Nicolas havia reparado em mim.

— A menina perde a roupa, mas não perde a elegância... – comentou vô Lázaro, o português da vila, morador da casa 8. As bochechas rosadas denunciavam que ele já havia tomado um ou dois cálices de vinho do Porto.

Café, que nada. Talvez fosse de algo mais forte que eu estivesse precisando.

Nem uma coisa, nem outra. Só caí em mim depois que tomei uma boa chuveirada. Devia estar doida quando mandei o neto da vó Marília secar o chão. Depois do banho, o espelho ainda me observava com reprovação.

Eu tinha alguns minutos antes de ir para o restaurante e quis ouvir um pouco de música enquanto fazia uma rápida faxina. Meu canto favorito da casa era chamado carinhosamente de "sala dos tesouros". Lá ficavam guardadas as relíquias dos meus pais: seus álbuns. A coleção era extensa, de incalculável valor sentimental. Nas prateleiras mais altas, onde só era possível alcançar de escada, ficavam as capas autografadas. Estava tudo organizado do jeito que eles deixaram. A memória dos meus pais podia ser contada faixa a faixa daqueles discos.

Coloquei um LP na vitrola e pousei a agulha na faixa que julgava ser a mais desgastada. O vinil começou a girar no sentido horário, mas o tempo pareceu voltar atrás. Enquanto fazia a faxina e ouvia Chicago, a banda preferida da minha mãe, era como se ela estivesse ali comigo. Nossas semelhanças não eram apenas físicas. Minha prateleira favorita da sala era a dela também, onde um dia ela juntou suas relíquias musicais das décadas de 1970 e 1980.

Um porta-retratos caiu, me fazendo regressar ao presente. Ele trazia justamente uma foto minha com meus pais. Eu devia ter 4 ou 5 anos e eles eram lindos e jovens, como ficariam para sempre. Eu não acreditava em espíritos, ou pelo menos preferia não mexer com isso, mas quando o lustre começou a se mexer, fiquei apavorada. Desliguei correndo a vitrola e me encolhi onde estava, esperando as pecinhas de cristal pararem de tilintar. O chão também começou a vibrar. Quando dei por mim, tinha as mãos cobrindo os ouvidos. Nicolas estava invadindo minha casa com sua guitarra assassina. Desta vez, a vítima era o Metallica.

Na guerra de guitarras, James Hetfield trucidava Peter Cetera dentro da minha casa. Isso não fazia sentido.

Quando o barulho da casa ao lado cessou, ouvi um toque prolongado da campainha. Antes de atender a porta espiei pelo olho mágico. Havia um grupo de cinco velhinhos na minha varanda. Eles não pareciam nada felizes. Nunca gostei de participar das assembleias e reuniões da vila, mas nunca virei às costas para as reclamações dos meus vizinhos-avós. A verdade é que eles sempre recorriam a mim quando algum acontecimento externo alterava a rotina certinha deles.

Assim que me viram, começaram a falar, todos ao mesmo tempo. Despejaram toda a insatisfação com aquele a quem estavam chamando "hóspede do barulho":

— A Marília deveria ter nos consultado antes de trazer esse rapaz para viver aqui! — falou a avozinha da casa 9.

— É um baderneiro! — excitou-se o vô Paulo José, marido da vó Maria Joana, que se limitava a balançar a cabeça concordando com tudo.

— Não consigo nem mais assistir à tevê! — a vó Rosamaria desabafou.

— Desde então não conseguimos mais tirar a nossa sesta em paz! — dramatizou o único viúvo da vila, vô Carlitos.

Durante um bom tempo, exclamações não faltaram. O debate acirrado aconteceu sem a minha intervenção, porém eu sabia que minha simples presença na roda os atiçava. Eles só precisavam de alguém para ouvi-los.

Comecei a ficar com pena do Nicolas. Seria muito complicado limpar a barra dele. Se em uma noite apenas ele já havia provocado tanta revolta, eu não queria nem pensar no que viria pela frente.

— Quanto tempo ele vai ficar aqui? — perguntei, interrompendo o bombardeio.

Olhares cúmplices se cruzaram na falta da resposta. Quanto a mim, eu suspeitava de que a estadia de Nicolas seria curta. A vida de ninguém poderia caber numa mochila, que, além da bolsa com a guitarra, era tudo o que eu me lembrava de ter visto em suas costas.

— Vou ver o que podemos fazer — falei, educadamente enxotando o grupo. Eles tinham a tarde livre para costurar e jogar damas, e eu precisava me arrumar para o trabalho.

Não poupei maquiagem, dando especial atenção às curvas dos cílios. Escolhi a blusinha mais perfumada do meu amaciante favorito. Soltei os cabelos, repousando-os em cachos sobre os ombros nus. Eu não estava pensando em esbarrar com o "hóspede do barulho" de novo, mas essa possibilidade existia. Era estranho até admitir, mas não me sentia animada, segura e bonita havia muito tempo.

Saindo de casa, não faltaram os fones no ouvido, minha companhia inseparável. Não faltou o vento para me lembrar do motivo pelo qual eu raramente usava saia. Não faltou o vô Leopoldo, o mais antigo e galanteador morador da vila:

— Se eu fosse uns cinquenta anos mais jovem, moça bonita como a senhorita não andaria desacompanhada por essas ruas! — falou, passando por mim com o jornal debaixo do braço.

Olhando minha figura em contraste com a paisagem que me rodeava, eu me sentia, de repente, jovem! A convivência da vida inteira com meus vizinhos-avós, a antiguidade do bairro e o meu apego ao legado dos meus pais me transformaram numa mulher de alma velha. Eu tinha essa consciência e vivia bem com ela, por isso estava sendo inédito me descobrir com expectativas tão juvenis, como me arrumar para um homem e esperar que ele me notasse.

A essa altura do campeonato, eu havia esquecido que ordenara a Nicolas que secasse o chão. Segui meu caminho e, ao passar pela casa da vó Marília, encurtei o passo. Pude avistar a tevê da sala ligada. A varanda estava aberta, com a cortina esvoaçante quase toda para fora. Diminuí o volume da música que ouvia quando percebi que a dona da casa me acenava da sua poltrona.

Ela gesticulava para que eu me aproximasse. Debruçou-se na sacada e me entregou um embrulho:

– Nicolas me pediu que eu cuidasse disso com carinho e urgência.

Abri o pacote de plástico, que não tinha nome de lavanderia, de onde exalava um perfume que eu conhecia bem. Minha blusa, limpa, passada e cheirosa, como nova.

– Não ficou perfeita? Esse menino conhece os meus truques... – glorificou-se ela.

– Muito obrigada, vó Marília. Nem sei como agradecer!

– Não agradeça a mim. Meu neto está lá em cima. Quer subir?

Se eu tivesse ensaiado a resposta para um convite inesperado como este, não teria saído mais autêntico:

– Não vai dar. Estou atrasada para o trabalho. A senhora sabe como sou pontual.

– Sim, querida. Você é sempre muito certinha. – Nunca saberei ao certo o que ela quis dizer com isso, mas entendi como um elogio. – Venha outro dia, então.

Aproveitei a deixa:

— Seu neto fica até quando?

— Ele veio tentar uma vaga de professor de Música. Foi bem na teórica, mas a prova prática é amanhã, sábado. Se não passar, vai voltar para os Estados Unidos na segunda-feira. — Ela se aproximou para cochichar: — Cá pra mim, ele não passa nessa, querida. Mas não lhe diga que eu falei isso.

Eu também achava que ele não tinha a menor chance. Mas não diria isso a ele. Nem a ela.

Fiquei desanimada por saber que eu só teria o fim de semana para me apresentar ao Nicolas devidamente. Estava até pensando em aceitar o convite da vó Marília para entrar. Então, ele apareceu. Não desviou os olhos dos meus, do primeiro ao último degrau da escada. Logo estávamos frente a frente, Nicolas na sacada, ainda olhando fixamente para mim.

— Desculpa...

— Obrigada...

Nossas falas se cruzaram de novo. Desta vez, creio que nós dois ouvimos o que cada um dissera. Eu notei que a vó Marília foi a única a não ficar sem graça. Pelo contrário, ela estava cheia dela.

— Os jovens de hoje perdem tempo demais. Vocês vão ver que não vale a pena — disse, cheia de mistério, sem concluir a frase. E se retirou para os fundos da casa, para onde eu não enxergava.

— Quer entrar? — ele perguntou. — Temos café.

Segurei o riso, não sei por quê. Ele apontou para a camisa em minha mão:

— O café dificultou um pouco, mas ainda havia um pouco do seu cheiro.

Meu cheiro? Deixei que ele falasse mais. Ele não falou. Ficou um clima estranho no ar.

— Eu gosto daquele perfume.

Era melhor ter ficado calada.

— Eu gosto do seu cheiro — ele disse.

Mais silêncio.

— Preciso ir — falei.

Ele acenou com a cabeça e eu me afastei para a calçada, ainda em tempo de desejar:

— Boa sorte na sua prova amanhã!

Não sei se ele ouviu, mas não disse mais nada e foi ficando para trás, conforme eu acelerava o passo para nunca chegar atrasada.

Se teria valido a pena o meu primeiro atraso, eu nunca saberia. Eu só sabia que queria ter entrado. Não pelo café.

❧

Na volta para casa, deixei um bilhete debaixo da porta da casa 6. Era um convite para que Nicolas e sua avó fossem me assistir cantar no sábado à noite.

Naquela sexta-feira também não houve aplausos.

PARTE 2: NICOLAS

"Iris". Eu não conseguia parar de pensar na música do Goo Goo Dolls.

A última vez que ouvi tinha 16 anos, um terno emprestado e espinhas na cara. Era o dia da festa de aniversário da garota por quem eu era apaixonado no colégio. Como toda festa americana de adolescente, teve de tudo. E teve uma brincadeira em que os rapazes foram vendados e precisávamos escolher os nossos pares às cegas. O DJ colocou "Iris" para tocar. O perfume dela era inconfundível. A partir daquele dia eu soube que não poderia confiar no meu olfato. No momento da dança, um pouco antes de o meu par tirar a fita dos meus olhos, percebi que não era ela. Preferia ter ficado vendado.

Ao contrário dos meus outros sentidos, sempre tive ótima audição. E minha memória auditiva não falhava. Graças a isso, eu era capaz de memorizar as notas musicais e reproduzi-las na guitarra, mesmo sem partitura. Comecei a tocar o instrumento só de ouvido. Eu nunca duvidei de que minha vocação estava na música.

Um dia, a meningite aconteceu na minha vida. Eu tinha acabado de fazer 17 anos e estava decidido a fazer faculdade de Música. Meus pais já haviam discordado, já havíamos brigado e eu estava prestes a comprar um bilhete de avião para o Brasil para viver com a minha avó e prestar vestibular – ela nunca me contrariava e adorara a ideia –, quando tive um mal-estar súbito durante a noite, fui internado de urgência e, na manhã do dia seguinte, o mundo inteiro emudecera para mim.

A surdez não me tirou a vontade de aprender a tocar profissionalmente. Meus pais desistiram dos argumentos contrários à minha faculdade e até me deram uma Fender de presente de 18 anos. Esse dia, talvez, tenha sido o mais feliz da minha vida como deficiente auditivo. Dali em diante, em tudo o que eu fazia, para onde quer que eu fosse, estava sempre com a guitarra nas costas. Montei uma banda chamada The Unusual Suspects sem revelar aos membros, em momento algum, sobre a minha deficiência. Eles nunca notaram.

Na universidade, ninguém sabia. Tive o apoio dos meus pais, que compraram toda a espécie de parafernália eletrônica para que eu mesmo, de vez em quando, pudesse me esquecer de que era surdo. Aprendi a usar a tecnologia para disfarçar a minha condição e minimizar o impacto no meu dia a dia. Até para controlar o volume da minha voz precisei de aparelhos, mas reconhecer sons foi algo que aprendi sozinho, sentindo a vibração das ondas. Aos poucos, com os desafios cotidianos, desenvolvi regiões do meu cérebro, apurei outras percepções, e em especial o olfato se tornou muito mais eficiente. Infelizmente, quando eu descobri que nunca mais confundiria a essência de um perfume feminino, fiquei sabendo que a garota de que eu gostava havia se casado. Ironia do destino ou não, com o mesmo sujeito que a tirara para dançar.

"Iris". Eu gostava muito das lembranças que esse nome me trazia. Mas, mais do que isso, eu gostava da vibração que eu sentia quando pronunciava esse nome no silêncio.

A vizinha que a minha avó adorava deixou um bilhete embaixo da minha porta, nos convidando para assistir-lhe cantar. Curioso. Eu havia ficado com a sensação que ela se sentia muito incomodada na minha presença. Por que ela me faria esse convite?

— Viu isso? — perguntei à dona Marília, estendendo o convite.

Minha avó colocou os óculos de leitura pendurados no cordão em seu pescoço. Quando levantou a cabeça, tinha um sorriso estampado no rosto.

— Vamos? — ela perguntou, estranhamente animada. O sorriso, que à primeira vista me pareceu inofensivo, agora me deixava preocupado.

— Sete horas da noite, a senhora tem o remédio do coração. E às oito...

— Ora, Nico! Você já teve melhor poder de argumentação!

Sentei-me no sofá, peguei o controle sobre a mesa e diminuí o volume da tevê.

— Incomoda você? — ela quis saber.

— O volume da tevê ou o evento?

Descontraímos, rindo juntos.

— Querido, eu sei que você quer ir. E sei que a Iris quer, de verdade, que você vá.

Ela me conhecia bem. Embora tivéssemos tido pouca convivência durante a minha infância, vovó se fez bastante presente depois que fiquei doente. Cuidou de mim nos primeiros meses e, mesmo depois de adulto, nos dias mais difíceis, ainda cantava para eu adormecer. Ela sabia que eu podia ouvir, não o som, mas o tom da sua voz, sereno como sempre guardo na memória.

A vizinha órfã, acolhida pelos moradores da vila como neta, tinha o olhar brilhante e os lábios pequenos. Este detalhe exigia minha total concentração, pois eu não poderia entender o que ela me dizia se desviasse meu olhar da sua boca. Era estranho que uma estranha chamasse minha avó também de avó. Ao mesmo tempo, essa intimidade entre as duas nos aproximava. Apesar de não existir laço familiar, eu não tinha dúvida de que Iris era a neta que minha avó gostaria de ter tido. E começava a gostar da ideia de que a moça com nome de canção também poderia fazer parte da minha vida.

A guitarra quebrava o silêncio e libertava o barulho, o caos e a solidão que existiam dentro de mim. Entretanto, a paz que eu precisava para ser livre, infelizmente, era a tormenta dos meus vizinhos. Eu ensaiei o dia e a noite inteira no meu quarto, salvo por algumas interrupções. Os moradores da vila fizeram uma manifestação na nossa porta. Minha avó não brincou em serviço e deu um jeito diplomático de acalmar os ânimos. Ela também não dormiu.

Quando saí de casa, dona Marília dormia. O despertador, que havia cinquenta anos tocava às 6h, ela havia deixado desligado.

Fui o primeiro a chegar, mas isso não foi uma vantagem. Os candidatos seguintes se aproximavam de mim e puxavam conversas fúteis. Já estava esperando havia tanto tempo que não percebi quando chamaram meu nome. Louise, a terceira candidata da fila de chegada, me cutucou e sorriu para mim um sorriso bonito que me lembrou Iris. Porque Iris foi a única pessoa a me desejar boa sorte.

Durante a prova, eu só me lembrava do que havia aprendido com Kirk Hammett, o guitarrista do Metallica. Nada mais importava. No dedilhado na guitarra, imprimi a personalidade de uma alma atormentada pela urgência de sentir, de qualquer forma, a vibração das cordas do instrumento. Ao encerramento da apresentação, estava exausto. O suor escorria pela testa, queimava meus olhos. Os examinadores me observaram espantados e, sem pedir que eu me retirasse para trocarem considerações, decretaram minha nota em tom uníssono: zero.

 Agradeci o tempo que me dispensaram, guardei o relatório final no bolso, coloquei a guitarra na bolsa e saí pelos portões de ferro, sentindo como se não carregasse nada nas costas. Já do outro lado da rua, notei que algo havia acontecido enquanto atravessava o sinal fechado. Agora eu tinha em mim uma sensação de liberdade me convidando a seguir em frente. O caminho nunca me levaria longe demais, porque eu estava leve.

⁂

No percurso para casa, comecei a reparar em tudo o que se colocava a minha frente: uma folha seca, um papel de bala, um bando de pombas. Eu estava num parque próximo à vila. Olhava para cima e via a copa das árvores tapando o céu. Olhava para baixo e enxergava apenas o que podia voar. Chutei o vento e ele me devolveu a passagem. Nenhum obstáculo permaneceu no seu lugar, a não ser os grãos de milho que as pombas voltariam para buscar.

 Eu sabia que não devia me preocupar.

 Era o que vovó sempre me dizia:

 – Não se preocupe, querido. O que é seu tá guardado.

 Imaginei o timbre sereno da sua voz me dizendo isso e quase pude ouvir.

 – Não estou preocupado, vó. Eu só decidi que quero ficar no Brasil. Hoje entendi que meu lugar é aqui.

Ela se mexeu energicamente em sua cadeira de balanço.
— Você falou com seus pais sobre isso?

Não. Eu havia decidido fazia poucos minutos, atravessando ruas com sinais fechados e chutando folhas secas do caminho.

Dona Marília e suas táticas diplomáticas convenceram meus pais. Mas ela mesma não estava convencida de ser uma boa ideia. Vovó respeitava o meu espaço, mas eu não sabia respeitar o dela. No nosso acordo, prometi não tocar guitarra em casa. Ela fez parecer que a minha música era tudo o que a incomodava, como se isso pudesse me fazer sentir melhor.

Não demorei a conseguir um emprego, que depois descobri ser onde a Iris trabalhava. Ela me ignorava desde o sábado passado, quando faltei à sua apresentação no restaurante, mas na sexta-feira foi menos inexpressiva e me entregou um novo convite para sua apresentação:

— O couvert artístico é por conta da casa — ela fez questão de explicar, antes de tomar o rumo da sua casa.

Alguns minutos depois, ela estava novamente a minha frente. Eu regava o jardim e por pouco não a atingi com um jato d'água. Era um problema quando as pessoas se aproximavam de repente, por trás. Eu não podia saber se estava sendo chamado, mas percebia a proximidade de alguém pelo calor. E a Iris sempre se aproximava demais.

Ela fez um gesto para que eu tirasse os fones do ouvido.
— Esqueci de dizer que esse convite é para a sua avó. Era para ter entregado a ela na feira, hoje de manhã.

Ela havia falado depressa, com a cabeça meio baixa. Não consegui acompanhar os movimentos dos seus lábios. Entendi algo como "era para ter entregado hoje de manhã".

— Não posso garantir que vou — falei. — Mas, obrigado.

Ela estranhou. Talvez não esperasse tanta sinceridade. Ou, na hipótese mais certeira, eu havia dito uma grande grosseria.

— Soube que você vai começar a trabalhar no Eliseu's. — Ela pareceu titubear, mas prosseguiu: — Mesmo que não queira, aos sábados irá me ouvir cantar.

— Sábados são minhas folgas.

A notícia não apenas a pegou de surpresa, como a deixou muda. Observei-a melhor, tentando avaliar o seu semblante e acabei notando que ela estava com a blusa em que eu derramara café. Senti um súbito arrependimento por estar, pela segunda vez, recusando o seu convite. Tentei remediar:

— Mas nesse sábado não haverá ensaio no estúdio. Ainda estou esperando meu material chegar dos Estados Unidos...

— Material? — ela perguntou.

Seu interesse me motivou a sorrir. Discretamente, fui retribuído. Iris tinha um dos sorrisos mais belos que eu já havia visto. De tanto procurar os lábios das pessoas para entender o que me diziam, eu guardava de memória muitos sorrisos que, para a maioria, talvez passassem despercebidos. Eu precisei aprender a interpretá-los para não me deixar iludir por uma variação de entonação que eu não podia diferenciar. Se Iris tivesse dito alguma coisa em vez de ter me dado aquele sorriso, teria sido: "Quero conhecer você melhor." Teria sido uma bela frase de se ouvir.

— Eu tenho um estúdio na minha casa, nos Estados Unidos. Estou trazendo tudo para cá, instrumentos, sintetizadores, uma parafernália grande. Mas não para a casa da dona Marília. Você sabe a confusão que isso daria aqui na vila...

Os olhos da Iris cresceram.

– Verdade – ela disse. – Eu estava organizando um abaixo-assinado para você se mudar daqui. Mas saiba que a ideia não foi minha.

Achei engraçado o jeito como ela falou. Estava envergonhada com a confissão, certamente. A cor nas bochechas denunciava.

– Não espalhe por aí, mas eu já fui preso por descumprir a lei do silêncio. Ainda tenho a ficha limpa aqui no Brasil, mas se eu ficar muito tempo nessa vila...

Olhamos em volta. Cortinas se fecharam, janelas bateram, os fofoqueiros voltaram aos seus afazeres.

– Bom, não é preciso muito barulho para perturbar a paz desse santuário. Mas você realmente tirou os velhinhos do sério, Nicolas.

– E você, Iris?

Algum tempo depois, ela respondeu:

– Não diria que me tirou do sério. Também não diria que você toca bem... – Ela encolheu os lábios. – Acho que deveria ouvir outras coisas.

Eu realmente apreciava a sinceridade daquela garota.

– Passa lá em casa qualquer hora – continuou. – Tenho alguns álbuns que acho que vai gostar.

– Legal – falei.

– Te vejo no restaurante, amanhã? – perguntou, tomando distância.

Com um aceno de despedida, confirmei. Mas não devia ter feito.

Acompanhei minha avó até o restaurante. Ela não insistiu para que eu entrasse, porque sabia que seria pior se Iris me visse ali fora. Antes de seguir adiante, procurei Iris através da vidraça. O salão estava vazio. Havia apenas um cliente terminando de pagar a conta.

Passei a noite redescobrindo as luzes e os sons da cidade. No passeio, meus fones inseparáveis perderam a utilidade e se tornaram, pela primeira vez, um acessório realmente figurativo. Eu queria ter os ouvidos abertos. Eu não queria me disfarçar para ninguém.

Toda quarta-feira, Iris ia à feira e aproveitava para entregar o seu convite à minha avó.

Um dia desses, algumas semanas depois da nossa última conversa, decidi bater à sua porta. Quando Iris surgiu na minha frente, a primeira coisa que notei foi o seu perfume. Ela havia acabado de sair do banho e os cabelos molhados pingavam sobre a camiseta vestida ao contrário. O aroma do amaciante era inconfundível. Pela expressão desconfiada no rosto, não me convidaria para entrar.

– Bom-dia, Nicolas. Aconteceu alguma coisa? – ela perguntou. – Vó Marília está bem?

Gaguejei um pouco, o que era incomum.

– Sim... sim, ela está ótima!

Iris continuou me encarando. Parecia impaciente, apressada.

– Tenho um compromisso, me desculpe – ela falou, insinuando que precisava fechar a porta.

– Hoje é a sua folga, claro – deixei escapar.

– Pois é, você cobre as minhas folgas. Hoje é seu dia de trabalhar. O que está fazendo aqui a essa hora?

– Vim para conhecer os álbuns que você disse que eu ia gostar, mas fica para outra hora. Não quero te atrasar.

Acenei, como costumava fazer sempre que passava por ela ou me despedia. Iris ergueu o braço para me tocar. Tive vontade de beijar sua mão parada no meu ombro. Por alguma razão que eu ainda não compreendia direito, parecia o certo a fazer.

– Entra! – ela exclamou, me despertando do delírio. – Enquanto termino de me vestir, você vai dando uma olhada na sala dos tesouros.

Iris estava entusiasmada e me convidando a entrar na sua casa. Sem mais cerimônia, entrei.

Havia duas poltronas de couro ladeando uma mesinha com uma vitrola vintage, um tapete redondo decorando o piso amadeirado e milhares de LPs organizados e catalogados nas estantes que cobriam as paredes. Eu não sabia quanto tempo Iris costumava levar para se vestir, mas suspeitava que não seria o suficiente para eu conseguir explorar sequer as prateleiras mais baixas.

Antes de me perder tentando encontrar os álbuns das minhas bandas favoritas, fui vencido pela curiosidade. No aparador sob a janela, onde um rebuscado relógio avisava que eu precisava estar no restaurante em meia hora, encontrei porta-retratos com fotos da Iris e de seus pais. Não foi difícil concluir de quem ela havia puxado as características mais fortes. Sua mãe tinha a mesma boca pequena e olhos brilhantes.

Meus olhos passearam pelas prateleiras destinadas ao rock internacional. Os discos estavam organizados por ano de lançamento e ordem alfabética dos artistas, numa estrutura metódica e sistemática. Em vez de ir direto na fonte do rock que aprendi com George Harrison e Eric Clapton, preferi selecionar algum à sorte. Arrastei os dedos pelas lombadas e puxei uma capa. Sem pó nem quase sinal da ação do tempo, tirei o vinil da embalagem e coloquei no toca-discos.

O álbum era *Hot in the Shade*, do Kiss. O acaso havia feito a parte dele e eu não tinha o hábito de desperdiçar oportunidades. Em bom português, a letra da música começava assim:

Eu tenho que te dizer o que estou sentindo por dentro.
Poderia mentir pra mim mesmo, mas é verdade.
Não há como negar quando olho nos seus olhos:
Garota, estou louco por você.

Iris entrou na sala de vestido. Havia me acostumado a vê-la sempre de jeans e camiseta, num estilo mais casual. Não consegui disfarçar um olhar mais imaginativo para o corpo dela, e ela não se importou de demonstrar sua simpatia pela minha escolha musical. Sem dizer nada, tirei-a para dançar de rosto colado. Senti cócegas no meu ouvido. Ela falou comigo e eu provavelmente nunca saberia o que me disse.

Eu não sabia se a faixa havia mudado, mas continuava a conduzir a dança. Talvez estivesse fora do ritmo, fora da canção, com os pés acima do chão, mas já não me importava se ela notasse que eu estava sempre um pouco por fora de tudo. Ela estava confortável nos meus braços, mais perto do que nunca, e a vibração dos nossos corações era igual. Eu nunca havia sentido essa sintonia com mais ninguém.

Eu comecei a dar um novo significado para o nome Iris.

Passava das oito da noite e eu estava atrasado. Com a chegada do meu material no estúdio, comecei a gravar algumas músicas autorais e passava os dias de folga do restaurante sem ver a hora passar. E como passava depressa quando não existia a mínima chance de faltar a um compromisso!

Chuva torrencial, sinais vermelhos, engarrafamentos em todas as direções, e eu, na contramão do fluxo de pedestres. Quanto mais me aproximava de onde deveria estar, mais gente aparecia. Num dia qualquer, tudo isso seria previsível. Mas esse não era para ser um dia qualquer. E nada mais deveria ser como antes.

PARTE 3: SEU ELISEU

Eu não estava precisando de um novo funcionário. Iris dava conta do recado. E, para ser bem honesto, as contas do Eliseu's nunca foram tão críticas. Meu restaurante era a minha vida. Como tal, eu havia prometido a mim mesmo nunca desistir. Iris era como uma filha. Como tal, eu havia lhe prometido que nunca deixaria faltar o pão em sua casa. Eu estava encrencado por conta desse meu hábito de fazer promessas.

E ela, pobrezinha, apaixonada. Da primeira vez que me falou sobre o jovem neto da dona Marília, Nicolas, logo notei um brilho diferente em seu olhar, um brilho mais eletrizante. Havia um mistério em torno dele que a intrigava, e a mim, por consequência. Fiquei curioso para conhecer aquele que despertara, como nenhum outro, o interesse de Iris.

Nas semanas seguintes à contratação de Nicolas, eu vinha notando Iris subir mais confiante ao palco. Existia a expectativa de ele aparecer, mas, sobretudo, existia um novo sentimento que a levava a cantar. Iris não cantava nem melhor, nem pior. Ela estava aprendendo a ouvir o coração e a dar voz a ele. Em razão disso, tenho certeza, seu público no restaurante foi crescendo. Alguns clientes mais antigos e que costumavam pedir o de sempre, começaram a ficar até mais tarde só para ouvi-la cantar.

Por vezes vento, outras vezes ventania. Era como eu enxergava o Nicolas, um homem à procura do seu equilíbrio. Ele chegava ao restaurante sem ser notado e logo encontrava o que fazer, mesmo que o serviço já estivesse feito. Eu nunca lhe disse, para não comprometer seu iminente relacionamento com Iris, mas descobri o segredo dele no seu segundo dia de trabalho. Era muito estressante esconder isso dele, porque eu poderia ter evitado uma série de reclamações que era obrigado a ouvir toda vez que ele não percebia um cliente chamar. Nicolas tinha os outros sentidos apurados, o que compensava, principalmente quando algum assado estava quase no ponto. O olfato daquele rapaz era impressionante. Por sorte, a audição que lhe faltava sobrava em mim, e eu sempre lhe dava uma ajudinha, sem que ele notasse. Na última semana precisei pedir que me ajudasse na cozinha, e eu mesmo passei a servir as mesas. Ele parecia mais distraído e fora de órbita que o habitual.

Eu desconfiava que algo tivesse acontecido entre Nicolas e Iris, mas seus horários de trabalho eram diferentes e eu nunca havia visto os dois juntos, não poderia afirmar. O que não deixava margem para dúvida era o bem que um fazia ao outro. Muitas histórias de amor começaram e terminaram nas mesas do meu restaurante, e disso eu entendia.

Eu estava vendo que a cena iria se repetir naquela noite. Iris esperava até o último minuto e Nicolas não aparecia. Eu entendia a teimosia dela, mas só porque sabia que ele era bem capaz de surpreender. Talvez, quando eu parasse de perceber esses pequenos traços de esperança nas pessoas, fosse o momento de me aposentar. Havia muito trabalho a fazer ainda.

Dona Marília foi a primeira a chegar. Desde que Iris havia inventado a história dos convites, a senhora nunca havia faltado a nenhuma apresentação da sua vizinha-neta. Procurou a mesa de costume, uma das mais próximas do palco. Iris lhe sorriu de um jeito genuíno, porém triste. Pegou o violão e foi para o centro do palco, onde o banquinho e o microfone a esperavam.

Pouco a pouco as mesas de trás foram sendo ocupadas pelos clientes habituais e por outros que eu nunca tinha visto. Um grupo jovem entrou, chamando atenção com roupas despojadas, de cores alegres e contrastantes com os tons neutros dos ternos dos executivos. Os jovens reservaram as duas mesas da janela, e com a descontração atraíram a atenção de alguns transeuntes curiosos. As últimas cadeiras foram ocupadas por esses estranhos, mas havia uma que estava e estaria sempre reservada para o Nicolas. Esse lugar não era no centro, nem perto do palco. Era desse lugar, íntimo e secreto, que Iris buscava sua segurança.

Os olhos de Iris espelhavam a visão do sonho que ela estava realizando. A casa cheia não a intimidava. Eu conhecia a minha menina e sabia que, quanto mais forte estivesse batendo seu coração, mais emoção ela colocaria em sua voz, mais vozes ela seria capaz de silenciar. Todos queriam ouvi-la cantar.

Nicolas também.

Ela não viu quando ele entrou, porque havia entrado discretamente pela cozinha. Durante o tempo em que o salão encheu, ele assegurou uma mesa e disfarçou sua presença escondendo-se por trás de uma folha de jornal. Era complicado decifrar Nicolas, mas não era tão difícil desmascará-lo. Bastava um instante de distração.

Iris segurou o microfone e levantou a cabeça.

— Meu nome é Iris Mayer. Vou começar com uma música chamada "Shelter", composta pelo grupo The XX. Muito obrigada pela presença.

Ela não estava acostumada com aplausos, mas não foi por isso que seus olhos se fecharam. Quando os tornou a abrir, tinha algo mais a dizer antes de cantar:

— Eu gostaria de pedir a vocês um favor, o de não aplaudirem esse show no final.

O pedido era inusitado e gerou algum burburinho, mas Iris havia falado com tamanha convicção e seriedade, que não desrespeitariam a sua vontade.

Ninguém saiu do lugar durante todo o tempo da apresentação, nem mesmo o grupo mais agitado. Entre servir as mesas, ir e voltar da cozinha, acompanhei reações diversas. Vi dona Marília enxugar uma lágrima com seu lenço bordado, vi um executivo dar um jeitinho de aplaudir com os guardanapos de pano, vi um rapaz sussurrar algo que fez uma menina enrubescer.

Quando a última música terminou e seus dedos deixaram as cordas do violão, Iris se levantou pousando o microfone no banquinho. Havia uma expectativa pairando sobre todos, mas, como ela havia pedido, o público se conteve.

No entanto, alguém distraído na plateia interrompeu o silêncio e aplaudiu.

Naquele dia, houve aplausos de uma só pessoa, de quem Iris mais queria receber aplausos.

Ao perceber que a plateia apenas lhe assistia, Nicolas, mesmo hesitante, continuou aplaudindo. Depois se levantou, caminhou até o palco e disse o que a plateia, com certeza, também gostaria de dizer:

— Bravo, Iris. Você foi maravilhosa.

Então, só para registrar a minha participação nesta cena, brinquei com Nicolas:

— A grande Iris Mayer vai recebê-lo em seu camarim. Me acompanhe, por gentileza.

Mas eles estavam ansiosos demais para prestarem atenção em mim.

— Fiquei feliz por você ter vindo — disse Iris, olhando-o com afeto.

— Eu queria fazer uma surpresa, mas, no fim, foi você que me surpreendeu. — Nicolas procurava sinais reveladores nos olhos dela.

— Queria ouvir o seu aplauso acima de qualquer outro. Quando vi você se escondendo atrás do jornal, no fundo da sala, tive a ideia de pedir que a plateia não aplaudisse. Foi uma forma de descobrir você.

Foi assim que mais uma vez constatei como ela era espertinha. Nicolas, então, perguntou:

— Você sempre soube sobre mim?

Ela fez que não, inclinando o rosto para baixo. Ele levantou seu queixo.

— Preciso ler seus lábios para saber o que diz.

Iris mostrou o sorriso que toda a plateia deveria ter tido a oportunidade de ver. Seus olhos marejaram de emoção.

— Comecei a desconfiar há algumas semanas, mas só tive certeza quando dançamos.

— E por quê? — ele quis saber.

— Eu disse ao seu ouvido "o zíper do meu vestido está com defeito, mas você pode...", bem... tenho vergonha de repetir.

Nicolas levou as mãos à cabeça.

— Eu não acredito que perdi essa chance! — O tom era de troça, mas também de decepção.

Assim que Iris voltou a revelar mais um dos sorrisos que encantavam Nicolas, ele encontrou brecha para tirar um papel dobrado do bolso da calça.

– Essa é a minha primeira composição depois da doença: "A Voz do Coração". Só escrevi a letra agora, pensando em você. Escolhi você para gravar no meu estúdio, porque sei que sabe ouvir o silêncio. Você aceita?

A hora certa de Iris se emocionar poderia ter sido naquele momento, mas, como eu nunca fui um leitor de romances, errei no palpite, pois ela preferiu beijar Nicolas.

O público, que havia segurado os aplausos, entendeu que valeu a pena esperar pelo final. E, como aquele dia se tornou especial, a despesa ficou por conta da casa.

LU PIRAS é autora da série de fantasia Equinócio e dos romances *A última nota, Um herói para ela* e *Além do tempo e mais um dia*. Participa dos projetos Entre Linhas e Letras, de incentivo à leitura em escolas públicas e particulares, e de Lit-GirlsBr, que busca aproximar autoras e leitores.

TAMMY LUCIANO

PARAÍSO MORTO

No fundo, acho que o cenário da minha vida é o chão de uma sala secreta repleta de almofadas e livros por todos os lados... o meu paraíso é para sempre... e o moço me olha com curiosidade.

Faltavam cinco dias para eu morrer e estava presa dentro de uma boate com um cara que não conhecia. Tudo bem, nunca fui dada às grandes sortes. Tinha alguma, mas não as melhores. A claridade insistiu que eu abrisse os olhos e lá estava o cara me olhando. Bonito, mas me observava como quem quer dizer:

– A gente está metido nessa enrascada por sua causa.

Quase perguntei "por minha causa, como assim?", mas imaginei ser algo da minha cabeça e fiquei alguns minutos tentando acordar de um sono que parecia ter sido mais profundo que o normal. Imediatamente quis fazer aquele ar de "estou por dentro de tudo que está acontecendo aqui", mas na verdade não tinha a menor ideia de quem fosse meu acompanhante e muito menos como acordei naquela boate. Eu tinha ido para aquele lugar que horas? Só recordava de ter passado o dia com as minhas amigas na piscina de uma casa em Angra dos Reis, ter sido convidada para uma festa do filho de um magnata carioca em uma ilha e ter demorado muito para me arrumar.

Fiquei longos minutos no espelho, na maior morosidade, para me concentrar em fazer a minha maquiagem. Agora, simplesmente, sem mais nem menos, abria os olhos e estava jogada em um sofá, com detalhes em capitonê, daquele lugar que não foi criado para receber um sono profundo de quem quer que fosse. Será que assim seria com a morte? Você abre o olho e está em uma espécie de outro lado? Morreu! Acabou, minha filha, segue daí porque o antes não interessa mais. Acorda! Desse outro lado ninguém dorme.

— Você está bem? — o cara perguntou, passando a mão nos cabelos. Um gato, mas e daí? Andava cheia de homens bonitos me fazendo passar dias ruins e tinha jurado me abster de certas vivências, como me apaixonar perdidamente por alguém e fazer meus neurônios ficarem descompensados, repetitivos e caidinhos de um sentimento agudo que me fazia comer compulsivamente.

— Não sei. — Eu mal sabia sobre mim mesma naquele exato momento. O desconhecido me observava, enquanto eu me imaginava como um guaxinim, com uma olheira preta que denunciava o excesso de maquiagem passada no rosto na noite anterior. Reparei que um dos cílios postiços tinha se perdido, o outro permanecia intacto, resistente. Jurei nunca mais beber na vida, sabendo que aquele seria mais um dos mil juramentos não cumpridos.

— Quer beber algo? — Ele parecia meio sem saber como agir comigo.

— Preciso ir embora daqui. Minhas amigas devem estar preocupadas. — Resolvi ser mais direta.

– Você não lembra? – Do quê? O que teria acontecido? Quanto mistério. Sorri, sem motivo, confesso. Estava me sentindo ridícula. Ele notou e ficou rindo também, um riso nervoso talvez. – Pelo jeito, você teve uma amnésia. Também, metemos o pé na jaca.

Ele se levantou, foi até o bar, agindo com uma intimidade imediata com o lugar, enquanto eu começava a querer me socar por simplesmente me sentir lerda, perdida no tempo e totalmente sem noção do que estava ali surgindo para mim. Como se alguém inventasse de me colocar dentro de uma história em que eu não tinha a menor ideia de como me comportar.

– Qual o seu nome? – perguntei para quebrar o silêncio.

– Esqueceu?

– Olha, acabei de acordar. Não sou boa para lembrar das coisas quando abro os olhos de manhã e estou nos meus piores dias de memória.

– Eu sou o Sol, registrado e batizado assim – ele falou sorrindo e eu senti um frio estranho na barriga. Meio sem jeito, desviei o olhar e dei de cara com o chão imundo da boate. Uma parede de vidro deixava claro o ambiente. Todos os defeitos, imperceptíveis de noite, estavam ali para que eu os reparasse agora. As paredes davam nojo, os sofás não carregavam toda a beleza que parecia de madrugada e tinham um cheiro de mofo que insistia em invadir as narinas. Os perfumes da noite tinham ido embora e um ar abafado dominava o ambiente.

– Eu sou a Lua, nome mesmo. Não sou Luana, sou Lua, Lua. – Por que, meu Deus, toda vez que eu dizia o meu nome, repetia a mesma frase "eu sou a Lua, nome mesmo. Não sou Luana, sou Lua, Lua"? Eu carregava uma vergonha inicial por ter o nome do único satélite da Terra e o quinto maior do Sistema Solar. Fiz uma cara meio sem graça e, de repente, me surpreendi com a animação daquele cara.

— Uau! Você se chama Lua? Lua de Sol?

— Isso! E você se chama Sol, que doido. Nossas mães são meio loucas.

— Bacana demais o seu nome! Sou perdidamente apaixonado pela lua, por motivos óbvios — ele disse isso e um silêncio ficou entre nós. Depois um clima estranho pareceu dançar ao redor das palavras ditas.

Ele voltou do bar com um copo e, antes que eu pensasse que queria fugir de qualquer bebida alcoólica, fui avisada de ser apenas água com gelo.

— Me fala mais de você...

— Falar o quê?

— Ah, a gente conversou pouco ontem... — Quando ele disse isso, com um olhar mais forte, imediatamente entendi, tínhamos ficado aquela noite. Não aguentei a dúvida.

— Desculpa falar assim na lata, mas a gente ficou junto essa noite? Por que estamos só nós dois nessa boate? Podemos ir embora? Eu nem te conheço. A última coisa que lembro foi falando com uma das minhas amigas, a Roberta, a mais nerd de todas, que tô odiando fazer...

— Desenho Industrial — ele falou antes que eu pudesse terminar a frase.

— Como você sabe?

— Você me disse, claro. — Eu estava ridícula, repetindo como um papagaio que pensava em trancar Desenho Industrial.

– Pode responder as minhas perguntas, Sol? – Antes que ele concordasse, ameacei abrir a boca, mas o rapaz não me deixou seguir.

– A gente ficou sim. Nunca aconteceu de uma garota não lembrar que ficou comigo.

– Bebi demais – falei meio sem graça e jurando, mais uma vez, nunca mais colocar uma gota de álcool na boca. Coloquei a água goela abaixo, tentando mostrar minha indignação. – E por que só nós aqui?

– A gente ficou naquele sofá conversando e acabou dormindo – ele pareceu muito reticente em falar detalhes da noite anterior. – Quando acordei, estávamos só nós dois.

– Como as loucas das minhas amigas foram embora sem mim? – Inacreditável imaginá-las partindo, sem notar o pequeno detalhe da Lua não estar junto no grupo.

– Bem, pensa positivo. Certamente você nunca amanheceu em uma boate – ele falou tentando ser engraçadinho. Fiquei com uma preguiça de existir. Estava cansada e tudo que mais queria dizia respeito a um belo café da manhã, um banho e cama, no caso, a minha cama.

– Desculpa não lembrar que ficamos. – Estava meio sem graça. Será que ele ficaria pensando que eu agia assim sempre? – Eu não tenho muito tempo para perder. Preciso ir embora. – Dizia para ele que em cinco dias eu morreria? Não queria passar meus últimos momentos de vida dentro de uma boate, perdendo preciosos minutos. Mesmo o cara sendo um gato e até mais educado do que inicialmente imaginei.

– Ué, está com pressa de ir para onde?

– Para o céu. – A cara dele ao escutar isso valeu a minha resposta. – É uma história longa. Quem sabe depois você fica sabendo?

De repente, escutei vozes do lado de fora da boate. O local onde ficava a danceteria, localizado distante de tudo, maximizava qualquer som externo. Nos olhamos, sorri. Sol subiu alguns degraus e observou o que estava acontecendo lá fora. Alguém finalmente tinha surgido e poderia nos ajudar a sair daquele lugar. Fui olhar também e estarrecida dei de cara com dois caras armados. Meu rosto calmo deu lugar a uma face em pânico. Antes que pudesse gritar e me desesperar, Sol segurou meus braços:

– Lua, calma, preciso te explicar que...
– O que está acontecendo aqui? Quem são aqueles caras?
– Eles eram...
– Eram? Eles são. Eles não têm a menor cara de que eram. São bem reais. Estão atrás de quem?
– De mim, mas agora, depois dessa noite... – Vi logo pelo olhar na minha frente o quanto não estava brincando.
– Como assim? – Ah, que delícia, lá estava eu no meio do rolo alheio e, certamente, só como as minhas sortes sabiam fazer, nunca lembravam de aparecer quando eu mais precisava e estava correndo risco de vida. – Olha, só vou morrer em cinco dias.
– Como é que é?
– Precisamos entrar de novo nesse lugar para nos certificar.
– Uma voz grossa, ruim, veio como um raio acelerado na nossa direção. Pelo olhar do meu acompanhante entendi a mensagem, algo muito errado estava acontecendo ali.

Sol me segurou pela mão, pediu que confiasse nele e disse que nada mais nos atingiria. Pedi desesperada que nos tirasse dali e me surpreendi com sua calma diante de dois criminosos do lado de fora. Depois da minha insistência, ele abriu uma verdadeira entrada secreta no canto esquerdo da pista de dança, próximo a um pequeno palco. Tudo forrado com um carpete preto e quadros enormes em tons de bege, nude e chumbo cobriam as paredes. Eu não tinha alternativa e desci as escadas da passagem que na infância seria um sonho, mas ali, no auge da juventude dos meus 20 anos e do risco de morte, um pesadelo.

Assim que ele fechou a tampa do lugar com uma cautela admirável, sem fazer nenhum ruído, escutamos um barulho no salão principal.

– Eles entraram.

– Espero que não achem a gente aqui ou estamos ferrados – falei em um ímpeto de querer sair correndo.

Ele se calou. Não sei se com medo dos caras ou de mim, mas interrompeu movimentos, palavras e ficou estático me encarando. De repente, me beijou. Não tive forças para mandar sair fora. Enquanto sentia o beijo dentro da minha boca, confirmei que realmente tínhamos ficado, tudo fluía com naturalidade. Deveríamos ter dado muitos beijos na madrugada.

Interrompi nossa aproximação, fingindo para mim mesma que não queria repetir a dose. Sem emitir som, me disse movendo os lábios: "Desculpa." Por que estava se desculpando? A melhor coisa que tinha feito até ali tinha sido aquele beijo.

Os passos se tornaram mais fortes e entendemos que os homens estavam em cima das nossas cabeças. Nunca senti tanto medo de morrer, nem quando eu soube que morreria. A certeza do fim não parecia tão assustadora como a possibilidade de ser encontrada por dois caras que pareciam desejar mais do que nunca encontrar o Sol.

Nossa respiração parecia fazer barulho e comecei a sentir meu coração bater mais forte que o normal. Sol notou meu desespero, me puxou pela mão e ficamos em um lugar que parecia um recuo da tal sala secreta. Antes que eu pudesse entender o movimento corporal dele, mergulhei em um escorrega e caímos. Inacreditavelmente, no subsolo daquela boate, repousava um andar totalmente escondido.

Fui mergulhando como se estivesse dentro de um liquidificador e por mais que tentasse coordenar meus braços e pernas, sentia meu corpo perdido, sem saber onde estava e como agir. Só consegui me calar e não gritar. Porque, por mais que estivesse apavorada, sem saber onde cairia, sentia mais medo das vozes que tentavam encontrar Sol a todo custo. Os caras pareciam muito furiosos. Me calei por sobrevivência, e, quando senti meu corpo estacionar, uma fofura de almofadas me confortou.

– Aqui podemos falar. Eles não vão conseguir nos ouvir. Essa sala é toda lacrada, não vão nos escutar.

– Você pode me explicar o que está acontecendo aqui? Eu tô correndo risco de vida? Pelo que entendi, sim, né?

– Calma. Primeiro deixa acender uma luz que fica ali no canto. Vamos conversar.

Sol foi andando por cima do chão fofo e eu me sentindo mais aliviada porque parecíamos realmente seguros. A luz acendeu e tomei um susto. As almofadas eram muito coloridas com tecidos bordados em dourado e as paredes completamente tomadas por livros. O que aqueles exemplares estavam fazendo ali pelas paredes de um lugar tão exótico?

— Que-lu-gar-é-es-se? — falei, tentando registrar os detalhes do surreal.

— Bem, esse espaço maluco é do meu tio. Ele vive viajando pelo mundo, muito rico, e essa boate é um dos lugares que ele criou, mas não esperava que a casa fizesse tanto sucesso.

— E por que aqueles caras querem te pegar?

— Me envolvi com uma garota e ela é ex-namorada de um deles, no passado grande amigo meu. O cara não aceitou que ficamos...

— E quer cortar o seu pescoço?

— Isso.

Eu sabia que tinha mulher no meio. Ou não sabia, mas quando ele falou, entendi tudo. O cara andando em cima das nossas cabeças, possuído pelo ódio, não desistiria de encontrá-lo, em uma espécie de salvamento da própria honra.

— E você? Que papo é esse sobre morrer? Por que me disse que vai para o céu?

— Uma história louca...

— Mais louca que isso aqui?

— Tanto quanto na mesma intensidade — falei realmente pensando se meus dias não andavam doidos demais para uma vida que até então tinha sido calma e sem graça. Eu estudara um ano para passar para UERJ e quase não saíra do quarto. A vida tinha virado isso, enquanto eu estava na minha toca, com a cara nos livros e nas equações? As pessoas agora se divertiam fugindo de criminosos?

Tentei desviar o assunto, comentando sobre como aquela sala louca se tornava atraente com tantos livros.

– Meu tio ama ler, é capaz de passar horas aqui, no meio do nada, nos dias em que a boate não abre.

– E você, gosta de ler? – perguntei para conhecê-lo mais e achando um desperdício tantos livros parados, esperando pela leitura de uma só pessoa.

– Gosto sim. Curto sobrenatural e livros futuristas.

– Eu adoro histórias de amor – falei de maneira descompromissada.

– Esse nosso momento daria uma cena de alguma história. Você seria a mocinha da trama.

– Obrigada – disse, dando de ombros, meio tímida e pegando um livro na prateleira. *Perto do coração selvagem*, de Clarice Lispector. Abri uma página e li em voz alta: "Ela morreu assim que pôde." – Talvez eu ainda não possa morrer.

– Tem medo?

– Não gostaria.

– Talvez a morte não seja como a gente acha.

Quando ele disse isso, pensei quantas coisas tinham mudado desde que terminei meu namoro com o ex. Ele tinha o terrível hábito de me diminuir, me fazendo acreditar que minha vidinha seria sempre uma rotina sem graça e brilho. Desde que terminamos nunca mais um dia meu foi igual ao outro. Só loucura, surpresas e novidades. Meu ex não tinha mesmo nenhuma noção do mundo ao redor de mim e agora o moço não era, ainda bem, mais nada meu. Porque nem o termo "meu ex-namorado" eu queria dizer. O pronome "meu" me deixava mais próxima e eu queria muito acabar com qualquer laço.

Ali, naquela sala tão exótica, olhei para aquele rapaz tão bonito, e os homens atrás de nós, querendo nos matar, se tornaram um detalhe. Elogiei mais uma vez a reunião de tantas histórias em um mesmo lugar, passando a mão nas prateleiras de ferro, com aparência de talhadas como madeira.

– Minha imaginação não seria capaz de inventar uma sala escondida, repleta de livros e almofadas. Me fala mais do seu tio?

– Meu avô foi dono desse terreno, meu tio criou a "Profunda" e meu pai é sócio, mas não está nem aí. Nenhum dos dois achava que daria certo uma boate dentro de uma ilha em Angra. E aí o lugar virou o sucesso dos verões.

– Então, estou na famosa Profunda? Minhas amigas falaram tanto desse lugar...

Sol continuou contando sobre sua família, a vida alucinada do tio morando em hotéis pelo mundo. Fiquei rindo quando ele relatou como fora levar todos aqueles objetos para a ilha no meio do nada e assim esquecemos, por alguns instantes, dos dois criminosos que andavam por cima das nossas cabeças.

Enquanto Sol caminhava pisando nas almofadas, reparei que meus olhos certamente estavam brilhando. Como assim? E o meu juramento de não me interessar por ninguém? Comecei a reparar meu coração recebendo novos comandos e batendo mais forte. O desespero aumentou quando ele sorriu em sincronia com um barulho de móveis sendo arrastados e garrafas sendo quebradas.

– Precisamos sair daqui – falei, tentando mostrar para ele o incômodo da situação.

– Eu tenho uma lancha parada aqui perto. Vamos pela porta lateral. – Como podia estar tão calmo?
– Depois disso é correr, né? – Eu estava há quase 24 horas de salto alto, mas vamos lá, se para salvar a vida, mesmo que eu fosse morrer em cinco dias, tivesse que correr, chegou a hora de me tornar uma atleta.
– Não fique nervosa, vai dar tudo certo. Vem comigo. – Ele estendeu sua mão e senti um arrepio desses que só chega quando nos apaixonamos perdidamente.
– Por quê, por quê, por que minha vida tinha virado essa loucura?
– Então foi você que trouxe esse ar doido para a minha realidade? – ele disse isso com um misto de sorriso e tristeza.
– Ué, você não estava sendo perseguido antes de mim?
– Isso é quase inacreditável. O cara parecia um irmão, aí eu fiquei com a ex-namorada dele e o mundo caiu. Ele ainda tinha esperança de voltar para a garota.
– Você deve ter atrapalhado os planos do revoltado. Ele está com jeito de quem quer te pegar mesmo.
– Me pegar? Não, não, matar.
– Que horror.

Gelei. Onde eu tinha me metido? Mas entendia como a ex do cara que andava em cima das nossas cabeças tinha sido conquistada. Sol carregava com ele um charme natural, sem forçar nada. Um jeito leve que contrastava no meio daquela tensão. Demos as mãos e senti meus dedos serem apertados com carinho.

– Confia em mim que nada dará errado para nós dois. Eu sou um gato, tenho sete vidas – riu e me puxou para perto dele.

— Quantas vidas você já gastou?

— Todas — disse cheio de certeza. — As últimas foram no mar, outra dentro de um carro com um amigo bêbado dirigindo e a terceira aqui, porque, quando vi você, faltou o ar.

— Engraçadinho...

Eu não sabia o que aconteceria comigo, mas não podia negar o lado interessante do moço. Resolvi jogar para o alto os pensamentos mais profundos. Viveria. Tinha sido escolhida como personagem de uma aventura, então vamos lá. Me joguei no presente, deixei de lado qualquer reflexão e viajei na sensação de estar bem acompanhada de alguém especial, salvando nossas vidas.

Ele abriu a porta e uma claridade enorme invadiu a menina dos meus olhos, me deixando incomodada por alguns instantes.

Ele não pensou duas vezes, pediu que eu fizesse silêncio e fomos caminhando por uma pequena trilha com árvores dos dois lados. Uma mata bem grande nos envolvia e meu coração fora de compasso previa o óbvio perigo atrás de nós.

Meus pés andavam tão rápido como uma esportista e Sol me olhava, tentando me tranquilizar.

Chegamos depois de uma caminhada de alguns minutos em uma praia linda, dessas de filme que somente poucos lugares do mundo sabem apresentar. Uma areia limpa, uma água plácida e um horizonte inteiro à nossa espera.

— Não temos muito tempo. Ali, naquele canto, está a lancha. Vamos pegá-la.

Começamos a nos organizar. Eu, que não entendia nada sobre a vida de um marinheiro, fui ajudando na operação. Puxamos a lancha estrategicamente escondida. Quando estávamos quase prontos para sair, escutamos vozes. Lá estava o barulho dos caras vindo na nossa direção.

Sol silenciou qualquer movimento, me pediu calma, largou a corda da sua mão em câmera lenta e apontou para uma fenda no meio das plantas. Fomos caminhando, lutando contra os segundos para que antes da chegada dos doidos desse tempo da gente ficar transparente.

O ar foi faltando, fui sentindo minhas pernas bambas e, antes que eu pudesse dar um grito, senti Sol me segurando e me arrastando para dentro das plantas. Soltei o corpo, as pernas caíram e meu acompanhante me abraçou com zelo.

Ficamos ouvindo nossas próprias respirações, enquanto permanecia sentada em cima dele. As vozes dos caras ficaram mais fortes. Os dois comentaram sobre a lancha, riram de Sol e disseram em uníssono um "já era" que não compreendi. De qualquer forma, olhei para o meu parceiro de aventura, demonstrando um certo alívio e ele arregalou os olhos iluminados, demonstrando sua certeza de que tudo ficaria bem. Fez sinal com a mão para que eu mantivesse a calma. Será mesmo que aqueles idiotas iriam embora?

Alguns minutos conversando, o homem de voz mais grave disse que Sol tinha dado de esperto, mas eles eram mais. A dupla ligou a lancha e simplesmente partiu como se nenhum perigo tivesse existido antes.

Eu e Sol permanecemos em silêncio por algum tempo até que caminhamos na direção do local onde estava a lancha e vimos, ao longe, os dois clandestinos partindo no nosso único meio de transporte. Estranhamente não estava chateada. Minha vida fora daquela ilha não me deixava saudade.

— Eu tenho boas e más notícias. A boa: não corremos mais risco de morrer. A má é que não tenho mais como nos tirar dessa ilha. Mais tarde um amigo virá para cá e ele nos tirará desse lugar. Prometo.

— Eu não sei como cheguei aqui. Ir embora depois de quase ser assassinada é um detalhe. Estou novamente sentindo o ar entrando em mim. Ainda não entendi como minhas amigas me largaram e foram embora sem sentir minha falta. Eu sou por acaso um celular que perdem e só descobrem no dia seguinte? Ninguém notou que eu não estava junto?

— Você não quis ir.

— Como assim?

— Disse que tinha se apaixonado por mim e não queria ir embora.

— Mentira, eu não disse isso! Eu bebi demais, elas tinham que ter insistido.

— Insistiram. — Ele estava se divertindo em me contar os detalhes da noite anterior.

— Muito? — perguntei, caindo na brincadeira.

— Muito — Sol disse isso charmosamente e confesso que gostei de ter sido deixada naquela ilha. — Tudo bem passar a noite comigo aqui? — Sorri. Se eu bem me conhecia, deveria ter dito várias frases loucas durante a madrugada. Por que pessoas bebem? Eu não bebia sempre, mas quando fazia nunca estava segura. Não me surpreenderia se, depois de uma noite com as minhas amigas, acordasse em Marte. — Você está com fome? Não comemos nada desde ontem quando devoramos um sushi.

– Como assim, eu comi um sushi? Detesto comida japonesa. – Aquela amnésia já estava me envergonhando.

– Provou e adorou.

– Ah, tá – falei quase duvidando.

Fomos caminhando pela mata da ilha bem mais tranquilos, enquanto Sol afirmava ser bom na cozinha.

– Tem uma área gourmet na Profunda que você vai adorar. Durante o preparo de uma comida, deixo o pensamento ao longe e me sinto muito bem preparando uma refeição.

Disse isso e me deu a mão como se fosse o meu namorado. Elogiei meus dotes de assistente de cozinha, me oferecendo para preparar algo para nós dois. Eu era pós-graduada em cortar cebola, tinha meu próprio método e ninguém fazia isso melhor do que eu. Cebolas cortadas em tamanhos mínimos. Algo invejável para uma garota comum carioca que mal cozinhava.

A área de culinária da Profunda realmente chamava atenção. Cozinha cinematográfica. Só mesmo um cara muito louco para criar aquele universo no meio de uma ilha. As panelas e os pratos muito bem organizados, com verdadeiras ferramentas de cozinha jamais vistas por mim, chamavam atenção na parede preta com detalhes em alumínio e abajures brancos, redondos, iluminando o espaço escuro.

A pia enorme tinha quatro bicas. Um balcão longo de madeira foi o local onde Sol colocou os ingredientes. O preparo da comida foi feito em uma rapidez digna de profissional que trabalhou em um restaurante na Alemanha. Agora trabalhava na construtora do pai e cuidava da boate do tio.

Sol fez um saladão, colocando alface americana, tomate, palmito, cebola, pimentão vermelho, ricota e peito de peru, temperado com mostarda e mel. Depois colocou na chapa um salmão e cuidou do peixe com uma delicadeza que me hipnotizou. O cheiro da comida nos envolveu ainda mais com a colocação de um tempero secreto. Recebi a garantia que aquele seria o melhor salmão que já comera até então.

De maneira cavalheira, uma cadeira foi puxada para mim e sentei para conversar, enquanto o mestre-cuca agia.

– Tem como você me responder uma coisa?

– Claro – falei, adivinhando que durante a madrugada eu teria dito algo que o deixou confuso.

– Por que várias vezes você disse "eu morro em cinco dias"?

Não sabia se ria ou ficava sem graça. Acho que fiz os dois.

– É uma história meio doida. Primeiro tive uma intuição estranha de que algo aconteceria comigo.

– E? – Ele fez uma cara de quem não entendia como uma intuição poderia me matar em cinco dias.

– Depois, há uns dois meses, fui com uma amiga em uma vidente. Ela disse que eu entendesse o sentido da palavra novidade, meus dias seriam outros e eu passaria por uma transformação tão grande que me via vivendo em outra espécie de dimensão. Entendi claramente: vou morrer. Ela me passou mais ou menos uma data em que isso aconteceria e pelos cálculos seria em cinco dias.

– Que coisa! – Ele ficou pensativo. – Como essas pessoas conseguem saber dessas coisas?

— Me senti ridícula acreditando naquela mulher, mas ela falou com tanta certeza. Minha amiga disse que ela não erra uma previsão. — Não quis dizer, mas também me confirmara o encontro com o grande amor da maneira mais intensa possível.

— E sabendo que vai morrer está assim numa boa? — Ele parecia querer me entender.

Estranhamente estava. Não seria uma morte, mas sim um renascimento. Minha vida andava estranha, naquele momento em que a vida fica meio sem sentido. Eu fazia uma faculdade que não adorava, tinha um ex-namorado que, por não aceitar o término, falava mal de mim e muitos dias não faziam sentido. Até ali, naquele instante em que abri os olhos e vi Sol na minha frente, com o rosto bonito e um ar leve que imediatamente me impressionou. Algo diferente estava entre nós, mas eu não queria entender. Estava descaradamente com vontade de viver como não fizera antes.

Sentamos para comer em uma bonita varanda, com vista para a praia perfeita e iluminada. Uma música começou a tocar imediatamente e eu não sabia como Sol tinha feito aquela mágica. Nossos sentimentos estavam sendo servidos junto com a salada e o peixe.

— Estou sentindo seu coração bater forte, estou errado?

— Ele está acelerado — confessei.

— O meu também. — Sorriu. Tantas vezes me senti em cenas superficiais e agora ali tudo parecia tão intenso e, ouso dizer, eterno. — Lua, eu queria te contar umas coisas, mas acho melhor esperar.

— Pode contar, fala! Sou curiosa. — Ele fez que ia dizer, mas não disse. Senti ser algo sério, mas não quis insistir. Aqueles minutos estavam tão perfeitos, para que atrapalhar? Era como se dentro de mim, eu já soubesse. Olhei o mar e a calmaria da água me contaminou. — Parece que estou me despedindo — falei como não tendo medo do futuro e, de repente, reparei uma luz caindo do céu e mergulhando no mar.

Eu e Sol nos olhamos. Uma luz caindo no mar como se nada tivesse acontecido? Caiu leve, como se fosse repousar nas profundezas...

Eu queria entender as peças daquela história. Estava vivendo uma vida melhor do que a minha, intercalada com a dúvida do que aconteceria dali para a frente, acompanhada de uma maravilhosa troca de olhares com Sol. Ele, aliás, parecia literalmente brilhar no meio do anoitecer que chegava para nós.

Sem que me desse conta, um balde de gelo com uma bebida colorida e duas taças surgiram na nossa frente. Sol demonstrava talento para ações de fazer aparecer coisas. Ou seu charme estava me dominando? Inebriando? Envolvendo? Lua, mantenha a calma.

— Vamos fazer um brinde? — ele disse, enquanto abria a garrafa de... não sei dizer que bebida estava na minha frente. E a minha promessa de não mais beber tinha parado onde?

— Claro, a quê? — perguntei pensando no amor.

— À vida — falou convicto. — Nossas vidas.

Nos olhamos. Coisa louca. Acordo olhando para um cara e de repente parece que adoraria que ele estivesse comigo a vida toda. Rápido demais? Eu não queria explicar, apenas sentir.

– Os momentos mais legais da minha vida aconteceram quando eu estava distraída.

– Às vezes o momento é ótimo, mas demoramos a compreender. Eu acordei antes de você e, confesso, demorou a cair a ficha.

– Que estávamos sozinhos na boate?

– Mais ou menos isso. – Ele sorriu meio sem graça. O que será que estaria pensando?

Outra luz caiu do céu e dessa vez pareceu ainda mais intensa.

– Raios caindo do céu?

– Lua, em um paraíso como esse, imagens surpreendentes chegam na nossa direção.

Ele segurou minha mão. Eu senti uma energia forte me inundando por dentro, com o meu corpo formigando. Respirei fundo e tive a sensação de não poder controlar o que estava acontecendo. Ele sentiu minha inabilidade para lidar com aqueles segundos.

– Quer caminhar na praia?

– Vou adorar.

Reparei que estava descalça. Minhas sandálias tinham se perdido e eu sequer tinha me dado conta. Levantei da cadeira, depois de tomar um gole mais forte da bebida exótica com um gosto doce e especial.

O luar surgiu inesperadamente e nos iluminou como uma enorme luz no céu.

– Ainda não entendi minhas amigas.

– Pode ter certeza, elas estão pensando em você.

— Estão nada. Foram embora, me deixaram aqui e nenhum telefonema para saber como estou.

— Aqui onde estamos a comunicação ruim dificultará alguém falar com a gente.

— Ah, claro, se o telefone tem horas que não pega direito na cidade, imagina em uma ilha em Angra dos Reis?

— Nesse lugar deslumbrante, o telefone não faz falta.

— Com certeza, moço.

A imagem dos dois caras sem mais nem menos voltou a chegar à minha memória.

— Ainda bem que aqueles caras não fizeram nada com a gente — falei em voz alta e Sol ficou imediatamente sério. — O que foi, Sol?

— Lua, deixa te falar uma coisa. A gente mal se conhece... gostar de alguém tem muito do destino envolvido, mas também tem história, tempo... Mas a vida me surpreende para mostrar que não adianta eu querer resultados de equações, com razão e entendimento total da situação.

— Como assim? — Eu tinha entendido a colocação dele, mas por que estava falando daquele jeito?

— Primeiro quero dizer, você é linda. Tão linda como esse paraíso.

— Ah, vai. Eu devo estar horrível com a maquiagem acabada. Meu rímel deve estar na bochecha.

— Não reparei, juro.

— Meu cabelo prefiro nem olhar no espelho — falei, já pensando nos motivos de estar me detonando daquela maneira.

— Pode confiar na minha opinião, sou um rapaz exigente.

Continuamos andando pela praia. Ventava pouco, os coqueiros plácidos pareciam observar nossa conversa.

– Você tem alguma ficante, namorada ou algo assim? Pode falar.

– Bem, a última garota que me envolvi foi a tal que o ex dela esteve aqui.

– Ainda bem que nos salvamos. – Sol ficou pensativo. – E você não quer mais vê-la?

– Preferia não tê-la conhecido. Você acredita que algumas pessoas só aparecem na nossa vida para mudar algo e nada mais.

– E o que ela mudou na sua vida?

– Tudo. Tanto. Irremediavelmente.

Nossa, ele falou de um jeito.

– Não tenha ciúme, a moça foi apenas o caminho.

– Para?

– Para eu conhecer você dessa maneira louca. – Ele falou isso, passou a mão nos meus cabelos e me beijou. Nosso beijo descaradamente combinava.

– Você é doido!

– Obrigado. Acho a loucura um senhor elogio. A vida rápida, urgente e surpreendente deveria ter a loucura como acessório fundamental.

– *Surpreendente* é o nome de um livro do Maurício Gomyde.

– Você gosta mesmo de ler, hein!?

– Ah, então aquela sala de almofadas e livros que seu tio criou não te deixa deslumbrado?

— Eu adoro aquela sala. Imagino que seria o sonho de consumo de muita gente. Quando estávamos dançando você disse que amava ler. Achei que seria um abuso não te levar para conhecer o paraíso literário do meu tio.

— Posso te confessar uma coisa? — Ele balançou a cabeça, demonstrando que me escutaria. — Esse lugar parece um paraíso morto.

— Como assim? — Sentamos na areia para olhar as ondas.

— Não sei explicar, Sol, mas só tem a gente nessa ilha enorme, uma boate sem uma alma viva, uma sala de livros com ausência de pessoas.

— É, não tem uma alma viva por aqui mesmo. Me fala mais de você, Lua? Quais seus sonhos?

— Ah, hoje não sei. Talvez ser livre, menos apegada com bobagens, colocando o pensamento em coisas boas e focada no presente. Eu adoraria deixar todo o meu passado para trás.

— E o que tem no seu passado de tão marcante?

— Nada, acredita? Não tem nada. Olho o meu passado, mas ele é sem importância. Nunca namorei de maneira apaixonada e, olha, namorei bastante. Em alguns momentos, perco o meu tempo com gente que não me interessa. — Por que aquele cara tinha o poder de arrancar minhas maiores verdades?

— Espero ter importância para você.

— Segredo — falei entre a timidez e a surpresa de me sentir envolvida em tão pouco tempo.

— Lua, queria te falar uma coisa, te explicar melhor isso tudo aqui. Você não está estranhando? — Ele parecia não saber como me contar.

– O que foi? Pode falar, sou forte. O que é? Ficaremos presos nessa ilha para sempre?

– É mais ou menos isso. – Ele me olhou fundo e de repente uma lembrança ruim veio na minha direção. Eu e Sol tentando fugir e sendo descobertos pelos dois caras. – Eles nos acharam? Foi isso?

Assim que perguntei, a conversa estranhamente fluiu e eu parecia já saber de tudo.

– É, nos pegaram.

– E por que eu fiquei achando que não nos encontraram?

– Talvez uma defesa.

– O que fizeram com a gente? – perguntei sabendo a resposta.

– Você não lembra? – Ele parecia bem receoso em me dizer. Preferia que eu lembrasse. Assim tentei fazer. Fechei os olhos, mergulhando dentro de mim. Imagens muito aceleradas foram chegando e uma sensação de garganta seca tomou conta. Eu senti falta de ar, o chão faltando embaixo dos meus pés e uma imagem forte da gente sendo levado pelos dois caras até uma sala da boate veio explosiva.

Fomos colocados em duas cadeiras, amarrados e muitos diálogos desesperadores foram revividos por mim. Um dos caras apenas acompanhava, mas complementava as maldades com um arremate profissional. O homem principal foi extremamente cruel e sem nenhuma piedade. Tudo porque sua ex-namorada tinha ficado com Sol. O meu acompanhante alegou nada saber sobre ela, foi apenas uma ficada, nunca mais se viram. Mesmo assim nada bastava para interromper a sessão de terror.

Eu pedi, clamei, com um resto de voz, falei que ele estava comigo, não mais procuraria aquela garota, e depois questionei ele machucar pessoas sem piedade. Saí em nossa defesa, alegando sermos do bem, tentando colocar alguma sanidade naquele doido.

— Eu já conheço bem esse seu acompanhante babaca. Não quero saber. Primeiro a Rita não tinha que ter dado conversa para esse imbecil. Depois ele não tinha que ficar pegando a mulher dos outros.

— Eu não sabia que você ainda gostava dela — Sol repetiu a mesma explicação umas dez vezes.

Não tivemos saída. Fomos maltratados, humilhados e severamente machucados até que um tiro em cada um nos calou para sempre... Para sempre? Enquanto tudo girava em câmera lenta foi como se Adele cantasse "When We Were Young" com aquela voz de veludo única: *"You look like a movie/ You sound like a song/ My God, this reminds me/ Of when we were young."* ("Você se parece com um filme/ Você soa como uma canção/ Meu Deus, isso me lembra/ De quando éramos jovens.")

— A gente morreu? — Estávamos tão humanamente vivos. Sol segurou minha mão e beijou.

— Estranho, né? Nunca achei que seria assim. Muito menos que teria uma morte acompanhada.

Quando ele disse isso, os raios que tinham caído no mar, se voltaram para mim e eu senti uma energia enorme invadindo o meu corpo. Iniciei um choro forte e constatei meu corpo desaparecendo. Me lembrei da pergunta que fazia quando caía um temporal: Onde ficam os passarinhos quando desaba uma chuva forte?

Sumi. Sumi de mim, sumi do mundo e fiquei sem saber onde estava, escutando apenas meus gritos, gemidos e sentindo meu desespero. Onde estava Sol? Não tinha ideia. Fiquei ali alguns dias, ou vários. A noção de tempo tinha desaparecido, mas uma sensação de mal-estar, como se estivesse doente, tinha me dominado por completo e eu não sabia como sair daquele estado de morte. Morrer não era fácil.

Enquanto me encolhi, tentando fugir de grunhidos externos, um ar frio me abraçou e um medo parecia me dizer que eu estava no inferno. Pensei nos pequenos crimes cometidos, nos dias em que errei, mesmo sem querer, e a culpa por questões não tão importantes. Minha maneira de não ligar muito para os meus pais, meu desejo de me divertir mais que tudo, os dias que bebi além da conta e a carteira de identidade falsa que fiz para entrar nas boates quando tinha 17 anos.

— Nada disso te colocaria no inferno. — Aquela voz tão conhecida imediatamente me acalmou.

— Vó?

— Sou eu, minha filha. Sua vida não tem toda essa culpa que você está sentindo...

— Você leu meus pensamentos? — Minha avó estava tão bonita. Eu não encontrava com ela desde 5 de maio de 2009, na data do seu enterro. E agora parecia tão viva.

— Estou mais viva do que nunca, Lua. Você também estará. Volte para onde estava.

— Com o Sol?

— Sim, ele continua te esperando no mesmo lugar.

Minha avó disse isso e seu sorriso doce se voltou para mim como um daqueles raios, mas dessa vez agindo como uma bomba calórica do bem.

— Bem que eu chamei esse lugar de Paraíso Morto — novamente estava sentada ao lado de Sol. Meus olhos se encheram de lágrimas. Meu medo foi embora e guardava emocionalmente minha curta vida dentro do coração sem batimentos.

— Aonde você foi? — ele falou com um ar de preocupado.

— Por que não me disse logo que morremos?

— Achei que seria melhor você lembrar ou não lembrar nunca. Depois da nossa morte, nossos pensamentos continuaram vivos e foram dormir no sofá.

— Por que quando acordei você não me contou?

— Você estava se sentindo tão viva.

— E, quando eles voltaram e os vi com as armas, nós já estávamos mortos?

— Infelizmente sim. Vieram roubar uma grana no escritório e verificar se estávamos mesmo apagados.

— E por que você fugiu comigo?

— Achei que fugindo, no caminho, você lembraria que morremos.

— E agora? O que vamos fazer?

— Vão nos encontrar hoje.

— Nos encontrar? — Me sentia perdida com tantas informações.

— Nossos corpos ainda estão na ilha. — Quando ele disse isso, senti um frio fino invadindo minha espinha. Eu ainda podia sentir meu corpo existindo no mundo.

— Como posso me sentir tão real? Eu me sinto caminhando, você cozinhou para mim.

— Pelo que entendi, no começo a gente fica fazendo as coisas como se estivéssemos vivos. Sentimos sede, fome, sono...

Olhei aquele mar lindo e imediatamente comecei a sentir saudade do mundo. Vivi pouco, tinha tantos planos e agora o fim.

– Que triste. – Segurei a mão de Sol e o senti tão acordado, ligado... Como podia ser assim?

– Lua, achei que você não fosse acordar e meu destino seria vê-la dormir para sempre.

– Tem como me levar aonde nós estamos?

– Você quer nos ver? – Ele ficou com um semblante desanimado. – Melhor não. Estamos muito machucados e já se passaram cinco dias. Não acha que seria bom a gente se imaginar assim, como estamos aqui?

– Eu preciso me ver – falei definitivamente, demonstrando que não me convenceria de jeito nenhum.

– Tudo bem. Já vi que você é emburradinha e, se não te levar lá, quem perde sou eu...

Caminhamos em direção à boate e ela estava ainda mais funesta do que antes. Agora eu sentia o cheiro de morte no ar. Entramos na cozinha e lembrei de fatos ocorridos na noite anterior. Eu e minhas amigas sorridentes, tirando fotos, bebendo e minha troca de olhares com Sol. Morri sem culpa alguma, por estar acompanhada de um cara e ter um doido na sua cola que decidiu a nossa morte e fez uma justiça doentia com as próprias mãos.

Fomos assassinados no escritório do tio de Sol. Uma mesa grande, bonita e chique, no mesmo tom escuro de toda a boate. Me chamou atenção um globo de neve com o cenário de Nova York.

— Está preparada? — Sol não largou a minha mão desde que saímos da praia.

— Onde estamos? — Eu já sabia a resposta. A sala tinha uma área adjacente do lado direito e certamente estávamos ali. Fui caminhando com passos bem lentos, deixando meus dedos correrem pela parede. Nossos pés unidos, morremos abraçados, os rostos frente a frente como se estivéssemos dormindo descompromissadamente. Os corpos estavam inchados e confesso que aquele detalhe me fez sentir um certo desespero. Eu estava morta. Como dizem por aí, #morrida. Difícil encarar um fim inesperado que levava junto meus sonhos mal descobertos.

— Eu nunca me vi tão bonita. — Como podia isso?

— Você é linda, Lua!

Chorei repousando meus dedos em cima da minha própria mão. Tantos arrependimentos vieram no meu pensamento. Por que eu tinha me cobrado tanto? Por que não levei mais a sério os momentos que mereciam? Por que não tentei decorar os melhores dias da minha vida para ficar repetindo quando a saudade batesse em mim? Qual motivo de não valorizar mais a minha família? A morte foi caindo em cima de mim como um pedacinho de seda, leve e sem dor. Me observei com muita atenção. Pela primeira vez me olhava com amor. Eu me encarava no espelho pensando em ficar mais bonita, arrumada, surpreender as pessoas e passando algo até além de mim. A garota perfeita que por dentro nunca fui estava partindo dessa para uma melhor.

— Achei que tudo acabaria quando morresse.

— Eu também. Lua, me desculpe. — Por isso ele me pedia tantas desculpas. — Nunca imaginei que isso aconteceria e muito menos quis colocar você nessa furada, morrer sem culpa. A gente se meteu nessa enrascada por minha causa.

Naquele momento, entendi que quando abri os olhos e imaginei Sol questionando, "a gente está metido nessa enrascada por sua causa", na verdade estava querendo dizer "a gente está metido nessa enrascada por minha causa". Um refresco de paz envolveu o meu pensamento por estar vivendo a maior crise da minha vida e não ter envolvimento algum com o assunto.

— O que talvez seja muito romântico — concluí que acontecera o melhor para mim.

— E suas amigas insistiram tanto para você ir embora com elas.

Lembrei imediatamente da Mônica me puxando pelo braço, eu negando, dizendo que me deixassem em paz, eu era maior de idade, não queria partir e preferia ficar ali com Sol. Quem imagina que vai morrer em uma noite de diversão?

— Elas ficarão muito tristes. São amigas de verdade.

— Pelo que imagino todo mundo saberá hoje. O meu amigo marcou comigo de aparecer aqui, já, já, nos encontrará e a bomba estará nos jornais. Um casal jovem assassinado em uma boate. Quem matou? Por quê? Suicídio? Nossos nomes estarão no mundo.

— E nós dois, onde estaremos?

— Onde você quer estar? — Ele sorriu sutilmente no meio de toda aquela dor.

— Aqui nessa ilha. — Olhei ao redor e tudo tinha mudado, o medo fora embora e ficou apenas uma novidade que eu não

tinha a menor ideia de como seria, mas não me parecia ruim.
– Com você – completei.
– Já nos vimos, agora podemos ir. – Sol levantou, dando uma última olhada para si mesmo. Observei o local por onde os dois tiros entraram, descaradamente, bem visíveis na cabeça de cada um.
– Vamos, Lua.
Me calei, esperando que aquele corpo morto me desse adeus. Saímos pela porta tranquilos e fiquei pensando que a vida realmente se tornava inacreditável até quando não existia mais.
– E se, em algum momento, um de nós tiver que ir embora?
– Não vamos. Confie em mim, Lua.
– E eu que achei que teria mais cinco dias de vida. A cartomante adivinhou que eu morreria, mas errou a data.
– Não errou, não.
– Como assim?
– Lua, nós morremos há cinco dias, mas vamos ser descobertos hoje, cinco dias depois. Seremos oficialmente mortos hoje. Quando você acordou, não sabia o que dizer, como agir e deixei seguir para ver se você lembrava.
– Por isso nossos corpos estavam daquele jeito – falei, sentindo que não mais importava minha aparência inchada. Somente um corpo e eu não me sentia mais presa a ele.
– Lua, me desculpe.
– Tinha que ser assim, Sol. E, finalmente, Lua e Sol se encontram.
Sorrimos. Rimos. Iniciamos uma gargalhada que começou singela e depois se tornou desenfreada. Giramos de mãos da-

das, jogando as cabeças para trás, em uma espécie estranha de comemoração por estarmos entendendo que, mesmo mortos, estávamos mais vivos do que nunca. Queríamos contar isso para todo mundo!

    Sol me abraçou e veio no meu ouvido carinhosamente falando:

    — Desde o momento em que você pisou nessa boate, sabia que a gente tinha algo lindo para viver. Não tinha ideia de que seria tão grandioso. Quero te mostrar tantas coisas, compartilhar pensamentos, falar de mim, de tudo que sonhava e te levar em alguns lugares.

    — Me levar?

    — Enquanto você dormia, descobri como sair dessa ilha, podemos voar, sair daqui e depois voltar. Gostaria de te levar onde eu morava no Rio de Janeiro, que você visse meus pais e conhecesse alguns amigos meus.

    — Será que consigo fazer o mesmo?

    — Se você usar seu pensamento, se acreditar, acho que podemos chegar até a Lua — ele deu uma piscadinha. — Eu cheguei até você.

    — Estou com medo.

    Sol me abraçou e pediu que não tivesse receio de mais nada. O fim seguia adiante e comentou que nossa história carregava muitas verdades. Concordei, mas mesmo assim o medo continuou. Falamos como a vida passava rápido e coisas bobas como orgulho, arrogância e falsidade se tornavam tão idiotas. Sol não falou, mas parecia entender aquilo tudo mais do que eu, como se fosse um ser mais avançado.

    — Ainda bem que não morri sozinha.

— Preciso te contar mais uma coisa, Lua. — Ai, o que seria. Gelei com medo de uma notícia pior do que a minha própria morte. O que poderia ser mais terrível? — Antes de morrer, você disse que sabia que um dia nos encontraríamos e falou que me amava. Deve ter sido por causa da bebida.

Lembrei da cena. Os dois sentiam que nossos corpos estavam morrendo juntos, e ao mesmo tempo eu percebia que estava amando quem mal conhecia.

— Foi de verdade. Realmente estava sentindo esse amor, mesmo sem saber explicar. — Será que não poderíamos mesmo ter nos amado desde o primeiro instante? Ou amor tem como regra precisar de convivência?

Chegamos novamente à praia. Agora as luzes que continuavam caindo do céu faziam todo o sentido. Fomos até a beira do mar e nos beijamos. Minha história estava apenas começando e tínhamos a eternidade de uma ilha e do tempo que não seria mais contado por segundos, minutos e horas, mas por amor. Meus sentimentos mais sinceros me davam uma certeza: se for de verdade vem com o para sempre. Meu coração sempre amou o Sol. Só demorei a encontrá-lo por aí.

Me lembrei de quando eu era uma garotinha com cabelo cacheado de anjinho e minha mãe amorosamente brincava que eu tinha caído do céu. Agora, provavelmente, estava voltando para o lugar de onde vim e dessa vez acompanhada, porque a única certeza que tinha fortalecia que eu e Sol não queríamos nos separar, seguiríamos sendo um só e mais felizes do que nunca. Morrer tinha me trazido finalmente para a vida.

TAMMY LUCIANO é atriz, jornalista e escritora. Possui um extenso trabalho com poesias, roteiro para teatro e crônicas. É autora dos livros *Fernanda Vogel na passarela da vida*, *Novela de poemas*, *Sou toda errada*, *Garota replay*, *Claro que te amo!*, *Sonhei que amava você* e *Escândalo!!!*. Hoje além de escrever livros, grava vídeos para o seu canal no YouTube (youtube.com/tammyluciano) e viaja o Brasil todo encontrando leitores.

Este livro foi impresso na Editora JPA Ltda.,
Av. Brasil, 10.600 – Rio de Janeiro – RJ,
para a Editora Rocco Ltda.